KB268621

魔王此師

마왕 출사

청산 新무협 판타지 소설

마왕출사 1
청산 新무협 판타지 소설

초판 1쇄 찍은 날 § 2006년 11월 16일
초판 1쇄 펴낸 날 § 2006년 11월 26일

지은이 § 청산
펴낸이 § 서경석

편집장 § 문혜영
편집 § 서지현 · 심재영

펴낸곳 § 도서출판 청어람
등록번호 § 제1081-1-89호
등록일자 § 1999. 5. 31
어람번호 § 제2-1062호

주소 § 경기도 부천시 원미구 심곡1동 350-1 남성B/D 3F (우) 420-011
전화 § 032-656-4452 팩스 § 032-656-4453
http://www.chungeoram.com
E-mail § eoram99@chollian.net

© 청산, 2006

ISBN 89-251-0404-0 04810
ISBN 89-251-0403-2 (세트)

※ 파본은 구입하신 서점에서 교환하여 드립니다.
※ 저자와 협의하여 인지를 붙이지 않습니다.

魔王祕師
Fantastic Oriental Hero
청산 新무협 판타지 소설
1
십만대산의 괴인

마왕
출사

도서출판 청어람

목차

◈ 작가 서문 ◈

〈…장자는 꿈에 나비가 되었다. 훨훨 나는 것이 분명 나비였다. 스스로 즐겁고 뜻대로라 장자인 줄을 몰랐다. 그러다 조금 후에 문득 깨어나 보니 장자였다. 장자가 꿈에 나비가 된 것인지, 나비가 꿈에 장자가 된 것인지 알지를 못하겠다…….〉

장자의 유명한 호접몽(胡蝶夢)이다.

인간은 누구나 꿈을 꾸며, 그것이 유쾌한 길몽일 수 있고 고약한 악몽일 수 있다. 길몽이든 악몽이든 꿈을 기억하고 그것을 되새길 수 있다는 것은 자신의 의식이 살아 있기에 가능하다.

여기 꿈을 잊은 사내가 있다.

너무도 오랜 세월 잠들었기에 그는 꿈을 잊었다. 아니, 기억조차 잊었기에 과거와 단절된 삶을 살아야 한다. 간혹 꿈인지 아득한 과거의 기억인지 모르는 단편적인 영상들이 그를 괴롭힌다.

그가 그저 평범한 사람이었다면 그의 과거는 크게 문제되지 않는다. 장자의 호접몽처럼 나비로 살아온 자유로운 몸이었다면 한 사람의 기억에 불과했을 것이다.

그러나 과거에 그는 용(龍)이었다. 아니, 마왕(魔王)이었는지도 모른다.

그의 과거는 단순히 잃어버린 세월이 아니라 현실의 문제를 해결할 중요한 열쇠다. 과거를 잊고 그저 현실에 맞춰 살려 하지만 기억상실이 사람의 본성까지 바꾸지는 못한다.

주인공을 변론하다 보니 서문이 너무 무거워진 느낌이다. 하지만 이야기는 다소 투박하고 거칠다. 시종 무대뽀(?)적인 주인공의 성격은 자신의 상실된 기억과 관계없이 과거의 그와 연결돼 있다.

백무향(白武香), 과연 그는 영웅인가 마왕인가?

주인공과 함께 떠나는 독자 제현의 유쾌한 행보를 기대하며, 이 작품의 제작과 교열에 수고를 아끼지 않은 청어람 가족들께 감사를 드린다.

청산 배상.

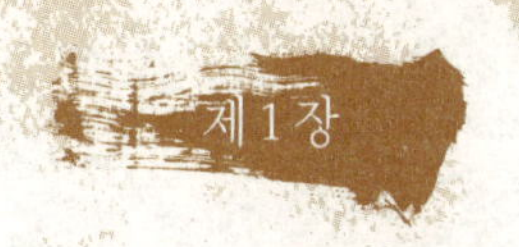

십만대산(十萬大山)의 벌거숭이

1

"**워**이— 워이!"

장족(壯族)의 농부가 쟁기를 멘 소를 채찍질하며 부지런히 논을 갈고 있었다.

사철 온화한 날씨 덕분에 대륙 남부 지역인 광서성 일대는 이모작이 너끈하다. 낮은 평지에서는 세 번씩이나 논갈이를 하는 경우도 있지만 산자락의 계단식 논은 이모작 정도에 만족해야 했다.

어제 내린 비로 땅이 촉촉하게 젖어 있어 쟁기질이 수월했다.

계단 한 층의 논을 모두 간 농부는 소를 몰아 아래층으로

내려가며 멀리 높은 봉우리를 바라보았다

허연 빙설을 머리에 얹고 있는 십만대산(十萬大山)이 용이 웅크린 듯 장엄해 보인다.

푸른 하늘을 배경으로 만년설을 이고 있는 봉우리는 언제 보아도 장엄하다. 뾰족한 봉우리 아래로는 희뿌연 운무가 둘러져 있어 신비로움을 더해준다. 그래서 장족 사람들에게 있어 십만대산은 영산(靈山)으로 불린다.

"허어, 간밤에는 그렇게 천둥번개가 치더니 이제는 평온해 보이시는군. 신령님, 올해도 부디 풍작을 내려주십시오."

농부는 두 손을 모으며 연신 허리를 굽실거렸다.

그러했다. 지난밤 농부는 마치 세상이 절단 나는 것은 아닌지 밤새 두려움에 떨면서 가족들과 한 방에서 지내야 했다. 빗줄기는 그다지 심하지 않았는데 요란한 우렛소리가 끊이지 않았고, 간헐적으로 시퍼런 번갯불이 번득이며 야밤을 환하게 밝히곤 하였다.

평생토록 이 땅에서 살아온 농부로서는 그렇듯 엄청난 천둥과 벼락은 처음이었다. 그의 기억에도 할아버지의 할아버지 때에나 있었음 직한 괴변이었다.

다행히 여명이 밝아오면서 천둥과 벼락은 거짓말처럼 사라졌고 먹구름조차 찾아볼 수 없었다. 덕분에 농부는 아침 일찍 소를 몰고 나와 쟁기질을 할 수 있었던 것이다.

문득 농부의 눈에 사람의 형체가 비쳤다.

“……?”

논을 둘러싼 산 중턱 밀림 속에서 어슬렁어슬렁 걸어나오는 생명체는 분명 사람이었다.

머리카락이 얼마나 긴지 바닥까지 질질 끌렸다. 더욱 가관인 것은 괴인의 몰골이었다. 갈비뼈를 셀 수 있을 정도로 깡마른 몸에는 실오라기 하나 걸쳐 있지 않았으며 신발조차 신지 않은 맨발이었다.

벌거숭이 장발괴인은 발을 끌면서 느릿느릿 걸음을 옮겼다. 석 달을 피죽도 못 먹은 사람처럼 힘이 없어 보였고 어깨는 꾸부정했다. 무성한 장발에 얼굴이 가려져 있어 용모도 분명치 않았다.

농부는 기가 막힌 듯 혀를 찼다.

“아니, 대체 어디서 굴러온 비렁뱅이야? 아무리 없어도 그렇지, 아랫도리는 가려야 할 것 아냐?”

그러다 농부는 한 가지 기이한 사실을 발견했다.

장발괴인의 손에는 한 자루 검이 쥐어져 있었다. 검집을 휘감은 금빛 광채는 양각된 금룡의 형상이었다. 검집 여러 곳이 보석으로 장식돼 있는지 햇살을 받아 번쩍번쩍 빛을 발했다.

“허어, 그것참. 비렁뱅이 주제에 저런 보물을 지녔단 말인가?”

장발괴인은 방향 감각이 없는 듯 가파른 계단식 논두렁을 그대로 지나쳤다. 순간 그의 발이 허공을 디디며 그대로 고꾸라졌다.

둔탁한 소리에 깜짝 놀란 농부가 급히 논두렁으로 달려갔다.

"아이쿠, 많이 다쳤겠는걸?"

장발괴인은 꼴사나운 모습으로 논바닥에 처박혀 있었다. 발을 헛디디면서 잠시 정신을 잃었는지 그는 흙탕물 속에 그대로 얼굴을 파묻고 있었다.

농부는 측은한 생각에 논두렁을 미끄러져 내려갔다.

"이봐, 괜찮아?"

한데 농부가 다가서기도 전에 장발괴인이 고개를 번쩍 쳐들었다.

비로소 장발괴인의 용모를 접한 농부는 공포에 질려 얼음처럼 굳어버렸다.

"으헉?"

괴인은 양 볼이 홀쭉했고, 오랜 세월 굶주린 사람처럼 눈은 퀭하니 들어가 있었다. 하지만 주름살 하나 없이 착 달라붙은 피부로 미루어 청년 정도로 보였다.

끔찍한 것은 그의 눈이었다. 불꽃처럼 이글거리는 그의 눈은 인간의 것이 아니었다.

혈안(血眼)!

한밤중에 마주친 서슬 퍼런 야수의 눈, 아니, 마주치는 모든 것을 녹여 버릴 듯 이글거리는 불꽃 같은 눈빛에 농부는 간담이 떨려 털썩 주저앉고 말았다.

잠시 농부를 쏘아본 장발괴인은 눈까풀을 몇 번 깜빡거렸다.

그러자 핏빛처럼 붉은 혈안이 거짓말처럼 사라지고 몽롱한 눈빛으로 변했다. 눈망울은 맑았지만 동공이 흐린 것이 마치 갓 태어난 아기의 눈과 같았다.

장발괴인은 허리를 굽혀 논바닥에 고인 흙탕물을 벌컥벌컥 들이켰다. 목마른 짐승처럼 한참 동안 더러운 흙탕물을 들이킨 그는 겨우 갈증을 해소한 듯 천천히 몸을 일으켰다.

그는 여전히 검을 질질 끌면서 계단식 논을 따라 내려갔다. 길에 대한 기본적인 의식마저 없는지 내려가는 도중에도 줄곧 헛디뎌 논바닥에 처박혔다. 그래도 비명 소리 한 번 내지 않았다.

그가 계단식 논을 거의 내려갔을 즈음 농부는 제정신을 차렸다.

"으으……!"

농부는 손등으로 자신의 눈을 비볐다. 잠시 허깨비를 보았다고 생각했다. 그러나 계속 논바닥에 처박히면서 내려가는 장발괴인을 보고는 이것이 현실임을 실감했다.

그는 자신의 삼혼칠백을 마비시킨 공포스러운 혈안을 떠올리며 전신을 와들와들 떨었다.

"마… 마왕(魔王)이다!"

구만산(九萬山)은 십만대산에 인접한 준령이다.

완만한 산자락에는 중원의 호남성으로 뻗은 관도가 이어져 있어 비교적 상인들의 왕래가 잦다. 관도를 따라 값진 물자를 가득 실은 수레와 마차가 지나다니다 보니 이를 약탈하기 위한 도적들이 구만산 계곡 곳곳에 산채를 형성하게 되었다.

백월림(白越林)도 그런 도적 집단 중 하나이다.

한바탕 노략질을 한 백월림 도적들은 탈취해 온 수레를 몰고 오며 연신 희희낙락하였다.

"케헤헤, 제대로 한 건 올렸어."

"진주와 비단이 가득해. 한동안 실컷 놀고먹을 수 있겠군."

알몸에 갖옷만 한 장 달랑 걸친 털보가 입맛을 썩 다셨다.

"크훗, 림주가 아주 좋아하겠어. 거하게 마시다 보면 혹시 오늘 밤에 날 잠자리로 불러들이지 않을까?"

그가 게슴츠레한 눈빛을 발하자 애꾸가 혀를 찼다.

"이봐, 하룻밤 잠자리에 목숨 걸 일 있어? 난 림주가 호출하면 줄행랑을 칠 거야. 아무리 쾌락이 좋아도 한 번 즐기다가 죽고 싶지는 않다고."

털보는 자신의 무성한 가슴 털을 어루만졌다.

"그거야 죽은 놈들이 형편없어서 그렇지. 그동안 내 밑에 깔려 죽은 계집이 한둘인 줄 알아?"

"황삼(黃三), 네가 우리 백월림에 들어온 지 얼마 안 돼 아직 모르나 본데, 여태 림주와 잠자리를 갖고 살아난 사내가 없었어. 전 두령이 그랬고 전전 두령도 역시 죽었어. 힘깨나 쓴다던 놈들이 차례로 두령이 되어 림주와 잠자리를 가졌지만 모두 죽고 말았다고. 그래서 림주가 우리 백월림의 두령이 된 거야."

"저, 정말이야? 그 정도로 색기가 강해?"

"내가 보기에 우리 림주는 계집이 아니라 마녀야."

애꾸는 짐수레에 걸터앉으며 술을 한 모금 들이켰다.

"그냥 눈으로만 즐기라고."

털보도 다소 주눅이 들었는지 목을 움츠렸다.

"젠장, 백월림 두령의 미색이 빼어나다고 해서 기껏 가입했는데 헛물만 켜게 되었군."

이때 주변의 도적들이 진귀한 구경거리를 보고는 일제히 박장대소를 터뜨렸다.

"우헤헤, 저 새끼 뭐야?"

"에고, 미친놈이잖아?"

"크큭, 홀랑 벗고 다니는 꼴이 변태로군."

산길을 따라 어슬렁어슬렁 걸어 내려오는 사람은 바로 농부에게 처음 발견되었던 벌거숭이 장발괴인이었다. 계단식 논을 내려오면서 거듭 고꾸라지던 걸음걸이는 조금 나아졌지만 여전히 발을 질질 끌고 있었다.

장발괴인의 사타구니를 살피던 애꾸의 눈이 괴인의 손에

쥐어진 검으로 옮겨지자 빛을 반짝 발했다.

"보검이다!"

수레에서 훌쩍 뛰어내린 그가 대뜸 장발괴인을 막아섰다.

"이 변태야, 뒈지기 싫으면 당장 검을 내놔!"

장발괴인은 전혀 알아듣지 못한 듯 그대로 걸음을 옮겼다. 두 사람의 몸이 부딪칠 만큼 가까워지자 괴인은 비로소 상대를 알아채고는 고개를 쳐들었다.

애꾸는 그의 몸에서 풍기는 지독한 악취에 코를 감싸 쥐었다.

"젠장, 정말 더러운 새끼군."

그는 냅다 장발괴인을 걷어찼다. 인정사정없는 발길질에 장발괴인은 맥없이 나가동그라졌다.

수레에 걸터앉아 지켜보던 도적들이 장난스럽게 외쳤다.

"살살 다뤄, 마칠(馬七)!"

"그러게 말이야. 그러다 사람 죽이겠다!"

"헤헤, 조심해라! 행여 미친개한테 물릴 수 있으니까!"

마칠로 불린 애꾸가 장발괴인이 쥐고 있는 보검을 거머쥐었다.

한데 보검은 괴인의 손에 부착된 듯 꼼짝도 하지 않았다. 검의 손잡이를 잡아끌면 검이라도 뽑혀야 하는데 안에서 녹이 슬었는지 검은 조금도 뽑히지 않았다.

마칠이 신경질적으로 외쳤다.

"새끼야, 뒈지기 싫으며 어서 손을 놔!"

장발괴인은 고집스럽게 검을 쥔 채 몸을 일으켰다. 심하게 걷어채였지만 고통조차 느끼지 못하는 듯 눈빛은 여전히 모호했다.

마칠의 입가에 잔혹한 미소가 감돌았다.

“흐흣, 끝내 검에서 손을 떼지 못하겠단 말이지?”

그는 등에 멘 칼을 뽑아 들기가 무섭게 장발괴인의 손목을 내려쳤다.

도적 떼들은 짐짓 무섭다는 듯 손으로 눈을 가렸다.

“저런, 그냥 미친놈이잖아?”

“에고, 그냥 뺏으면 되지 팔까지 자를 게 뭐 있냐?”

“새끼, 성깔 하고는.”

사람을 개미 목 따듯 죽이는 도적들이기에 팔을 잘라 보검을 차지하려는 마칠의 행위에 대해 누구 하나 지나치다 생각지 않았다.

쨍그랑!

날카로운 금속성에 도적들은 의아한 표정으로 고개를 돌렸다.

참으로 믿기 힘든 변괴였다. 괴인의 손목은 멀쩡했고 오히려 마칠이 내려친 칼만 토막 난 상태였다. 과정을 제대로 보지 못한 도적들은 멀뚱한 표정으로 서로를 돌아보았다.

“어떻게 된 거야?”

“그러게. 칼이 왜 분질러졌지?”

"마칠 저 녀석은 대체 어디다 대고 칼을 휘두른 거야?"

가장 당황한 사람은 마칠이었다. 미친 벌거숭이를 상대로 검도 빼앗지 못하고 칼까지 분질러지자 그의 얼굴이 벌겋게 달아올랐다.

"뭐 이런 새끼가 다 있어?"

그는 토막 난 칼로 괴인의 목을 그었다. 왜 괴인의 손목을 베지 못했는지는 알 수 없지만 목은 확실히 벨 수 있다고 자신할 수 있었다.

그러자 괴인이 처음으로 방어적인 동작을 취했다. 그는 손을 치켜들어 마칠의 손목을 덥석 쥐었다.

"악!"

괴인의 손아귀에 손목이 잡힌 마칠은 죽을 듯 비명을 질렀다. 괴인의 힘은 엄청났다. 마칠은 마치 쇠갈고리가 채어진 듯 꼼짝도 할 수 없었다.

물끄러미 마칠을 바라보던 괴인이 검을 치켜들었다.

퍼억!

검집째 내려친 검에 마칠은 그대로 머리통이 으스러져 버렸다. 비명도 지르지 못한 채 횡사한 것이다.

동료 하나가 너무도 어처구니없이 목숨을 잃자 수레에 탄 도적들이 일제히 뛰어내렸다.

"이런 미친 새끼, 감히 마칠을 죽여?"

"토막을 내주겠다!"

　분노한 도적들의 병장기가 사정없이 괴인의 몸으로 날아들었다.

　육중한 철퇴가 괴인의 머리에 꽂혔고, 창날은 가슴으로 박혔으며, 대두도는 등판을 내리그었다. 그 외에도 여러 자루의 병기가 괴인의 팔다리를 후려쳤다.

　장발괴인이 오체분시가 되어야 하는 것은 지극히 당연한 결과였다. 한데 그 당연한 결과가 전혀 이루어지지 않았다.

　장발괴인은 무쇠로 만들어진 철골인 듯 전혀 손상을 입지 않았다. 오히려 철퇴가 구겨졌고, 창날이 분질러졌으며, 각종 병장기가 모두 파손돼 버렸다.

　장발괴인은 철퇴에 적중된 머리 부위를 어루만지며 처음으로 입술을 뗐다.

　"아, 아파……."

　도적들은 비로소 마칠이 왜 어처구니없이 죽었는지 분명히 깨닫게 되었다.

　이자는 금강불괴에 버금가는 굳건한 신체를 지닌 자다. 마칠의 칼이 동강 난 것도 그 때문이다. 아마 엄청난 고수인지도 모른다. 이런 고수라면 그들 모두가 덤빈다 해도 이길 수 없다.

　한순간 같은 생각을 떠올린 그들은 파손된 병장기를 내던진 채 냅다 달아났다.

　"괴물이다!"

“모두 피해!”

장발괴인은 멀거니 그들을 바라보다가 짐수레를 향해 다가섰다.

궤짝마다 비단과 패물이 가득 실려 있었지만 괴인은 패물 따위에는 전혀 관심을 보이지 않았다. 궤짝을 뒤집어 모두 쏟아낸 그는 신경질적으로 궤짝을 집어 던졌다.

“배고파…….”

그의 몽롱한 눈망울에 조금씩 생기가 감돌며 동공이 형성되어 갔다.

코를 킁킁거린 그는 마부석에 놓여 있는 술병을 찾아냈다. 마개를 열고 냄새를 맡은 그의 눈에 이채가 감돌았다.

그는 술병을 기울여 벌컥벌컥 들이켰다.

“콜록콜록!”

너무 급하게 마시다 사레가 걸린 그는 심한 기침을 하며 술을 게워냈다. 이내 가슴을 문질러 기침을 진정시킨 그는 조금 천천히 술을 들이켰다.

그의 입가에 처음으로 미소가 배어 나왔다. 마치 세상을 얻은 듯한 환희의 미소가 파문처럼 번졌다.

“술… 술이다!”

자신이 마신 액체가 술임을 정확히 알고 있다면 백치는 아니다.

빈 술병을 내던진 그는 걸음을 옮겼다.

더 이상 발을 질질 끌지 않았다. 한 걸음 한 걸음 성큼성큼 달려갔고, 질질 끌던 검도 어깨에 걸쳤다. 그가 향하는 곳은 도적들이 달아난 백월림 산채였다.

3

백월림은 구만산 도적들의 산채 중에서 중간 급 규모다. 본래는 대규모 도적 집단이었지만 무술깨나 하는 두령들이 차례로 황천행을 서두르다 보니 중간 급 정도로 축소되었다.

산채의 도적들은 늦은 아침을 먹는 중이었다.

넓은 야외 탁자에는 신선한 과일이 풍성했고 노릇노릇 구운 고기가 반듯하게 썰려 놓여 있었다. 한데 모든 도적들은 바닥에 거적을 깔고 앉아 식사를 하고 있었고, 오직 한 여인만이 식탁을 독차지하고 앉아 있었다.

식사를 하는 여인의 자태는 아주 우아했다. 젓가락질도 능숙했고 과일을 한입 베어 물어도 깨끗한 수건으로 입가를 닦으며 깔끔함을 떨었다.

여도적이라 하기에는 지독히도 색기가 짙은 여인.

피부는 백옥처럼 희고 갈색 모발은 반지르르 윤기가 흐른다. 속눈썹이 유난히 길고 커다란 눈망울은 뭇 사내를 유혹할 듯 촉촉이 젖어 있다. 특히 석류 속처럼 붉은 입술이 매력적이다. 능금을 오물거리는 입술은 사내라면 누구라도 훔치고 싶을 만큼의 관능을 자아낸다.

여인의 옷은 아주 특이했다.

아니, 옷이라기보다 그저 몸에 하얀 비단을 둘렀을 뿐이다. 어깨를 고스란히 드러낸 채 풍만한 젖가슴에서부터 두른 능라는 잘록한 허리와 대리석처럼 쭉 뻗은 허벅지까지만 이어졌다.

거적에 주저앉아 식사를 하는 도적들은 다리를 꼬고 앉아 우아하게 식사를 하는 여인을 바라보며 입을 헤벌리고 있었다.

여인의 이름은 소견(蘇絹).

그녀가 바로 백월림 산채의 두령이다. 하지만 그녀는 백월림의 주인이라는 의미인 림주로 불리기를 좋아한다.

소견이라는 이름은 물론 본명이 아니다.

그녀는 비단의 감축을 아주 좋아한다. 특히 절강성 소주의 비단을 으뜸으로 인정해 소주산 비단을 항상 몸에 감고 산다. 그래서 소주의 비단이라는 의미인 소견으로 불리게 된 것이다.

그녀는 비단의 감축을 온몸으로 느끼기 위해 속옷을 받쳐 입지 않는다. 몸에 두른 한 겹의 비단이 그녀의 장식품이자 옷이었다.

소견은 거적에 앉아 식사를 하는 도적들을 쓸어보며 아찔한 미소를 머금었다.

"새끼들, 언제까지 짐승들처럼 쭈그리고 앉아 처먹을 거

야? 그러기에 어서 젓가락질을 배우라고 했잖아? 서로 마주
앉아 도란도란 얘기를 나누면서 식사를 하면 얼마나 좋아, 이
형편없는 새끼들아!"

고운 용모에 어울리지 않게 어투는 무척 거칠었다.

대부분 장족 출신인 도적들은 투덜거리면서 손으로 집은
음식을 입에 우겨 넣었다.

"림주, 꼭 젓가락으로 처먹어야 하는 이유가 뭐요, 그냥 먹
으면 되는 거지?"

"그러게 말이오. 림주도 과일은 손으로 집어먹지 않소?"

소견은 상아 젓가락으로 삶은 콩을 하나 집어 들었다.

"이것 봐. 정말 예술이지 않니?"

그녀는 콩알을 한 알 입에 넣고는 오물오물 씹었다.

"흐음, 맛있어. 네놈들 더러운 아랫도리를 주물럭대던 지
저분한 손가락으로 집어먹어 봐라, 이런 맛을 느낄 수 있나."

도적들은 삶은 콩을 한 줌 집어 입에 털어 넣었다.

"거, 번거롭게 어떻게 한 알씩 먹소? 그냥 한 줌씩 씹어 먹
는 게 얼마나 편한데."

소견은 하얀 손수건으로 입가를 꼭꼭 누르며 비아냥댔다.

"새끼들아, 그래서 난 여기 앉아서 먹고 너희들은 바닥에
서 먹는 거잖아?"

한데 이때였다. 한 무리의 도적이 산채 안으로 들어서며 다
급하게 외쳤다.

“크… 큰일 났소, 림주!”

소견은 상아 젓가락을 가지런하게 내려놓았다.

“소란 피우지 말고 천천히 얘기해. 대체 무슨 일이야?”

털북숭이 가슴 털을 지닌 황삼이 가쁜 숨을 몰아쉬며 대답했다.

“마… 마칠이… 마칠이 죽었소!”

소견은 가는 눈썹을 예쁘게 찡그렸다.

“그게 무슨 소리야? 마칠이 죽다니?”

“정말이오. 마칠이 죽었소!”

소견은 이해가 되지 않는 듯 고개를 갸웃거렸다.

“이상하네? 너희들에게 약탈을 해오라고 지시한 물품은 사실 몽산파(蒙山派)에 전달될 진상품이었어. 하기에 운송을 맡은 자들의 경비가 허술할 수밖에 없었지. 내가 가슴을 허락해 얻은 정보였으니 확실해. 호송 경비가 허술해 너희들 정도면 충분히 탈취해 올 수 있다고 판단했는데 뭐가 잘못됐을까?”

“약탈은 문제없었소. 한데 오는 도중…….”

“이런 한심한 새끼들! 그렇다면 도적이 다른 도적놈들을 만나 빼앗겼단 말이냐?”

황삼은 답답한 듯 자신의 가슴을 탁탁 쳤다.

“도적이 아니고 괴물이오! 괴물이 대번에 마칠의 머리를 박살 냈소.”

“괴물? 너희들은 보고만 있었냐?”

“왜 보고만 있었겠소? 모두 달려들어 놈을 내려쳤는데 우리의 병기만 박살 나고 말았소.”

소견이 짜증스런 표정으로 소리쳤다.

“야, 황삼! 도대체 무슨 소리를 하는 거냐? 그런 괴물이 어디 있어? 혹시 철갑룡이라도 만났단 말이냐?”

다른 도적이 대신 대답했다.

“림주, 우리가 말하는 괴물은 짐승이 아니고 사람이오. 창칼로도 죽일 수 없으니 괴물이 아니고 뭐겠소?”

소견은 비로소 황삼 일행의 말귀를 알아들었다. 그녀의 표정이 심각하게 굳어졌다.

“그래? 영외(嶺外)에 그런 고수가 있다는 소문은 못 들었는데?”

영외는 광서성을 가로지르는 남령산맥 이남을 이르는 말이다. 옥문관 바같인 관외와 남방의 영외는 중원에서 보면 모두 변방에 해당된다.

이때 거적에 앉아 얘기들 듣던 도적들이 일제히 일어섰다.

“웬 놈이냐?”

그들은 병장기를 꼬나 들고 진입로를 막아섰다.

산채 안으로 들어선 사람은 예의 장발괴인이었다. 그는 한결 또렷해진 동공으로 빠르게 주변을 살피고는 성큼성큼 걸음을 옮겼다.

장발괴인이 소견이 앉아 있는 식탁으로 곧장 다가서자 도적 둘이 달려들었다.

"이 새끼, 여기가 감히 어디라고 함부로 들어와?"

"백월림이 네 안방인 줄 아냐?"

한 명은 칼로 어깨를 내리찍었고, 다른 한 명은 철곤으로 다리를 후려쳤다.

쨍그렁!

괴인의 몸을 강타한 두 도적의 병장기가 대번에 박살 나버렸다.

"억?"

"이, 이럴 수가!"

놀란 도적들은 입을 쩍 벌리며 급히 뒤로 물러섰다.

황삼이 다급히 외쳤다.

"림주, 바로 저 괴물이오! 저놈이 마칠을 죽였소!"

장발괴인은 식탁에 차려진 풍성한 음식을 보고는 미친 듯 달려들었다.

식탁 위에 검을 내려놓은 그는 양손으로 음식을 움켜쥐고는 정신없이 먹어댔다. 양젖 한 사발을 단숨에 들이켰고, 술을 단지째 들고 벌컥벌컥 마셨다.

"……?"

소견은 눈을 가늘게 뜨며 장발괴인을 살폈다. 그러다 상대가 벌거숭이 몸이라는 사실을 알아채고는 피식 실소를 지었다.

"훗, 변태가 아니면 미친놈이로군?"

그녀는 심각한 위험은 없다 판단하며 황삼에게 시선을 던졌다.

"황삼, 솔직히 털어놔. 대체 어떻게 된 거야?"

황삼은 잔뜩 두려움에 젖은 눈으로 장발괴인을 연신 힐끗거렸다.

"림주의 지시대로 노략질을 하고 돌아오는 길에 저 벌거숭이 괴물을 만나게 되었소. 행색은 미친놈인데 진귀한 보검을 지니고 있어 마칠이 뺏으려 한 거요."

"그런 와중에 마칠이 죽었단 말이지?"

"그렇소."

소견은 아귀처럼 먹어대는 장발괴인을 쓸어보며 도도한 미소를 지었다.

"도검이 전혀 먹히지 않는다면 괴물은 확실하군. 잘 길들이면 쓸모가 있겠어."

그녀는 손을 뻗어 탁자에 놓여진 검에 손끝을 얹었다.

"흐음, 조금 낡기는 했어도 보검은 확실하구나. 이런 짐승 같은 놈이 지니고 다닐 물건은 아니야."

한데 괴인이 먼저 손을 뻗어 검집을 눌렀다.

소견은 움찔하다가 유화적인 웃음을 지으며 부드럽게 달랬다.

"괜찮아. 잠시 보려는 것뿐이야. 절대 빼앗을 생각은 없어."

괴인은 물끄러미 그녀를 바라보다 시선을 아래로 내렸다.

한 겹 비단으로만 감싼 육봉이 절반은 드러나 있었다. 양쪽 젖가슴 사이의 골이 선명하다.

소견은 자신의 몸매를 과시한 듯 팽팽한 육봉을 앞으로 내밀었다.

"호호, 너 같은 짐승도 보는 눈은 있나 보지? 하기는 내 몸매에 반하지 않으면 사내새끼가 아니지."

장발괴인의 부르튼 입술이 가볍게 달싹거렸다.

"여, 여… 자……?"

소견은 놀랍다는 듯 눈을 상큼 치켜떴다.

"어머나! 말도 할 줄 아네?"

장발괴인은 길게 손을 뻗어 그녀의 머리채를 덥석 움켜쥐었다.

"아악!"

머리채를 붙잡힌 소견은 기겁을 하며 소리쳤다.

"얘들아, 뭣들 해? 어서 이 새끼 팔을 잘라!"

도적 하나가 대두도로 장발괴인의 팔을 내려쳤다. 그러나 무쇠덩이를 내려친 듯 대두도는 그대로 동강 나고 말았다.

장발괴인은 권태로운 표정으로 검을 휘둘렀다.

퍼억!

검집째로 목을 강타당한 도적은 대번에 목뼈가 분질러지며 나가동그라졌다.

장발괴인은 식탁 위의 그릇을 밀쳐 내고는 소견을 눕혔다. 그의 우악스런 손길에 비단옷이 대번에 찢겨졌다. 속옷 하나 받쳐 입지 않은 그녀였기에 알몸이 되는 것은 순식간의 일이었다.

"이, 이 더러운 짐승이 감히?"

소견은 권법을 펼쳐 괴인의 혈도를 강타했다. 치명적인 사혈을 찍혔지만 괴인은 끄떡도 하지 않았다. 그녀의 다리를 벌린 그는 곧바로 교접의 자세를 취했다.

소견은 몸부림을 치며 악을 써댔다.

"왜 보고만 있는 거야? 어서 이 짐승을 끌어내!"

그러나 도적들 중 누구도 나설 생각을 하지 못했다.

창칼에도 끄떡없는 철골의 괴인을 무슨 수로 감당한단 말인가. 게다가 동료 하나가 일격에 목이 분질러져 죽는 광경을 똑똑히 보았기에 목숨을 바쳐 충성을 다할 도적은 없었다.

소견은 손톱으로 괴인을 할퀴며 격렬하게 저항했다.

"이 더러운 짐승! 저리 꺼지지 못해!"

그녀가 비록 숱한 사내를 겪어온 몸이었지만 백월림의 두령이 된 후로는 그래도 함부로 몸을 굴리지 않았다. 한데 벌건 대낮에 졸개들이 지켜보는 와중에 겁탈을 당하게 되었으니 정말 환장할 일이었다.

이때 뱁새눈의 도적이 나직이 외쳤다.

"림주, 그 괴물을 죽일 방법은 하나밖에 없소!"

"방법이 있다고? 어, 어서 말해봐!"

"놈과 순순히 교접을 하는 거외다!"

"뭐야?"

"여태 림주와 교접해 살아남은 사내가 어디 있었소? 놈이 아무리 동신철골(銅身鐵骨)의 몸이라도 림주의 마력적인 색기라면 충분히 죽일 수 있을 것이오!"

묘책이라 하기에는 너무도 어처구니없는 제안이었다. 그래도 도적들은 모두 손을 마주치며 동조를 했다.

"림주, 전육(全六)의 말이 맞소!"

"그냥 눈 질끈 감고 받아주시오!"

"놈이 탈진하면 우리가 토막 내 죽여 버리겠소!"

소견은 맥이 탁 풀렸다.

하지만 냉정하게 생각해 보면 아주 틀린 말은 아니었다. 그들의 능력으로는 도검에도 죽지 않고 점혈도 되지 않는 괴인을 제압할 방도가 전무했다. 지금으로서는 괴물의 요구에 응할 수밖에 없었다.

그녀는 괴인의 얼굴을 감싸 쥐었다.

"좋아, 한 번 허락할 테니 우선 좀 씻어! 네 몸에서 나는 고약한 악취 때문에 매스꺼워 죽겠어!"

장발괴인은 그녀의 몸부림이 다소 진정되자 그대로 몸을 밀착해 왔다.

준비도 안 된 몸이었기에 통렬한 고통이 전신을 엄습해 왔다. 그녀는 유린당하는 와중에도 도적들을 향해 외쳤다.

"뭘 봐, 새끼들아! 어서 꺼져! 꺼지라고!"

관음(觀淫)은 인간의 가장 말초적인 본능이다.

산채 밖으로 튀어나온 도적들은 허술한 나무 방책 사이에 얼굴을 가져다 대며 이 진귀한 볼거리를 감상했다. 그들이 섬기는 두령이 겁탈을 당하는 상황이었지만 분노는 물론이고 측은한 마음조차 들지 않았다.

그들의 눈에는 일방적인 겁탈이 아니라 잘 어울리는 교접으로 보일 뿐이었다.

물론 소견이 사내와 살을 섞는 광경은 처음이 아니었다.

백월림에 오래 몸담아왔던 도적들은 그녀가 어떤 과정을 거쳐 백월림의 두령으로 추대되었는지 잘 알고 있었다.

사실 그녀의 성장은 참으로 기구했다.

그녀는 어렸을 적 부모의 손을 잡고 계림의 산수를 유람 나왔다가 이강(灕江)의 수적들 손에 걸려 납치를 당했다. 부모는 살해되었고 그녀는 수적 소굴로 끌려왔다.

수적 소굴에서 노예로 자란 그녀는 워낙 눈부신 미모와 백설 같은 피부를 지녀 수적들의 놀잇감이 되었다.

한데 처음으로 그녀를 유린한 수채(水寨)의 두령이 코피를 흘리며 다음날 싸늘한 시체로 발견되었다. 아무런 상처도 없었기에 어린 소견을 의심하는 수적은 없었다. 그저 급살을 맞아 죽은 것으로 여겼다.

이어 부두령이 수채의 두령 직에 올라 소견을 품에 안았다. 그 역시 마찬가지였다. 칠공으로 피를 흘린 채 횡사한 것이다. 이후 두령이 세 번 바뀌었지만 결과는 마찬가지였다.

수적들은 비로소 소견이 무서운 색기를 지닌 마녀임을 깨닫게 되었다.

사내를 잡아먹는 요녀!

수적들은 그녀를 살려두었다가는 자신들 모두가 죽을 수도 있다는 두려움에 그녀의 목을 베려 했다. 이런 상황에서 그녀를 구한 사람이 백월림 산채의 초대 두령이었다. 아니, 그녀를 구했다기보다 자신의 욕심을 채우려 했다는 표현이 옳을 것이다.

절륜한 정력을 자랑하던 백월림 두령은 수적들의 우려 따위는 전혀 귀담아듣지 않았다. 어린 계집과 한 번 잠자리를 하고 죽은 수채의 두령들을 허약한 쓰레기로 취급했다.

백월림 산채로 돌아온 그는 곧바로 소견을 품에 안았다.

과연 그의 호언장담은 틀리지 않았다. 다음날 아침 그는 거뜬하게 살아 있었다. 문제는 그날 점심 무렵이었다. 그는 식사를 하는 도중 술을 마시다가 피를 토하며 절명하고 말았다.

두령 직을 계승한 부두령은 소견의 무서운 색기를 실감하고는 한동안 손을 대지 않았다. 그러나 그저 바라만 보기에는 너무 아름다운 계집아이였기에 결국은 그도 소견을 잠자리로 불러들였다.

신임 두령은 교접을 나누는 도중에 코피를 쏟으며 황천으로 직행했다. 도적들은 그제야 이강 수채에서 벌어졌던 참사가 사실임을 깨닫게 되었다.

그러나 죽음보다 더 강한 것이 욕정이었다.

자신은 절대 죽지 않을 것이라는 확신을 지니고 소견을 품은 신임 두령들이 차례로 죽어나갔다. 줄초상을 치른 도적들은 비로소 소견의 공포스런 마력을 실감하며 그녀를 멀리하였다.

이후 소견을 안으려는 도적은 없었다.

도적 소굴에서 성장한 소견은 조금씩 무술을 익히면서 그들과 같은 도적이 되어버렸다.

그녀의 임무는 상인들이 지닌 정보였다.

사내라면 누구라도 유혹할 수 있는 미모와 몸매를 지녔기에 정보 수집은 그녀에게 있어 일도 아니었다. 그녀의 교태에 상인들은 중요한 정보를 술술 털어놓았고, 도적들은 손쉽게 약탈을 할 수 있었다.

그녀의 존재는 점차 산채 내에서 중요하게 취급되었다.

성숙한 여인이 되면서 조장을 거쳐 부두령에 오른 그녀는 백월림뿐만 아니라 구만산 도적들의 꽃으로 부각되었다.

전 두령은 진심으로 그녀를 사랑한 도적이었다.

그는 자신이 죽을 것을 알면서도 오랜 고민 끝에 소견과 하룻밤을 보냈다. 결국 그는 뿌듯한 미소를 지은 채 싸늘한 시체가 되었다. 도적들은 전 두령의 유언을 존중해 소견을 기꺼이 백월림의 두령으로 추대하였다.

도적들 세계에서 아주 드물게 여두령이 탄생된 것이다.

소견의 무술이 대단치 않았기에 백월림은 대산채(大山寨)로 성장하지 못했지만 백월림 도적들은 행복했다. 아름다운 두령이기에 바라보는 것만으로도 즐거웠고, 뛰어난 정보력으로 손쉽게 약탈을 할 수 있으니 부러울 것이 없었다.

한데 야만인에 가까운 장발괴인의 등장은 누구도 예상치 못한 대사건이며 백월림 최대의 위기였던 것이다.

도적들은 괴인과 소견의 정사를 훔쳐보면서 입을 다물 수가 없었다. 같은 사내의 입장으로 부러움을 넘어서 주눅이 들고 말았다.

"으으, 저 괴물 새끼는 인간이 아니야."

"맞아. 인간이라면 저럴 수는 없어."

"여태 림주의 기교에 일각을 넘긴 놈은 없었다고!"

한 시진 넘게 계속된 교접은 실로 격렬했다. 남녀 간의 정사가 아니라 격투에 가까웠다.

소견은 강제로 당하는 기분이 더러워 독한 마음을 먹고 괴인과 보조를 맞추었다. 도검으로 죽일 수 없는 괴물이라도 자신의 색기로는 죽일 수 있다는 확신에 상대를 최대한 자극하기 위해 신음 소리도 마다하지 않았다.

그녀는 특이한 체질의 소유자라 사도의 채양보음술을 터

득하지 않아도 저절로 사내의 양기를 흡수할 수 있었다. 하기에 어떤 사내와 정사를 벌여도 먼저 지치는 법이 없었다.

한데 장발괴인은 너무도 강했다. 마치 수십 년간 굶주렸던 욕정을 한꺼번에 쏟아내듯 그녀를 부둥켜안으며 몸을 비벼댔다.

소견은 오히려 자신이 죽을 것만 같았다. 그녀는 그의 등을 마구 할퀴며 통사정을 했다.

"그만 해, 이 괴물아! 날 죽이려는 거야?"

욕정을 해소한 장발괴인은 식탁 위에 대 자로 누웠다. 조금은 허탈해 보이면서도 만족한 표정이었다. 이어 그의 눈까풀이 스르르 감기더니 금세 잠에 빠져들었다.

소견은 덜덜 떨면서 식탁 위에서 내려섰다. 찢겨진 비단 조각으로 대충 몸을 가린 그녀는 가쁜 숨을 몰아쉬었다.

"젠장, 이게 무슨 꼴이야?"

자신을 유린하고 기분 좋게 잠들어 있는 장발괴인을 바라보는 그녀의 눈빛에 독기가 피어올랐다.

"이 더러운 괴물, 넌 이제 죽었어! 내 몸을 그렇게 오래 안았으니 칠공으로 피를 철철 흘리며 죽게 될 거다!"

오랜 교접이 끝나자 산채 밖에서 훔쳐보던 도적들이 우르르 들어섰다.

"림주, 다 끝난 거요?"

소견은 표독스럽게 그들을 쏘아보았다.

"비겁한 새끼들, 마음 같아서는 너희들 모두를 죽이고 싶어!"

도적들은 고개를 떨구며 일제히 무릎을 꿇었다.

"용서하시오, 림주."

"속하들도 어쩔 수 없었소."

"림주를 보호하지 못해 정말 송구스럽소."

소견은 연신 씨근거렸지만 더 이상 그들을 탓할 수가 없었다. 아무리 용맹한 수하라도 죽일 수 없는 불사신과 싸울 수는 없는 법이다.

"됐어. 어서 목욕물이나 준비해. 괴물의 악취 때문에 미칠 것 같아."

도적 하나가 조심스럽게 물었다.

"림주, 한데 놈이 정말 죽을까요?"

"여태 나와 살을 섞고 살아난 놈 봤어?"

"물론… 없었소."

소견은 장발괴인을 돌아보며 입술을 잘근잘근 씹었다.

"저 괴물도 반드시 죽을 거야. 만에 하나 죽지 않는다면… 저 괴물은 인간이 아니야."

"인간이 아니면 뭐란 말이오?"

소견은 눈빛을 발하며 외쳤다.

"뭐겠어, 괴물이지! 그냥 괴물이라고!"

백무향(白武香), 넌 누구냐?

장발괴인은 죽음처럼 깊은 잠에 빠져 있었다. 아니, 소견의 저주스런 색기에 모든 정혈이 빨려 죽었는지도 모를 일이었다. 그는 몸 한 번 뒤척이지 않은 채 열 시진 내내 잠들어 있었다.

도적들은 식탁을 중심으로 둥그렇게 둘러서 있었다.

산채 안으로 한 마리 사나운 야수가 뛰어들어 온 상황이기에 밤을 꼬박 새운 채 지켜보기만 했다. 워낙 위험한 괴물이라 가까이 다가가서 죽었는지 살았는지를 확신해 볼 엄두도 낼 수 없었다.

장발괴인은 검에 대한 집착이 아주 강한 듯 잠을 자면서도

손에서 검을 떼지 않았다. 그에게 있어 고색창연한 보검은 몸
의 일부처럼 보였다.

동녘으로 여명이 밝아오자 오히려 지켜보던 도적들이 지
쳤다.

"모두 날밤을 샐 게 아니라 교대로 놈을 감시하자고."

"그래, 어차피 죽게 될 놈인데 두려울 게 없잖아?"

"하암, 맞는 말이야. 한잠 자고 일어나면 이미 뒈져 있겠
지, 뭐."

백월림 산채의 도적들은 서른 명 정도였다. 서열에서 뒤지는
열댓 명이 보초를 서기로 하고 고참 도적들은 숙소로 향했다.

소견의 거처는 두령의 숙소답게 잘 꾸며져 있었다.

그녀는 워낙 비단을 좋아하기에 벽 전체를 비단으로 둘렀
다. 침상보와 이불도 비단이었다.

망사 비단이 드리어진 창문을 통해 선연한 아침 햇살이 스
며들자 그녀는 길게 기지개를 켜며 눈을 떴다.

본의 아니게 한바탕의 격렬한 정사를 벌여서인지 그녀도
모처럼 단잠을 자게 되었다. 그녀는 부드러운 비단 이불의 감
촉을 알몸으로 느끼며 눈을 깜빡거렸다.

"정말 죽었을까?"

사실 그런 의혹을 품을 필요도 없었다.

칠 년이 넘는 세월 동안 그녀의 몸을 거쳐 간 사내 중 살아

남은 자는 아무도 없었다. 대부분 오공으로 피를 흘리며 시체가 되었고, 정력이 허약한 자들은 정사 도중에 복상사를 하기도 했다.

그녀는 자신의 몸을 통해 부모를 살해한 수적들을 죽이는 복수를 이루었지만 자신이 원해서 이루어진 일은 아니었다. 자신의 의지와 관계없이 사내의 정혈을 고갈시키는 자신의 몸이 만들어낸 복수였던 것이다.

저주받은 육체…….

그것은 여인에게 있어 치명적인 결함이었다. 진실로 사랑하는 사내를 만나도 교합을 맺을 수 없으니 지독한 형벌과도 다름없었다.

그녀는 비록 몸은 망가졌지만 본래 순수한 내면을 지닌 여인이었다. 자신과 살을 섞은 사내들이 죽을 때마다 혼자 눈물을 흘려야 했다. 만일 그녀가 사악한 마녀였다면 자신의 욕정을 채우기 위해 근사한 사내를 찾아다니며 모조리 죽였을 것이다.

소견은 비단 이불을 젖히고 침상 가에 걸터앉았다. 햇살에 투영된 피부가 신비로울 만큼 희고 깨끗하다.

"괴물… 대체 그 괴물의 정체가 뭘까?"

그녀는 하얀 비단을 몸에 둘렀다. 더없이 간편한 옷이기에 입고 벗기가 수월했다.

벽에는 둥근 서역산 거울이 걸려 있었다. 수하들이 그녀를 위해 약탈해 온 보물이었다. 흐릿한 구리 거울과는 비교가 되지 않았기에 그녀의 관능 어린 자태가 고스란히 거울 속에 담겼다.

머리를 빗질한 그녀는 진주 머리띠로 장식을 하고는 밖으로 나섰다.

식탁 둘레에서 보초를 서던 도적들은 대부분 주저앉아 끄덕끄덕 졸고 있었다. 괴인이 이미 죽었을 거라는 확신 때문인지 별반 위험을 느끼지 않는 모습이었다.

소견은 식탁을 침상 삼아 누워 있는 장발괴인에게로 시선을 고정시켰다.

괴인은 어제 누운 자세 그대로였다. 긴 장발이 깡마른 몸의 일부를 가려주고 있었으며 왼손으로는 고색창연한 보검을 꼭 쥐고 있었다.

그를 유심히 살피던 소견은 커다란 눈망울을 상큼 치켜떴다.

"맙소사! 안 죽었어!"

그녀는 자신이 잘못 보았나 싶어 손등으로 눈을 비볐다.

꼼짝없이 누워 있는 장발괴인의 겉모습만 보면 시체 같았지만 가슴의 기복이 일정하게 유지되고 있었다. 그것은 숨을 쉬고 있다는 것을 의미한다. 숨을 쉬고 있다면 절대 시체일 리 없었다.

그녀는 혹시 그를 깨울까 싶어 튀어나오려는 비명을 손으로 막았다.

'살아 있어! 분명 살아 있어!'

순간적으로 그녀의 머리 속이 하얗게 변했다.

구 할의 충격과 일 할의 안도.

어제만 해도 그렇게 죽기를 바랐지만 아직 숨을 쉬고 있는 그를 보자 내심 죽지 않기를 기원했다. 자신과 교접을 맺고도 죽지 않는 사내라면 자신의 저주를 해소할 일말의 희망이 있기 때문이었다.

하지만 아직 그의 생사를 확신할 순 없었다. 워낙 뛰어난 체력을 지녀 용케 숨을 쉬고 있지만 곧 죽을 수도 있는 일이었다.

그녀는 조심스럽게 다가섰다.

가벼운 일격만으로 수하의 목을 분질러 죽일 만큼 무서운 상대였기에 그의 생존이 반드시 반가운 일만은 아니었다. 만일 그가 깨어나 살인귀처럼 산채의 도적들을 모두 해치면 그를 죽이지 못한 것을 후회하게 될 것이다. 한데 이때였다.

와지끈—!

방책 일부가 박살 나며 십여 명이 산채 안으로 뛰어들어 왔다. 그들 중 몇이 졸고 있는 도적들의 목을 가차없이 베었다.

소견이 목이 터져라 외쳤다.

"기습이다—! 모두 나와!"

숙소에서 뒤엉켜 자고 있던 도적들은 병장기를 꼬나 쥐고는 부리나케 달려나왔다.

"어떤 새끼냐?"

"감히 백월림을 침범해?"

그들은 대뜸 산채로 들이닥친 자들을 향해 달려들었다. 그러다 침입자들의 신분을 간파하고는 다급히 물러섰다.

"어엇, 몽산파?"

"몽산파 무사들이다!"

잔뜩 주눅이 든 도적들은 목을 움츠린 채 슬금슬금 뒷걸음질을 쳤다.

침입자들은 모두 요란하게 물들인 복장이었다. 여섯 명은 검수였고 다른 여섯 명은 도객이었다.

그들을 인솔해 온 수장은 권태로운 표정의 중년인이었다. 그는 뒷짐을 진 채 어깨를 축 늘어뜨리고 있었다. 고개도 약간 삐딱해 조금은 덜떨어진 사람처럼 보였다.

소견이 다소 긴장된 모습으로 나섰다.

"육(陸) 당주가 우리 백월림에는 어쩐 일이십니까? 우리가 무슨 잘못을 저질렀다고 다짜고짜 우리 애들을 죽인 겁니까?"

중년인이 웅얼거리듯 대꾸했다.

"네년이 감히 우리 몽산파에 상납될 진상품을 가로채?"

"그게 무슨 소리예요? 대체 무슨 근거로 모함을 하는 겁니까?"

“소견 네년이 조무래기들을 시켜 진상품을 가로챈 사실을 알고 왔다. 네놈들이 죽인 호송 무사 한 명이 다행히 숨이 붙어 있었거든.”

소견은 가슴이 뜨끔했지만 애써 변명을 했다.

“난 모르는 일입니다. 우리 애들은 어제부터 줄곧 산채 안에만 있었어요.”

중년인은 그녀의 변명은 귀담아듣지도 않았다.

“백월림의 소행이 아니라 해도 결과는 마찬가지다.”

“그건 또 무슨 말이죠?”

“지존(至尊)께서 네년에게 관심이 많다. 조무래기들은 모조리 죽이고 네년만 끌고 오라는 엄명을 내리셨다.”

소견은 말로는 해결될 수 없다 싶자 태도를 바꾸어 냉담하게 응수했다.

“흥, 늙은 두꺼비가 무슨 지존이냐? 혈번취왕(血幡鷲王)의 발바닥이나 핥고 사는 주제에!”

중년인은 뻐딱한 고개를 앞뒤로 끄덕거렸다.

“네년은 그 한마디로 헛바닥이 잘리게 될 게다! 지존께서 원하는 것은 네년의 잘난 몸뚱이뿐이니까!”

그는 대동한 수하들에게 지시를 내렸다.

“소견을 끌고 와라! 나머지는 모두 죽여!”

“예, 당주!”

열두 명의 검수와 도객은 일제히 병기를 뽑아 들고는 도적들을 향해 다가섰다. 그들보다 배는 많은 숫자의 도적들이었지만 오히려 도적들이 눈치를 살펴야 했다.

몽산파는 영외에서 제법 영향력을 지닌 방파 중 하나이다.

영외제일문은 혈번교(血幡敎)로 그들은 공공연하게 천하십문 중 하나임을 자부할 만큼 강력한 세력을 지녔다. 그 휘하에 몽산파를 비롯한 네 개의 방파가 광동과 광서, 복주(福州)와 귀주(貴州)를 호령하는데 그들 네 개의 방파가 바로 영외사패다.

몽산파는 명색이 영외사패에 해당되는 방파였기에 그 위세는 하늘을 찌를 듯 높았다. 그들의 눈에 백월림 도적들 따위는 버러지에 불과할 뿐이었다.

순찰무사들을 대동한 중년인은 몽산파의 순찰당주였다.

몽환잔살(蒙幻殘殺) 육강(陸江).

겉보기에는 다소 덜떨어져 보이지만 아주 잔혹한 손속의 소유자였다. 그는 병장기보다는 권각(拳脚)으로 상대를 때려 죽이기를 즐긴다.

소견은 산채의 도적들을 향해 날카롭게 외쳤다.

"달아나도 죽는다! 살기 위해서는 놈들을 죽여야 한다!"

도적들은 잠시 갈등했지만 이판사판의 심정으로 일제히 외쳤다.

"싸우자!"

"백월림은 우리가 지킨다!"

우르르 몰려나온 그들은 각기 두세 명씩 조를 이루어 몽산파 순찰무사들을 상대했다.

차차창!

그다지 넓지 않은 산채 안은 한바탕 아수라장을 이루었다.

몇 합을 겨루기도 전에 도적들 서너 명이 비명과 함께 쓰러졌다. 도적들은 대부분 힘을 위주로 한 마구잡이식 무술을 배웠기에 절차를 밟아 초식을 터득한 순찰무사들의 상대가 되기 어려웠다.

"아아악!"

"크흑!"

머리가 쪼개지고 몸통이 베어진 도적들은 처절한 비명과 함께 고꾸라졌다.

육강은 여전히 뒷짐을 진 채 소견을 향해 다가섰다. 이때 도적 하나가 그의 등을 향해 낭아곤을 내려쳤다.

"뒈져라!"

육강은 표정 하나 변하지 않은 채 빙그르르 회전했다. 그의 특기 중 하나인 풍선각(風旋脚)이었다.

퍼억!

일격에 머리통이 으스러진 도적은 삼 장이나 날아가 움막의 지붕 속으로 처박혔다.

소견은 자신보다 월등한 상대의 무공에 바싹 주눅이 들었다. 그와는 두세 번 면식이 있었지만 무공을 견식하기는 이번이 처음이었다. 그녀는 그가 소문보다 훨씬 무서운 실력자임을 인정하지 않을 수 없었다.

그렇다 해도 그녀는 명색이 백월림의 림주였다. 주먹질 한 번 못하고 굴복하기는 자존심이 허락지 않았다.

그녀는 바닥에 꽂힌 창을 뽑아 힘차게 휘둘렀다.

"차앗!"

육강은 두 발을 바닥에 붙인 채 상체만 뒤로 기울여 그녀의 창을 피해냈다.

"칠성초혼(七星招魂)!"

소견은 혼신의 힘을 다해 일곱 개의 불꽃을 피워냈다. 전 두령이 전수해 준 구명초식으로 변화가 뛰어난 창법이었다.

순간 육강의 몸이 흐느적거렸다. 그는 여전히 뒷짐을 진 채 상체를 움직여 그녀의 창법을 모두 피해냈다. 이어 일수를 휘두르자 창대가 뚝 분질러졌다.

"아앗?"

소견은 하얗게 질리며 주춤주춤 물러섰다. 몇 걸음을 물러서자 엉덩이가 장발괴인이 누워 있는 식탁에 닿았다.

육강이 웅얼거리듯 내뱉었다.

"순순히 굴복해라. 네년이 지존께 재미를 선사하면 도적질 따위는 하지 않아도 호강할 수 있다."

"닥쳐! 늙은 두꺼비 따위가 무슨 제왕이라도 된단 말이냐? 거머리처럼 남의 재물이나 강탈하는 주제에! 네놈들은 우리 도적보다 더 악랄한 흡혈귀들이다!"

"썩을 년!"

둥실 떠오른 육강은 허공을 미끄러지며 각법으로 내리찍었다.

소견은 감히 맞받을 엄두를 내지 못하고 훌쩍 몸을 뒤집어 식탁을 넘어갔다. 그 바람에 장발괴인이 대신 각법의 희생양이 되었다.

퍼억!

육강의 뒤꿈치는 장발괴인을 가슴팍을 내리찍었고, 그 여파로 식탁이 그대로 주저앉았다. 얼마나 강력한 위력을 지녔는지 장발괴인의 몸이 흙바닥을 뚫고 반 자나 깊이 박혔다.

육강은 부서진 식탁 위로 사뿐히 내려섰다.

"지존께서는 네년을 수캐에게 줘서 교미를 시켜볼 생각이시다. 소문대로 모든 수컷을 죽이는 마녀인지 상당한 흥미를 갖고 계시지."

"역겨운 새끼들!"

"큭, 네년이 수캐마저 죽이면 후한 상을 받게 될 것이다."

육강은 판자 조각을 밟으며 걸음을 옮겼다.

한데 이때였다. 바닥에서 사람의 손이 불쑥 튀어나오며 그의 발목을 움켜쥐었다.

"엇?"

육강의 권태로운 표정에 처음으로 변화가 일었다.

부서진 나무 파편이 우수수 밀리며 한 사람이 몸을 일으켜 앉았다. 놀랍게도 장발괴인이었다. 그는 육강의 강력한 각법에 적중되고도 죽지 않은 것이다.

"아……!"

소견은 상당한 충격 속에서도 내심 일말의 희망을 품게 되었다.

장발괴인이 강력한 동신철골임은 이미 확인한 바 있었다. 그가 적이 될지 친구가 될지는 모르지만 당장은 몽산파의 침공을 막아줄 것만 같았다.

장발괴인은 육강의 발목을 쥔 채 그를 올려다보았다.

"아프다……."

육강은 눈을 가늘게 뜨며 기괴한 몰골의 벌거숭이를 내려다보았다.

"이 짐승은 뭐야?"

장발괴인은 검을 번쩍 치켜들었다.

"너도… 아파봐……."

육강은 비록 왼 발목이 제압되었지만 오른발은 자유로웠다. 그는 냅다 장발괴인의 턱을 걸어찼다. 작심하고 전개한 각법답게 지극히 빠르고 강력했다.

퍼억!

턱을 걸어채인 장발괴인은 바닥에 미끄러지며 삼 장 밖으로 나가동그라졌다. 턱을 걸어채었으니 즉사에 해당되는 타격이었다.

간단히 장발괴인을 날려 버린 육강은 뻐딱한 고개를 좌우로 우득우득거렸다.

"희한한 짐승이군. 앞서 맞은 일격에 가슴뼈가 으스러졌어야 당연한데 말이야."

그는 소견을 향해 돌아섰다.

"네년이 즐길 사내가 없어 이제 저런 짐승까지 끌어들인 것이냐?"

소견이 야멸치게 응수했다.

"거칠기는 해도 그는 사람이다! 네놈이야말로 진짜 짐승이지!"

일순 그의 등 뒤를 응시하던 그녀의 입가에 환한 미소가 파문처럼 번졌다.

"그리고 네놈은 이제… 죽었어!"

육강은 등 뒤로 전해지는 서늘한 기운을 감지하고는 홱 돌아섰다. 권태에 찬 그의 표정이 심하게 구겨졌다.

"뭐, 뭐야……?"

놀랍게도 장발괴인은 여전히 건재했다. 그는 한쪽 어깨에 검을 올린 채 천천히 다가서고 있었다. 메마른 입술 사이로 건조한 음성이 흘러나온다.

"또 아프게 했다……."

육강은 자신의 눈을 의심했다.

이럴 수는 없었다. 그의 각법은 바위를 박살 낼 만큼 강력하며 날뛰는 황소도 일격에 죽일 수 있다. 한데 두 번의 발길질에도 상대가 쓰러지지 않은 것이다.

장발괴인이 깨어나면서 장내의 난투가 잠시 중단되었다.

몽산파 순찰무사들은 한쪽으로 물러섰고, 요행히 살아남은 백월림 도적들은 소견의 등 뒤로 피신했다.

황삼이 마른침을 꿀꺽 삼키며 물었다.

"림주, 저… 저 괴물이 되살아난 거요?"

"보면 몰라? 아주 멀쩡해. 나와 교접을 맺고도 죽지 않았고 몽환잔살의 매서운 발길질에도 죽지 않았어."

소견은 시선을 집중시킨 채 아랫입술을 빨았다.

"게다가 이제 말도 조금씩 하는 걸 보니 정신을 차리는 것 같아."

육강은 자신의 각법을 두 차례나 맞고도 멀쩡한 상대였기에 무시할 수가 없었다.

"네놈은 누구냐?"

그 물음에 장발괴인은 갑자기 걸음을 멈추었다. 아주 실성한 사람은 아닌 듯 그는 눈을 깜빡거리며 무언가를 생각했다.

"네놈의 이름이 뭐냐?"

육강이 다시 채근하듯 묻자 장발괴인은 모호한 답변을 했다.

"몰라. 나는… 나야."

“어디서 굴러온 놈이냐?”

“몰라. 묻지 마. 머리 아프다.”

장발괴인이 미간을 찌푸리자 육강은 비로소 상대가 온전한 정신을 지닌 사람이 아님을 간파했다.

“큭, 알고 보니 미친놈이었군? 어쨌든 내 각법을 맞고도 죽지 않았다는 것이 놀랍다. 특별한 짐승이라 지존께서 홍미를 느끼시겠군.”

육강은 순찰무사들에게 지시를 내렸다.

“놈을 묶어라! 소견과 함께 총단으로 압송하겠다!”

“예, 당주!”

두 명의 검수가 나서며 포승을 풀어 쥐었다. 그들은 신속하게 장발괴인의 마혈을 제압하고는 팔을 묶으려 했다.

소견과 도적들은 입을 꾹 다문 채 지켜보기만 했다. 장발괴인이 어제 보여준 괴력은 진정 공포와 충격이었다. 과연 그것이 일시적인 현상인지 궁금하였다.

“싫다…….”

장발괴인은 어깨에 걸친 검을 휘둘렀다.

두 검수는 괴인의 혈도를 찍어놓았기에 아무런 대비도 하지 않고 있었다. 괴인이 설마 혈도마저 제압되지 않으리라고는 전혀 생각지 않은 것이다.

그런 와중에 둔탁한 폭음과 함께 두 줄기 비명이 울려 퍼졌다.

"아악!"

"커억!"

한 명은 안면이 쪼개졌고 다른 한 명은 어깨서부터 가슴까지 비스듬히 베어졌다.

몽산파 순찰무사들은 입을 쩍 벌렸다.

눈앞에서 전개된 참상을 어떻게 해석해야 할지 판단을 내릴 수가 없었다. 혈도가 제압되지 않았다는 것도 놀라웠고, 검집을 휘둘렀을 뿐인데 이렇듯 무서운 결과가 야기된 것도 쉽게 이해가 되지 않았다.

육강의 얼굴에서 권태로운 표정이 씻긴 듯 사라졌다.

"으음, 특별한 외문 기공이라도 수련했나 보군. 하지만 내 수하들을 죽였으니 네놈은 이제 살아남을 수 없다."

뒷짐을 푼 그는 양손을 가슴 앞에서 교차했다.

"차아앗!"

손끝에 진기를 운집하자 손톱이 다섯 촌 길이로 튀어나왔다. 그의 절기인 잔살철조공(殘殺鐵爪功)이었다. 철판을 찢을 만큼 무서운 무공으로 한 번 걸리면 온몸이 조각조각 찢어진다.

그가 미끄러지듯 다가서자 장발괴인은 본능적으로 검을 휘둘렀다. 하지만 육강의 무공은 순찰무사에 비할 바가 아니었다. 그는 흐느적거리는 신법으로 괴인의 검을 피해내고는 잔살철조공을 내질렀다.

“뒈져!”

그의 손톱은 정확히 괴인의 가슴 부위에 박혔다. 그의 입가에 잔혹한 미소가 감돌았다.

“새끼, 동작은 굼뜨군.”

자신의 승리를 확신한 그는 스스로 만족했다. 그는 상대의 가슴뼈를 꿰뚫고 심장을 끄집어낼 요량으로 손톱을 갈퀴처럼 오므렸다.

한데 그의 손톱이 으스러지며 손끝에서 피가 흘렀다. 어이없게도 그의 잔살철조공이 파훼된 것이다.

장발괴인은 다소 인상을 찡그리며 검을 내려쳤다.

“또 아프게 했다.”

수법은 단조로웠지만 육강은 너무도 놀라 미처 피할 생각을 하지 못했다. 그가 겨우 제정신을 차렸을 때는 이미 검이 머리 위로 내리꽂히고 있었다. 찰나지간 그는 임기응변을 발휘해 팔을 쳐들었다.

퍼억!

가까스로 목숨을 건졌지만 그의 팔이 팔꿈치서부터 잘리고 말았다.

“크으윽!”

그는 고통스런 신음을 토하며 비틀비틀 물러섰다.

장발괴인은 빈 허공을 향해 몇 번 검을 휘두르고는 고개를 갸웃거렸다.

“어색해……."

그가 검을 어깨에 걸치며 돌아서자 육강은 이를 부드득 갈 았다.

“더러운 짐승, 어디 두고 보자!”

그는 베어진 팔을 감싸며 앞서 몸을 날렸다.

“가자!”

그가 퇴각하자 순찰무사들은 죽은 두 동료의 시체를 집어 들고는 그의 뒤를 따랐다.

몽산파의 패퇴!

소견과 백월림 도적들은 이 기적 같은 사실에 일제히 환호성을 질렀다.

“와아아!”

“이겼다!”

“몽산파 놈들이 달아났어!”

도적들은 서로를 얼싸안으며 마치 자신들의 힘으로 몽산파 고수들을 물리친 듯 좋아했다.

장발괴인은 박살 난 식탁으로 다가섰다. 쭈그려 앉은 그는 나무판자 사이를 뒤적거렸다. 도적들은 이제 그의 행동 하나하나에도 관심을 갖고 지켜보았다.

소견은 수하들에게 함구령을 내리고는 조심스럽게 다가섰다.

“뭘 찾고 있어?”

장발괴인은 한 손으로 나뭇조각을 흩뜨리며 중얼거렸다.

"배고파. 먹을 게 없다……."

"배고프다고? 그래, 알았어."

소견은 수하들을 다그쳤다.

"이 새끼들아, 어서 음식 가져와! 우리 백월림 산채를 구해 준 영웅께서 몹시 시장해하신다! 어서!"

수하들은 음식을 장만하기 위해 사방으로 흩어졌다.

소견은 일단 위기를 넘겼다는 사실에 크게 안도하며 한 손으로 가슴을 쓸었다.

물론 순찰무사들이 둘이나 죽고 순찰당주의 팔이 베어졌으니 몽산파에서 반드시 보복을 펼쳐 올 것이다. 하지만 장발괴인이 있기에 별반 두렵지 않았다. 어떤 병기에도 쓰러지지 않는 불사신을 누가 이길 수 있단 말인가.

그녀는 장발괴인을 잘 꼬드겨 백월림 산채에 붙들어놓고 싶었다. 그의 비호를 받는다면 백월림을 대산채로 키우는 것도 어렵지 않을 것 같았다.

그녀는 우두커니 앉아 있는 장발괴인 옆에 쪼그려 앉았다.

"난 소견이야, 소.견. 소주의 부드러운 비단이란 뜻이지. 넌 이름이 뭐야?"

장발괴인은 물끄러미 그녀를 바라보다가 눈길을 아래로 내렸다. 그녀의 풍만한 가슴을 주시하는 그의 입가에 처음으로 희미한 미소가 감돌았다.

“생각나. 좋은 냄새……. 살이 부드러워.”

소견은 매혹적인 추파를 보냈다.

“호호, 그래도 사내라고 너도 느끼는 바가 있구나? 어제보다는 말을 꽤 잘하네? 대체 어디서 온 거야?”

장발괴인은 그녀의 손을 잡아끌더니 대뜸 바닥에 눕혔다.

소견은 그의 의도를 간파하고는 기겁했다.

“뭐, 뭐야? 또 하자고?”

“좋아. 기분 좋아.”

장발괴인이 비단옷을 움켜쥐자 그녀는 정색을 했다.

“알았어. 네가 원하는 대로 해줄 테니 내 말 들어. 여기서는 안 돼.”

“……?”

“우리는 사람이야. 짐승들이나 아무 데서나 그 짓을 하는 거야. 내 처소로 가자.”

“여기 좋다.”

“바보야, 내 말 들어! 비단 침상이 얼마나 부드러운지 알아?”

장발괴인은 그녀의 볼을 매만지다가 몽롱한 미소를 지었다.

“부드러워…….”

“그래, 어서 날 처소로 데려가.”

장발괴인은 말 잘 듣는 아이처럼 그녀를 번쩍 안아 들었다.

부랴부랴 음식을 준비하던 도적들은 장발괴인이 두령을 안고 가자 멀뚱하게 서로를 바라보았다.

"뭐, 뭐야?"

"대체 어떻게 된 거야?"

"어째 다정한 연인처럼 보이네?"

소견은 괴인의 목을 얼싸안고는 빠르게 외쳤다.

"식탁 고쳐 놓고 있어! 내 처소 근처에는 얼씬대지 말고!"

자신의 처소로 들어선 소견은 새색시처럼 가슴이 두근거리는 흥분에 젖고 말았다.

그녀에게 있어 같은 사내와의 정사는 처음이었다. 그녀를 거쳐 간 무수한 사내들은 단 한 번의 교접으로 모두 정혈이 고갈돼 죽었기 때문이다. 그것은 그녀에게 있어서도 슬픔이며 고통이었다.

그녀는 자신의 몸을 저주하며 누구라도 좋으니 제발 살아남기를 기원했었다. 그러나 칠 년의 세월 동안 모든 사내들은 독이 든 술을 마신 듯 죽어버렸다.

한데 볼품없이 깡마른 장발괴인은 거뜬히 살아 있다. 단지 목숨만 붙어 있는 것이 아니라 또 한 번 성욕을 느낄 만큼 건재한 것이다.

소견은 내심 이런 기적이 영원하기를 기원했다.

'어쩌면… 이 사람 덕분에 내 몸의 저주가 풀릴지도 몰라.'

첫 번째 교접이 격투기처럼 격렬한 싸움이었다면 두 번째 교접은 연인처럼 조화를 이룬 쾌락의 정사였다.

한바탕의 정사를 마친 두 남녀는 땀으로 번들거리는 몸을 끌어안은 채 서로를 바라보았다. 괴인의 눈빛은 나른했고 소견의 눈빛은 다정했다.

괴인의 텁수룩한 수염을 어루만지는 그녀의 손길은 현을 고르는 듯 부드러웠다.

"이봐, 넌 세상에서 가장 강한 사내야. 네가 내 몸의 저주를 풀어주었어. 너한테 얼마나 고마워해야 할지 모르겠어."

괴인은 잘 이해가 되지 않는 듯 미간을 찌푸렸다.

"저주? 저주가 뭐지?"

"네 정신 상태가 온전하지 않은 것 같아 지금은 설명하기 힘들어."

소견은 뼈와 근육만 남은 그의 몸을 어루만졌다.

"내 이름은 소견이야. 아까 말해주었는데 기억나?"

"그래."

"그럼 네 이름을 말해봐."

"이름?"

"그래, 사람이라면 누구나 자신의 이름이 있잖아? 누가 널 부를 때도 이름이 있어야 하고, 네가 남에게 자신을 소개할 때도 이름이 있어야 하지. 너도 이름이 있을 것 아냐?"

괴인은 천천히 몸을 일으켜 앉았다. 그는 눈을 깜빡이며 고개를 좌우로 꺾었다.

"몰라. 생각이 안 나."

소견은 관능적인 알몸을 한 겹 비단으로 대충 가렸다.

"잘 생각해 봐. 분명 이름이 있을 거야. 네가 말을 하는 것을 보면 분명 야만인은 아니거든. 그렇다면 누군가 널 키웠을 것이고, 반드시 이름을 지어주었을 거야."

괴인은 자신의 이마를 감싸 쥐며 잔뜩 이맛살을 찌푸렸다.

"몰라. 무언가를 생각하려 하면 너무 머리가 아파."

소견은 비단의 부드러운 감촉을 한껏 느끼며 물었다.

"그럼 내가 이름을 지어줄까?"

"네가?"

"그래. 내 이름이 뭐라고 했지?"

"소견… 소주의 비단 소견."

"맞아, 앞으로는 날 소견으로 부르면 돼."

소견은 잠시 그를 응시하다가 배시시 미소를 지었다. 보는 사람으로 하여금 아찔한 현기증을 느끼게 할 만큼 매혹적인 미소였다.

"널 무향(武香)으로 부르고 싶어. 내 성이 백(白) 씨였으니까 넌 백무향(白武香)이 되는 거야."

괴인은 눈알을 데굴데굴 굴리며 되뇌었다.

"백무향… 백무향……."

"본래 내가 엄마 뱃속에 있을 때 아버지가 지어준 이름이야. 아버지는 내가 아들이기를 바랐나 봐. 물론 내가 딸로 태어나는 바람에 다른 이름을 갖게 되었지만."

"넌 소견이라면서?"

소견의 입가에 서글픈 웃음이 감돌았다.

"맞아. 단란한 백 씨 가족은 이강에서 도적들 손에 모두 죽었어. 나도 그때 죽은 거야. 꿈 많은 어린 계집애는 죽었고, 그저 소견으로 불리는 육신만 살아남아서 여도적이 되었지. 난 옛날 이름을 잊었기에 기억하기도 싫어."

장발괴인은 손끝으로 그녀의 콧등과 입술을 어루만졌다.

"넌 소견… 난 백무향. 그러면 되는 건가?"

"그래. 이름이 마음에 들어?"

장발괴인의 입가에 처음으로 인간의 감정이 깃든 미소가 감돌았다.

"좋아, 백무향. 나, 백무향이야."

우연히도 백월림 산채로 흘러들어 온 장발괴인은 뜻하지 않게 백무향이라는 이름을 갖게 되었다.

소견은 몸을 일으켜 앉으며 그를 가까이 응시했다.

"무향, 넌 어디서 온 거야? 정말 과거를 하나도 기억 못 해?"

백무향은 알몸으로 침상에서 내려섰다.

"모르겠어. 처음에는 아무것도 볼 수 없었어. 어둡고 추웠지. 목이 마르고 배가 무척 고팠어."

소견은 그의 깡마른 알몸이 볼썽사나워 푸른 비단으로 감싸주었다.

"내가 옷을 지어줄 테니 일단 이걸 걸치고 있어."

"옷? 이게 옷인가?"

"그래. 사람이면 옷을 입어야 돼."

소견은 침상 가에 걸터앉으며 한 손으로 턱을 괴었다.

"영외 지역은 대부분 따뜻해 겨울에도 얼어 죽지는 않아. 하지만 네가 깨어나서 추위를 느꼈다면 넌 십만대산에서 온 것이 분명해."

"십만대산?"

"그다지 멀지 않은 곳이지. 이곳은 구만산이라고 하는데 십만대산과 준령 하나를 사이에 두고 있어."

소견은 다리를 꼬고 앉으며 흥미로운 눈빛으로 그를 쓸어보았다.

"그래, 어렸을 적 할아버지한테 들었던 이야기가 생각나는군. 어떤 나무꾼이 벼랑에서 떨어지는 바람에 정신을 잃었대. 다행히 죽지는 않았지만 기억을 잃은 채 수년 동안 산속에서 짐승처럼 지냈다더군. 그러다 옛 동료들에게 발견돼 마을로 내려오게 되었어. 그 후 따뜻한 밥을 먹고 예전에 알던 사람들과 얘기를 나누고 옛날 물건을 접하면서 조금씩 기억을 찾았다고 했어."

백무향은 고개를 갸웃거렸다.

"난 떨어진 기억이 없는데……."

"꼭 높은 데서 떨어지지 않았어도 어떤 충격으로 기억을 잃을 수는 있어. 하지만 사람의 기억은 강렬해서 영원히 지워지는 일은 없대."

소견은 탁자에 올려진 검을 보고는 가볍게 손뼉을 쳤다.

"아, 그래!"

그녀는 양각된 금룡이 칭칭 휘감긴 검을 가리켰다.

"무슨 연유인지 몰라도 네가 저 검을 자신의 몸처럼 아꼈어. 정신이 없는 와중에도 쥐고 있었고, 누가 뺏으려 해도 절대 빼앗기지 않으려 했지. 아마 이 검이 너의 기억을 되찾는 열쇠일 거야."

"검……. 이것을 검이라고 하는 건가?"

"그래, 검이라는 병기이지. 넌 예전에 무사였을 거야. 이런 병기는 무사들만 지니고 다니지."

소견은 검을 받쳐 들고 세심하게 살폈다.

"굉장히 오래전에 제작된 검 같아. 검집만 보아도 보검임에 틀림없어. 가만, 뭐라고 쓰여 있네?"

"……?"

"예서(隷書)로 새겨져 있군."

"예서가 뭔데?"

"아득한 옛날 한(漢)나라 시절에 널리 쓰였던 문자라고 들었어. 그 후 해서(楷書)와 행서(行書)가 만들어지면서 예서체는 거의 쓰이지 않게 되었지."

소견은 한참 동안 양각된 문자를 들여다보다가 환한 표정을 지었다.

"아, 알겠어. 뇌천(雷天)이야. 아마 이 검의 이름이 뇌천검인 것 같아."

"뇌천검?"

백무향의 눈빛이 갑작스럽게 이채를 발했다. 그녀의 손에서 검을 잡아챈 그는 뚫어져라 검을 살폈다.

"뇌천검… 뇌천검……."

"무향, 기억나는 게 있어?"

"몰라. 하지만 이상하게 피가 끓어. 뇌천검이라는 이름… 생소하지 않아."

소견은 밝은 표정으로 그와 나란히 섰다.

"잘됐어. 이름이 생소하지 않다는 것은 네 기억의 일부가 남아 있다는 증거지. 아마 이 뇌천검을 통해 조금씩 기억을 되찾게 될 거야."

그녀는 뇌천검의 손잡이를 쥐었다.

"한번 뽑아볼까? 굉장한 보검일 것 같아."

백무향은 물끄러미 그녀를 바라보다가 고개를 저었다.

"안 뽑힐 거야."

"왜?"

"모르겠어. 그냥 그런 생각이 들어."

"바보. 세상에 그런 검이 어디 있어?"

소견은 그에게 검집을 잡게 하고 두 손으로 손잡이를 쥐었다. 한데 힘껏 잡아 뽑았지만 검은 마치 검집 속에 달라붙은 듯 뽑히지가 않았다.

"이익, 이게 어떻게 된 거지? 너무 오랫동안 뽑지 않아서 녹이 슬었나?"

그녀는 몇 번 용을 썼지만 검은 끝내 뽑히지 않았다. 결국 단념한 그녀는 손잡이를 놓았다.

"네가 뽑아봐."

"내가?"

"네 검이잖아? 예전에 어떤 두령한테 들은 적이 있는데 영험한 보검은 오직 주인만이 그 검을 뽑을 수 있다고 했어. 그런 검을 신검(神劍)이라고 하지."

백무향은 한 손으로 검집을 잡고는 손잡이를 쥐었다.

그의 몸은 깡말랐지만 단지 검집을 휘둘러 몽환잔살 같은 고수의 팔을 벨 만큼 괴력의 소유자였다. 한데 그런 괴력을 지닌 그도 검을 뽑지 못했다.

"이익!"

그는 사력을 다해 검을 뽑으려 했지만 검은 단 반 푼도 뽑혀 나오지 않았다.

소견은 이해가 되지 않는 듯 탐스런 갈색 모발을 마구 헝클어뜨렸다.

"젠장, 대체 어떻게 된 거야? 너 혹시 이 검을 누군가한테 훔쳐 온 것 아냐? 그렇지 않고서야 주인인 네가 검을 뽑지 못한다는 게 말이 돼?"

백무향은 뇌천검을 어깨에 걸쳤다.

"모르겠어."

"맞아. 그거 혹시 장식용이 아닐까? 그냥 검의 형상으로 만들어놓은 장식용 검 말이야. 그렇지 않고서야 세상에 뽑지 못하는 검이 어디 있겠어?"

"소견, 나 배고파."

백무향은 터벅터벅 초옥에서 걸어나갔다.

그의 느닷없는 행동에 소견은 어깨를 으쓱해 보였다.

"훗, 이럴 때 보면 꼭 철없는 아이 같아."

음식은 풍성하게 준비돼 있었다. 장작불에 노릇노릇 구워진 양구이와 기름에 튀긴 꿩 요리, 향신료를 뿌려 적당히 익힌 노루 요리, 달콤한 과일이 수리된 식탁을 가득 채우고 있었다. 물론 죽엽청도 다섯 단지나 준비되었다.

백무향은 걸신들린 듯 먹고 마셨다.

식탁 주변에 둘러서 있던 도적들은 그의 놀라운 먹성에 연신 감탄을 토했다.

"와아, 저게 인간이야?"

"우리도 먹는 양이라면 남한테 뒤지지 않는데 엄청 먹어대는군.”

“저렇게 먹어대니까 림주와 두 번씩이나 살을 섞고도 돼지지 않은 건가?”

한껏 우아하게 음식을 먹던 소견이 도적들을 향해 외쳤다.

“참, 우리 백월림의 부두령 백무향을 소개한다! 앞으로 부두령으로 모셔라! 알았어?”

도적들은 어처구니가 없는 듯 서로를 바라보았다. 이내 도적 하나가 물었다.

“림주, 정말 이 괴물을 부두령으로 섬기란 말이오?”

“이 새끼야, 좋은 이름 놔두고 괴물이 뭐야? 부두령의 이름은 백무향이다, 백무향! 너희들, 내가 백무향을 부두령으로 삼는 데 이의 있어?”

도적들은 몽산파 고수들을 때려눕힌 그의 걸출한 능력을 보았기에 쌍수를 들어 환영했다.

“아이고, 그럴 리가 있겠소?”

“우리야 부두령이 생기면 좋지요.”

“동신철골의 부두령만 있으면 우리 백월림을 구만산에서 최강의 산채를 만들 수 있소. 뭐야, 불감… 불감소원이던가?”

소견은 같잖다는 표정으로 쏘아붙였다.

“이런 무식한 새끼. 불감청고소원(不敢請固所願)을 말하는 거야? 감히 청하지는 못해도 간절히 바란다는 뜻이잖아? 좀 배워둬.”

도적들은 백무향을 향해 일제히 허리를 숙였다.

"백무향 부두령을 환영하오!"

"부디 우리 백월림을 잘 이끌어주시오!"

"충성을 다하겠소, 부두령!"

도적들의 외침에도 불구하고 백무향이 연신 먹어대기만 하자 소견이 눈짓을 주었다.

"무향, 뭐라고 한마디 해줘야지."

백무향은 고기를 우물거리다 뼈를 내뱉었다.

"역겹다."

"뭐라고?"

"맛은 있는데 냄새가 독해."

백무향은 뇌천검을 어깨에 걸치고는 자리에서 일어섰다. 도적들은 움찔 놀라 뒷걸음질을 쳤다.

백무향이 터벅터벅 걸음을 옮기자 소견이 물었다.

"어디 가는 거야?"

"나 졸려."

"그래, 내 침상에서 자."

백무향은 아무런 대꾸 없이 소견의 초옥으로 향했다.

소견은 식탁에 남겨진 음식 접시를 집어 들고는 하나씩 냄새를 맡아보았다. 특별히 역한 냄새는 느껴지지 않았다. 그녀가 평소 즐겨 먹어오던 요리와 다를 바가 없었다.

그러다 문득 느껴지는 바가 있어 나직이 뇌까렸다.

"아, 맞아! 나도 처음 남방의 음식을 먹었을 때 독한 향신료 때문에 무척 역하다고 생각되었어. 그렇다면 무향이 이 지역 출신은 아니라는 얘기인데……."

그녀는 백무향이 들어선 자신의 처소로 시선을 돌렸다.

"혹시 중원 출신인가?"

도적들은 식탁에 남겨진 음식을 집어 들고 바닥에 주저앉아 먹어대기 시작했다.

소견은 깨끗한 비단 수건으로 입을 닦고는 자리에서 일어섰다.

"이 새끼들아, 젓가락질 좀 배워!"

도적 하나가 고기를 뜯으며 투덜거렸다.

"부두령도 손으로 잘만 먹더이다. 왜 우리만 닦달하는 거요?"

"임마, 부두령도 다음부터는 젓가락질을 하게 될 거야. 두고 봐."

소견은 도적들의 말을 일축하고는 초옥으로 향했다.

도적들은 소견의 돌변한 태도에 떨떠름한 표정을 지었다.

"젠장, 막강한 부두령을 둬서 좋기는 한데 우리는 완전 찬밥이군."

"두 번 살을 섞더니 림주가 괴물의 색시가 된 것 같아."

"그러게 말이야. 출신도 모르는 놈인데 갑자기 홀쩍 떠나

버리면 우리만 몽산파 놈들한테 모두 죽을 거 아냐?”

　백무향은 침상에 엎어진 채 깊은 잠에 빠져 있었다. 그 와중에도 뇌천검은 손에 꼭 쥐고 있었다. 본능이라 하여도 검에 대한 집착이 놀랄 만큼 강했다.
　침상 가에 걸터앉은 소견은 백무향의 자는 모습을 바라보며 포근한 미소를 지었다.
　“무향, 난 네가 정말 좋아졌어. 그동안 숱한 사내들과 교접을 가지면서도 항상 두렵고 불안했지. 하지만 너는 안심해도 될 것 같아. 너의 품에 안기면 나도 편안하게 잠들 수 있을 것 같아.”
　그의 철골 같은 등을 어루만지던 그녀는 특이한 현상을 찾아내고는 깜짝 놀랐다. 거무튀튀하던 백무향의 피부가 마치 석 달 가뭄에 마른 논바닥처럼 쩍쩍 갈라져 있었던 것이다.
　“살이 트는 건가?”
　그녀가 손톱으로 피부를 긁어내자 각질의 한 부위가 떨어져 나갔다. 각질이 떨어져 나간 피부의 속살은 여인의 것인 양 뽀얗고 부드러웠다.
　그러고 보니 백무향은 하루 반나절 사이에 제법 살이 붙어 탄력있는 근육으로 바뀌어 있었다. 그의 놀라운 신체적 변화에 그녀는 신기함을 금치 못했다.

“무향, 넌 정말 특별한 사람이야. 네 내력이 정말 궁금하군.”
그녀는 그에 몸에 바싹 기대 누우며 속삭이듯 물었다.
“백무향, 넌 대체 누구니?”

제 3 장

마침내 뽑혀진 뇌천검

1

몽산파는 몽산 자락에 위치한 비교적 큰 규모의 문파다.

머릿수나 제자들의 역량을 비교하면 대등한 문파가 여럿 있지만 영외 최강인 혈번교의 비호를 받고 있기에 몽산파는 스스로 광서제일이라 자부했다.

몽산파 종주 청와태세(靑蛙太歲) 여파(黎波).

인간이라 하기에는 지나치게 비대한 그는 자신의 체격을 유지하기 위해 하루 대부분을 먹는 데 소모한다. 세 끼 식사 사이에도 참을 먹는데 그 양이 웬만한 장정 십인분에 해당되었다.

그런 그도 나이가 들면서 식욕이 떨어져 예전만큼의 식사는 즐기지 못하고 있었다.

점심과 저녁 사이에 먹는 오후 참은 비교적 단출했다.

통 양구이 두 마리, 멧비둘기구이 백 마리, 돼지 갈비살 스무 근, 소 내장구이 열 접시, 오리구이 열다섯 마리, 그리고 후식으로 꿩고기 만두 스무 판과 과일 일곱 바구니, 소면 아홉 그릇 정도가 고작이었다.

여파는 아직도 절반은 남은 요리를 쓸어보며 세정수로 손을 씻었다.

"쩝, 영 식욕이 살아나지 않아 고민이다. 뭔가 흥미로운 구경거리가 있어야 하는데 말이야."

턱을 타고 늘어진 살덩이는 겹을 이루며 수염처럼 가슴까지 늘어져 있었다.

옆에 시립해 있던 왜소한 중년인이 공손히 허리를 굽혔다.

"지존, 순찰당주가 곧 요녀를 잡아들일 것입니다. 교접하는 모든 사내를 죽였다 하니 사람 계집은 아닐 거외다. 속하가 우람한 수캐와 성성이를 준비해 두었소이다. 그 짐승들을 요녀와 한 우리에 가둬두면 한바탕 수간(獸姦)이 벌어질 거외다. 세상에 다시없는 진귀한 구경거리가 될 겁니다."

코밑으로 가는 수염을 기른 그의 생김새는 삵쾡이를 방불케 했다.

그가 바로 몽산파의 모사꾼인 좌사(左仕) 굴자표(屈子豹)였다.

지닌바 무공은 보잘것없지만 성격이 음험하고 계략에 능했다. 몽산파가 나름대로 대문파로 자리를 잡게 된 것도 그의 지모 덕분이라 할 수 있었다.

여파는 생각만 해도 즐거운지 갑자기 식욕이 되살아나 한 솥 분의 만두를 단숨에 먹어치웠다.

"케헤헤, 정말 흥미롭겠구나. 잘하면 그동안 힘을 잃었던 내 아랫도리가 되살아나겠어."

그가 과도한 식탐을 즐기는 이유도 젊은 시절 이유도 없이 사내 구실을 못하게 된 데에 있었다.

계집을 품어도 교접을 취할 수 없었고, 아무리 음란한 광경을 보아도 색정만 끓을 뿐 아랫도리가 발동을 하지 않았다.

정력에 좋다는 뱀을 수백 마리 삶아 먹어도 기능은 회복되지 않았고, 갖은 보약을 먹어보았지만 오히려 살만 피둥피둥 찔 뿐 여전히 고자와 다름없는 신세였다.

그 후 그는 여색 대신 식탐에 빠져 지내게 된 것이다.

이때 순찰무사들의 부축을 받은 육강이 들어섰다. 베어진 팔을 천으로 동여맨 그는 참담한 표정을 지으며 단하에 무릎을 꿇었다.

"크으, 지존! 속하를 죽여주십시오!"

부하의 몰골을 훑어본 여파는 포도 한 송이를 통째로 입에 넣고는 우물거렸다.

"네놈 하나를 죽이는 게 뭐 어렵겠느냐? 꼬락서니를 보아하니 임무에 실패했구나. 일단 내막을 들은 후 어떻게 죽일지 생각해 보겠다.”

육강은 그의 혹독한 손속을 잘 알고 있기에 전신을 부들부들 떨었다.

“지존, 소… 속하가 명을 받들고 백월림을 찾아가 요녀를 포박하려 했는데 웬 훼방꾼이 출현했소이다.”

굴자표가 눈을 가늘게 뜨며 물었다.

“훼방꾼이라니?”

“생전 듣도 보도 못한 놈이었소이다. 몸이 얼마나 단단한지 속하의 각법을 연달아 맞고도 쓰러지지 않았소이다. 수하들이 혈도를 찍었지만 제압되지 않았고 속하의 철조공으로도 상처를 내지 못했소이다.”

“그런 괴물 같은 놈이 어떻게 백월림에 있단 말인가?”

“숙하가 귀환 도중 여러 산채에 들러 알아보았지만 아무도 괴물에 대해서는 모르고 있었소이다.”

여파가 포도를 우물거리며 물었다.

“육강, 괴물인지 짐승인지 하는 놈이 정말 네 철조공에도 찢기지 않았단 말이냐?”

“그렇소이다, 지존. 아마도 도검불침의 금강불괴가 아닌지…….”

그러자 여파는 입 안의 포도 씨를 거칠게 내뱉었다. 포도 씨는 하나하나가 예리한 암기로 화해 그대로 육강의 안면으로 파고들었다.

"아악!"

안면이 으스러진 육강은 외마디 비명과 함께 즉사하고 말았다.

심복을 해치웠지만 여파는 마치 버러지 한 마리 죽인 듯 표정 하나 변하지 않았다.

그는 세정수에 손을 씻고는 수건으로 닦았다.

"내다 버려라. 저런 새끼는 묻어줄 것도 없다."

"예, 지존."

순찰무사들은 사색이 되어 시체가 된 육강을 질질 끌고 나갔다.

여파는 의자에 편히 기댄 채 물결처럼 후들거리는 뱃살을 문질렀다.

"미친 새끼, 금강불괴에 이른 절세고수가 할 짓이 없다고 백월림 같은 산채에서 도적질이나 하고 있단 말이냐?"

그는 커다란 송곳으로 이를 후비며 물었다.

"굴 좌사, 대체 어찌 된 연유냐?"

굴자표가 번들거리는 까만 눈을 빠르게 굴렸다.

"지존이 간파하신 대로 금강불괴는 터무니없는 보고입니다. 아마도 철포삼이나 금종조, 또는 운남에서 전파된 상피공(象皮功)을 수련한 놈 같소이다."

"마땅한 적수가 없어 무료하던 참인데 본좌가 직접 출동할까?"

"지존, 귀하신 몸으로 한낱 도적 따위를 상대하는 것은 몽산파의 수치외다."

"하기는 그렇겠지?"

"그런 놈을 상대하는 데에는 삼대무장 중 웅패무장(熊覇武將)이면 충분합니다. 웅패무장의 철사장(鐵沙掌)은 내가중수법의 일종이외다. 외문 기공과는 상극이니 충분히 괴물을 죽일 수 있을 거외다."

여파는 팔걸이를 짚고는 힘겹게 몸을 일으켰다.

"좋다. 당장 웅패를 보내라. 칼질에 능한 참살대(斬殺隊) 서른 명을 함께 딸려주겠다. 백월림 도적놈들을 모조리 죽이고 요녀 소견을 잡아오도록 지시해라. 가능하면 그 괴물도 함께 끌고 오고."

지시를 내린 그는 비대한 몸을 이끌며 계단을 밟고 내려섰다. 한 걸음 한 걸음을 내디딜 때마다 육중한 발걸음 소리에 전각이 진동했고, 일 촌 깊이의 족인이 새겨졌다.

정작 괴물에 가까운 존재는 바로 그였다.

2

백무향은 커다란 대나무 수조에 얌전히 앉아 있었다. 소견은 귀한 녹두 가루를 수건에 묻혀 그의 얼굴을 닦아주고 있었다.

"어때, 시원해?"

"음, 그런 것 같아."

"머리도 잘라야겠어. 수염도 깎고 말이야."

소견은 치렁치렁 늘어진 그의 장발을 가위로 숭덩 잘라내고는 삭도로 수염까지 깨끗하게 밀어냈다.

"이제 사람처럼 보일 거야. 내가 널 위해 옷도 준비해 두었거든."

"옷은 귀찮아."

"그래도 입어야 돼. 홀랑 벗고 다니면 모두가 널 미친놈 취급할 거야."

"너도 거의 벗고 있잖아?"

"그래도 중요한 곳은 가리고 있잖아? 그게 최소한의 염치야."

소견은 그의 얼굴을 물속에 처박고는 머리를 감겨주었다.

그의 피부 각질이 조금씩 벗겨지는 바람에 수조의 물을 세 번이나 갈아야 했다. 오랜 세월 묵었던 때가 모두 벗겨지면서 깨끗한 피부가 제 모습을 드러냈다.

"자, 이제 됐어."

소견은 그를 수조 밖으로 끄집어냈다.

참으로 경이로운 탈태환골이었다. 아직도 갈비뼈를 셀 수 있을 만큼 깡마른 몸이었지만 피부가 아이의 것인 양 투명했다.

특히 깨끗하게 면도를 한 얼굴은 관옥처럼 빛을 발했다.

검미는 귀밑까지 뻗을 만큼 짙고 힘찼으며, 또렷한 동공을 되찾은 눈에서는 정광이 흘러나왔다. 콧날은 곧았고 입술은 붉었으며, 턱 선이 여인처럼 고왔다.

가히 절세미공자로서 손색이 없는 용모였다.

소견은 그만 감탄하고 말았다.

"아, 정말 멋져! 무향이 이렇듯 잘생겼는지 몰랐어!"

"너도 예뻐."

"물론 나도 예쁘지. 하지만 넌 사내잖아."

가까이 다가선 그녀는 귀한 보물을 감상하듯 백무향의 볼을 어루만졌다.

"세상에나! 이렇게 근사한 사내가 있는 줄 몰랐어. 삼국시대에 오나라의 도독 주유가 여인처럼 아름답다 하여 미랑(美郞)이라 불리었다 들었어. 한데 넌 사내의 기상까지 겸비한 미장부야. 아마 세상의 계집들은 너만 보면 환장을 할 거야."

백무향은 그녀의 한 겹 비단옷을 끌어 올리며 탄력있는 둔부를 감싸 쥐었다.

"하자."

소견은 움찔 놀라며 질린 표정을 지었다.

"조… 좀 전에 했잖아?"

"그래도 하고 싶어. 너만 보면 품고 싶다고."

“정말 색귀로군. 넌 먹고 자고 그거 하는 것밖에 몰라?”

소견은 가볍게 그의 가슴을 쥐어박고는 뒷걸음질을 쳤다.

“제발 살려줘. 이러다 오히려 내가 네 몸에 깔려 죽겠어.”

그녀는 선반에 올려진 옷을 꺼내 들었다.

“무향, 일단 옷부터 입어봐. 내가 널 위해 이틀 동안 꼬박 지었어.”

붉고 푸르고 흰 비단을 엮어 만든 삼색 옷이었다.

백무향은 그녀가 입혀주는 대로 얌전하게 옷을 입었다. 다소 헐렁해 보였지만 그런대로 치수는 맞았다.

소견은 허리띠 대신 호피를 허리에 묶어주었고, 머리카락은 하얀 비단으로 질끈 동여매 주었다.

“자, 이제 신발만 신으면 돼.”

“신발?”

“그래, 야만인이나 맨발로 다니는 거야. 이건 귀한 수달피 가죽으로 만든 신발이라 부드럽고 가벼워. 아주 비싼 거지.”

소견은 한쪽 무릎을 꿇고 그의 발에 신을 신겨주었다.

“됐어. 어디 좀 볼까?”

몇 걸음 뒤로 물러선 그녀는 백무향을 연신 훑어보다가 입술을 빨았다.

“어째 좀 촌스럽네? 삼색 장삼이 너무 화려한가?”

그녀는 그의 손을 이끌어 커다란 거울 앞으로 데려갔다.

“네 눈으로 한번 감상해 봐.”

커다란 전신 거울에 한 사내의 모습이 고스란히 담겨 있었다.

다소 말랐지만 키는 적당했다. 화려한 삼색 장삼을 걸친 청년은 이십대 중반 정도로 보였다. 갓 면도를 한 얼굴은 깨끗했고, 또렷한 오관은 균형이 잘 잡혀 있었다.

"이게 나야?"

"그래, 무향. 네 모습이야."

소견은 그 옆에 서며 나직이 물었다.

"네 얼굴을 자세히 봐. 네가 누구인지 기억이 나?"

"……."

백무향은 거울에 비춰진 자신의 얼굴을 손끝으로 더듬었다. 마치 거울 위에 그림을 그리듯 검미와 성목(星目), 코와 입을 따라 손끝을 움직였다.

"이게 나로군. 나 백무향의 모습이란 말이지?"

"얼굴에 살이 조금 붙으면 네 본래의 모습이 보다 분명해질 거야. 그러면 누군가 널 알아볼 테지. 네가 얼마나 많은 시간 동안 기억을 잃고 야생 생활을 했는지 몰라도 아주 오래된 것은 아닌 것 같아."

"왜?"

"네 말투가 어른스러워. 만일 아이였을 때 기억을 잃었다면 여전히 아이처럼 말을 했을 테니까. 내 판단에는 수삼 년 정도가 아닐까 싶어."

소견의 지적은 비교적 타당성이 있었다.

백무향은 가벼운 두통을 느끼며 손으로 이마를 짚었다.

"모르겠어. 아주 깊은 잠에서 깨어난 것 같기도 하고 말이야."

소견은 그의 팔에 팔짱을 끼었다.

"너무 깊이 생각할 것 없어. 세월이 약이니까."

사실 그녀는 내심 그의 기억이 회복되기를 원치 않았다. 그저 모호한 상태에서 남아 있기를 간절히 바랐다.

그의 몸에 서린 범상치 않은 기운으로 미루어 평범한 출신은 아닌 듯싶었다. 한데 그가 기억을 찾는다면 백월림을 훌쩍 떠나 버릴 것 같아 불안했던 것이다.

"나가자. 아마 졸개들이 너를 보면 거품을 뿜고 나자빠질 거야."

두 사람이 나서려 할 때 도적 하나가 문을 밀치며 다급히 들어섰다.

"리, 림주! 큰일 났소!"

소견이 짜증스런 표정으로 다그쳤다.

"이 새끼야, 하늘이라도 무너졌어?"

"몽산파… 몽산파 놈들이 또 쳐들어왔소!"

"흥, 그 새끼들이 죽으려고 환장을 했군. 육강이 불구가 되어 달아났는데 또 쳐들어왔다고?"

"어서 부두령을……!"

도적은 소견 옆에 서 있는 백무향을 보고는 입을 딱 벌렸다.

"엇? 이… 이자는 누구요?"

그는 빠르게 초옥 안을 살피고는 난감한 표정을 지었다.

"그 괴물은 어디에 있소?"

소견이 냅다 그의 뺨을 갈겼다.

"이 새끼야, 부두령으로 호칭하랬잖아!"

바닥에 나자빠진 도적은 손자국이 선명한 뺨을 문질렀다.

"송구하오. 한데 부두령은 왜 보이지 않소?"

소견은 킥 실소를 짓고는 백무향의 옆에 바싹 붙어 섰다.

"이 눈뜬장님아, 바로 여기 있잖아? 백무향 부두령이 이렇게 서 있는데 어디서 찾아?"

산채 진입로를 막아선 채 바싹 긴장하고 있던 도적들은 소견과 나란히 나서는 백무향을 보고는 모두 입을 다물지 못했다. 그들은 따귀를 얻어맞은 동료를 통해 절세미공자가 지저분한 장발괴인 백무향임을 전해 듣고는 자신의 눈을 의심했다.

사람의 모습이 아무리 바뀔 수 있다 해도 이렇듯 완벽한 탈태환골은 꿈에도 생각지 못했던 것이다.

한데 이때였다.

와지끈—!

산채의 통나무 문이 박살 나며 한 무리의 무사들이 우르르 뛰어들어 왔다. 그들 중 둘은 몽산파의 문장이 새겨진 기치를 높이 치켜들고 있었다.

그들을 인솔해 온 자는 구 척에 달하는 거한이었다. 부릅뜬 고리눈은 부리부리했고, 유난히 커다란 두 손은 자색을 띠고 있었다.

한눈에 그를 알아본 도적들은 사색이 되었다.

"허억? 웅패무장?"

"몽산파 삼패무장 중 최강이라는 웅패무장이 틀림없어!"

"게다가 함께 온 놈들은 몽산파의 정예들인 참살대야! 놈들이 왔다면 우리는 모두 죽었어!"

소견도 웅패무장과 참살대의 악명은 익히 들어 알고 있었다.

웅패무장의 특기는 자강철사장(紫强鐵沙掌)이었다. 바위 위에 두부를 올려놓고 내려쳐도 두부는 전혀 으깨지지 않은 채 바위만 박살 내는 내가중수법으로 유명했다.

또한 그가 대동한 참살대는 몽산파가 자랑하는 살인귀들이었다. 그들이 출동하면 부락 전체가 도살장으로 변해 쥐새끼 한 마리 살아남지 못한다.

소견은 백무향의 동신철골 같은 신체를 철석같이 믿었지만 두려움을 금할 수 없었다. 아무리 굳건한 몸을 지녔어도 웅패무장의 자강철사장에 적중되면 오장육부가 으스러져 살 수 없기 때문이다.

"무향… 저자의 자강철사장을 조심해. 한 번 적중되면 뼈가 으스러지고 장기가 상하게 돼."

백무향은 무심한 눈빛으로 몽산파 무사들을 둘러보았다.

"너희들, 뭐야?"

웅패무장이 한 걸음 나서며 팔짱을 꼈다.

"순찰당주의 팔을 벤 괴물은 어디 있느냐?"

"그 괴물이 나다."

"네놈이라고?"

웅패무장은 한참 동안 그를 쓸어보고는 곤혹스런 표정을 지었다.

"이거 얘기가 틀리잖아? 분명 벌거숭이 괴물이라 했는데 멀쩡한 놈이로군. 이봐, 네가 정말 순찰당주의 팔을 벤 괴물이란 말이냐?"

"맞아. 용건이나 말해."

"큭, 네놈이 호랑이 간이라도 삶아 먹었단 말이냐? 난 몽산파 삼패무장 중 웅패무장이다."

"그런데?"

"지존께서 백월림 쥐새끼들을 모조리 참하라 명하셨다! 다행히 네놈과 요녀 소견은 생포해 오라 명하셨으니 순순히 무릎을 꿇어라!"

백무향은 소견을 돌아보며 물었다.

"소견, 이놈들이 왜 자꾸 귀찮게 구는 거야?"

"본래 나쁜 새끼들이야. 게다가 네가 순찰당주의 팔을 베고 두 놈을 죽였으니 복수를 하러 온 거지."

"그럼 어떻게 하지?"

"바보야, 그걸 말이라고 해? 당연히 싸워야지. 몽산파에 끌려가면 너와 난 참혹한 고통을 겪게 될 거야."

백무향은 가볍게 고개를 끄덕이고는 웅패무장에게 눈길을 돌렸다.

"귀찮다. 어서 꺼져."

"뭐, 뭐야? 꺼… 지라고?"

고리눈을 부릅뜬 웅패무장은 별안간 앙천대소를 터뜨렸다.

"푸하하핫!"

그는 너무도 어처구니가 없는 듯 자신의 가슴을 탁탁 쳤다.

"하핫, 정말이지, 재미있구나! 감히 나 웅패무장 앞에서 꺼지라는 말을 하는 놈이 있을 줄은 몰랐다!"

"네가 누군인데?"

"내가 누구냐고?"

웅패무장은 안색을 굳히며 벼락처럼 달려들었다.

"바로 저승사자다, 이 새끼야!"

커다란 덩치답지 않게 신속히 보법을 펼친 그가 냅다 일장을 내질렀다. 백무향이 미처 피하기도 전에 그의 솥뚜껑 같은 손바닥이 백무향의 가슴을 강타했다.

퍼억!

둔탁한 폭음과 함께 백무향은 한줄기 피를 뿜으며 나가동
그라졌다. 식탁을 박살 내고 처박힌 그는 울컥울컥 피를 토해
냈다.

소견의 얼굴에서 핏기가 싹 가셨다.

“아앗! 무향?”

웅패무장은 목을 좌우로 꺾으며 우득우득 소리를 냈다.

“새끼, 별것도 아닌 게 감히 몽산파의 위엄을 훼손해?”

상대가 피를 흘리며 나자빠지자 그는 휘하의 참살대를 돌
아보며 오만하게 지시를 내렸다.

“백월림 쥐새끼들을 모두 죽여라!”

“예, 웅패무장!”

서른 명의 참살대 무사들은 일제히 병기를 뽑아 들고는 서
서히 다가섰다. 그들의 입가에는 잔혹한 미소가 가득했다. 그
들의 취미는 잔악한 살행이었다. 죽여야 할 상대를 가장 고통
스럽게 난도질해서 죽이는 것이 그들의 취미이자 특기였다.

백월림 도적들은 하늘처럼 믿었던 백무향이 단 일 격에 나
가동그라지자 정신이 아득해졌다. 참살대 무사들이 넓게 포
위망을 형성했기에 달아날 길도 없었다. 그들은 서로 등을 맞
댄 채 덜덜 떨기만 했다.

소견은 백무향을 끌어안은 채 서러운 울음을 터뜨렸다.

"무향! 무향! 제발 일어나!"

그녀는 비단 자락으로 입가의 피를 닦아주고는 얼굴을 비볐다.

"너만 믿고 있었는데 이렇게 쓰러지면 어떻게 해? 제발 우리를 구해줘! 흑흑!"

백무향의 가슴 부위에는 손바닥 자국이 선명하게 새겨져 있었다. 소견이 애써 지어준 삼색 장삼이 새까맣게 타 들어간 것이다. 실로 무서운 자강철사장이 아닐 수 없었다.

차차창―!

요란한 쇳소리와 함께 참살대의 잔혹한 공격이 펼쳐졌다.

몇 합을 겨루기도 전에 예닐곱 명의 도적이 참살대의 병기에 찔려 쓰러졌다. 참살대 무사들은 마치 피에 굶주린 악귀처럼 쓰러진 도적들을 마구 내려쳐 토막을 내버렸다.

너무도 끔찍한 광경에 도적들은 공포에 젖어 감히 대항할 엄두도 내지 못했다. 차라리 스스로 목숨을 끊어 이 무서운 공포와 두려움 속에서 벗어나고 싶은 심정이었다.

"키히히, 모두 죽여라!"

참살대 무사들은 사악한 웃음을 터뜨리며 다시 도적들을 향해 달려들었다.

한데 이때였다.

바닥에 쓰러져 있던 백무향이 크게 숨을 토하며 벌떡 일어섰다. 그는 가슴 부위를 문지르며 가쁜 숨을 몰아쉬었다.

"젠장, 숨 막혀 죽는 줄 알았잖아?"

그가 버젓이 되살아나자 참살대 무사들은 급히 병기를 회수하고는 뒤로 물러섰다. 그들은 이해할 수 없는 눈빛으로 웅패무장을 바라보았다.

웅패무장은 짜증스런 표정을 지으며 뒤통수를 벅벅 긁었다.

"니미, 이게 어떻게 된 거야? 호신보의라도 입고 있는 건가?"

소견은 백무향이 회생하자 기쁨의 눈물을 흘렸다.

"아, 역시 무향이야!"

가까스로 위기를 벗어난 도적들은 소견 뒤로 피신하며 외쳤다.

"부두령, 제발 우리를 구해주십시오!"

"부두령만 믿겠습니다!"

백무향은 박살 난 식탁을 쓸어보고는 툴툴거렸다.

"탁자가 또 깨졌다. 밥 먹어야 되는데……."

소견은 이런 와중에도 탁자 타령을 하는 그를 보며 앙칼지게 소리쳤다.

"탁자는 수리하면 돼! 우리 모두가 죽게 되었는데 탁자 따위가 문제야?"

백무향은 뇌천검을 어깨에 걸치고는 터벅터벅 걸음을 옮겼다. 그는 웅패무장을 직시하며 짤막하게 내뱉었다.

“네가 날 쳤어?”

웅패무장은 쓴 입맛을 다시고는 참살대 무사들에게 턱짓을 보냈다.

“이 새끼가 정말 도검불침인지 한번 찔러봐라!”

“예, 웅패무장!”

참살대 무사 넷이 신속하게 몸을 날렸다. 그들의 병장기가 번득이며 백무향의 전신으로 날아들었다. 백무향은 반사적으로 뇌천검을 휘둘렀지만 그런 단순한 수법에 당할 참살대 무사들이 아니었다.

“혈참!”

“격살!”

네 명의 무사는 자세를 낮추어 파고들며 백무향의 가슴과 등, 옆구리를 향해 병기를 내려쳤다.

퍼퍼퍽!

순식간에 난도를 당한 백무향은 심하게 비틀거렸다.

“아아!”

소견은 차마 백무향의 처참한 최후를 볼 수 없어 두 손으로 얼굴을 가렸다.

한데 무서운 살식에 적중되었지만 백무향은 멀쩡했다. 삼색 장삼이 형편없이 찢겨지고 뽀얀 피부에 혈흔이 그어졌지만 그의 몸은 베어지지 않았다.

백무향은 잔뜩 화난 모습으로 뇌천검을 마구 내려쳤다. 미처 피하지 못한 참살대 무사 둘이 허연 뇌수를 뿌리며 나가동 그라졌다.

도적들은 비로소 백무향의 동신철골을 확신하며 환호를 외쳤다.

"와아아!"

"우리 부두령은 불사신이야!"

"절대 죽지 않는 몸을 지녔다!"

소견도 백무향의 건재를 확인하고는 두 손을 감싸 쥐었다.

"오, 무향! 역시 대단해!"

반면, 기세등등하던 몽산파 무사들의 표정이 딱딱하게 굳어졌다. 그들은 입가에 매달았던 사악한 웃음을 싹 지운 채 경악의 눈빛으로 백무향을 직시했다.

"이, 이럴 수가?!"

"정말 금강불괴란 말인가?"

웅패무장은 손가락 관절을 우득우득 풀었다.

"새끼, 몸뚱이 하나는 무쇠처럼 단단하군. 하지만 내 자강철사장을 맞고 피를 흘렸다면 금강불괴는 아니다. 금강불괴만 아니라면 죽일 수 있지."

그는 자강진기를 운집해 양손에 집중시켰다. 커다란 손바닥이 자색으로 물들며 허연 기류를 뿜어냈다.

소견과 도적들은 뒤로 물러섰고, 참살대 무사들 역시 엄청난 격돌을 예상하며 멀리 후퇴했다.

그들의 기억에도 웅패무장의 자강철사장을 정통으로 맞고 살아난 자는 없었다. 한데 백무향은 약간의 피를 토했을 뿐 멀쩡히 일어섰고, 네 자루 병기에 찔리고도 피 한 방울 흘리지 않았다. 그동안 무수한 사람을 죽여온 그들이었지만 이런 괴물은 처음 대한 것이다.

백무향은 뇌천검을 걸친 채 터벅터벅 다가섰다.

아무런 방비도 취하지 않았기에 허점투성이였다. 하지만 웬만한 병기에는 베어지지 않는 몸이기에 사혈을 드러냈다 해도 위기일 수 없었다.

웅패무장은 양손 가득 자강진기를 운집한 채 제자리를 지켰다.

'놈은 무공 수법을 모른다. 참살대 무사가 당한 것은 그저 마구잡이에 불과한 수법이다. 놈은 무공을 수련한 것이 아니라 절세 영약을 처먹고 동신철골의 몸이 된 게 분명해. 그렇다면 놈의 시야를 어지럽히는 초식으로 흔든 후 머리통을 가격하면 이길 수 있다.'

나름대로 작전을 꾸민 그는 백무향이 다가서기를 기다렸다.

두 사람의 간격이 일곱 자 이내로 좁혀들자 백무향은 뇌천검을 냅다 검집째 내려쳤다.

"너도 맞아봐!"

순간적으로 보법을 펼쳐 옆으로 비켜선 웅패무장은 연속

적으로 장법을 구사했다.

"철사난환(鐵沙亂幻)!"

손바닥 그림자가 어지럽게 허공에 난무했다.

자색 장인(掌印)이 꼬리를 물고 백무향의 전신을 향해 내리꽂혔다. 백무향은 아찔한 현기증을 느끼며 주춤 뒤로 물러섰다. 그러나 웅패무장의 장법이 그림자처럼 그를 따라붙었다.

퍼퍼퍽—!

연속적으로 장법에 적중된 백무향은 연신 신음을 토하며 뒷걸음질을 쳤다. 힘 한 번 제대로 써보지 못하는 무기력함이 불쌍한 정도였다.

부썩 힘이 솟은 웅패무장은 훌쩍 뛰어오르며 힘차게 일장을 내려쳤다.

"뒈져라!"

그의 커다란 손바닥이 백무향의 정수리를 향해 날아들었다. 굳은 철석도 박살 낼 자강철사장의 정수였다. 정통으로 맞는다면 백무향의 두개골이 깨지지 않는다 해도 뇌수가 으스러지고 말 순간이었다.

한데 이때였다. 백무향의 전신에서 은은한 뇌성이 뿜어지며 번갯불이 폭사되었다. 두 눈이 푸른 벽안(碧眼)으로 변하였고 피부마저 푸른빛을 띠었다.

번—쩍—!

찬란한 섬광. 주변의 모든 빛이 스러지며 사위가 순식간에 암공으로 화했다. 그 속에서 한줄기 벼락이 솟구치며 허공을 갈랐다.

털썩!

동강 난 혈육이 바닥으로 떨어졌다. 웅패무장이었다. 비명 한 번 지르지 못한 채 두 쪽으로 갈라진 것이다.

언제 뽑아 들었는지 백무향은 한 자루 검을 치켜들고 있었다. 검신이 벼락 형상을 갖춘 기형검. 검에서는 아직도 은은한 우렛소리가 발출되었고, 사위로 번갯불을 쏟아내고 있었다.

백무향은 스스로 뽑아 든 검을 바라보고는 고개를 갸웃거렸다.

자신이 어떻게 검을 뽑았는지 의아했다. 그리고 단지 검을 뽑았을 뿐인데 웅패무장이 두 쪽으로 갈라진 것을 이해할 수가 없었다.

"검이… 희한하군."

그는 나직이 뇌까리다가 검을 꽂았다.

비로소 뇌성이 스러지며 그의 푸른빛 눈이 본래대로 돌아왔다. 이어 한순간 정지되었던 세상이 다시 움직였다.

너무도 엄청난 광휘에 소견과 도적들은 모두 넋을 잃고 주저앉아 있었다. 대체 어떤 상황이 전개되었는지 누구도 그 과정을 정확히 보지 못했다. 그저 백무향에 의해 뽑혀진 특이한 형태의 기형검만 잠시 보았을 뿐이었다.

참살대 무사들의 충격은 더욱 컸다.

그들은 핏물 속에 잠긴 웅패무장의 쪼개진 주검을 물끄러미 바라보다가 비로소 현실을 인식했다.

"튀, 튀어라!"

"놈은 악마다!"

공포와 경악에 물든 그들은 일제히 산채 밖으로 달아났다. 너무도 놀란 그들은 동료와 상전의 시신을 회수해야 하는 기본적인 규칙마저도 잊었다. 오로지 본능에 의해 도주할 뿐이었다.

백무향이 뇌천검을 어깨에 걸친 채 다가서자 도적들은 하얗게 질린 채 부복하며 연신 머리를 조아렸다.

"요, 용서하십시오!"

"부두령께서 절세고수인 줄 몰라뵈었습니다."

"제발 버러지 같은 저희들을 죽이지 마십시오!"

백무향은 소견을 잡아 일으켰다.

"얘들이 지금 왜 이러는 거야?"

소견이 붉은 입술을 달달 떨었다.

"무… 무향……."

백무향은 그녀를 이끈 채 박살 난 식탁 쪽으로 다가섰다. 그는 나무 파편을 발로 툭툭 차며 투덜거렸다.

"염병, 밥 먹어야 되는데……. 배고파."

소견은 그의 천연덕스러운 모습에 웃음기 어린 눈물을 흘리며 품속으로 뛰어들었다.

"흑, 무향!"

백무향은 그녀의 등을 다독이며 위로했다.

"울지 마. 몽산파 놈들을 모두 쫓아버렸잖아?"

"그래… 흑흑! 네가 또 우리를 구한 거야."

"한데 옷이 찢어졌어. 네가 애써 지어준 것인데……."

소견은 그의 탄탄한 가슴에 얼굴을 비볐다.

"옷 따위는 신경 쓰지 마. 얼마든지 지어줄 수 있으니까."

"그만 울어. 어서 밥이나 먹자."

백무향이 그녀의 어깨에 팔을 두르자 그녀는 이슬 머금은 백합처럼 환한 미소를 지었다.

"무향, 넌 정말 괴물이야."

"괴물? 내가?"

"그래, 넌 기억을 잃기 전에 분명 괴물이었을 거야."

백무향은 모호한 웃음을 짓다가 도적들을 향해 버럭 소리쳤다.

"이 새끼들아, 나 같은 괴물한테 모두 잡혀 먹히기 전에 어서 밥 지어!"

3

온천욕은 몽산파 종주 여파의 또 다른 즐거움이었다.

워낙 비대한 몸이라 지상에서는 한 걸음을 내디딜 때도 숨을 몰아쉬어야 했지만 물속에서는 부력 때문에 운신이 아주 편했다. 그가 날마다 온천욕을 즐기는 것도 그 때문이었다.

여파는 뜨거운 김이 모락모락 피어오르는 욕탕에 몸을 담근 채 온천수로 몸을 닦았다.

"어, 시원하다."

사실 온천의 물은 몹시 뜨거워 웬만한 사람은 몸을 담그는 것만으로도 살이 익을 정도였다. 하지만 비계로 형성된 그의 살가죽은 갑옷처럼 견고해 웬만한 열기와 한기를 충분히 막아냈다. 물론 그가 터득한 청와신공(靑蛙神功) 덕분이기도 했다.

생김새는 두꺼비 같고 몸집은 하마와 같았지만 그의 무공은 일문의 지존답게 지고했다. 아무리 영외가 중원에서 멀리 떨어진 변방이라 해도 그가 광서의 지존으로 행세할 수 있는 것은 그만한 능력이 있기 때문이었다.

그는 온천수를 한 모금 입에 머금고는 오글오글 양치를 했다.

입을 헹군 그는 양칫물을 온천탕 밖으로 내뱉었다. 그의 입에서 뿜어진 양칫물은 한줄기 분수로 화해 바윗덩이에 콩알만 한 구멍을 송송 뚫어냈다.

이때 좌사 굴자표가 서둘러 온천탕으로 달려와 털썩 무릎을 끊었다.

"지존!"

여파는 생김새답지 않게 눈치가 빨랐다. 그는 느긋하게 유영을 하며 내뱉었다.

"굴 좌사, 네 얼굴이 죽상인 것을 보니 웅패무장마저 실패한 것 같구나?"

"송구하오이다."

"상황을 보고해라."

"돌아온 참살대 무사들의 말로는 괴물이 사람의 모습으로 바뀌었다 하오이다. 놈이 도검불침인 것은 확실한 것 같소이다. 웅패무장의 절기를 맞고도 죽지 않았다 하오이다."

"웅패무장의 자강철사장에도 죽지 않았다고?"

"처음 일격을 맞고는 피를 토하며 나자빠졌다 하더이다. 한데 이내 일어섰고, 참살대 무사들이 병기를 휘둘렀지만 혈흔만 생겼다고 했소이다."

여파는 눈을 가늘게 떴다.

"흐음, 참살대 애들의 병기에 혈흔이 새겨졌다면 금강불괴는 아니다. 게다가 놈이 진정한 금강불괴지신이라면 자강철사장 정도로는 절대 내상을 입힐 수 없다."

굴자표가 무릎걸음으로 다가서며 목소리를 낮추었다.

"문제는 놈이 지닌 검입니다."

"검이라니? 육강의 말로는 벌거숭이 미친놈이라 했는데 병기까지 휘두를 줄 안단 말이냐?"

"참살대 애들 말로는 놈의 검이 뽑히는 순간 뇌성이 울리면서 벼락이 치솟았다 하오이다. 웅패무장은 그 즉시 몸이 동강 나 죽었소이다. 비로소 애들이 놈의 손에서 뽑힌 검을 보게 되었는데… 검신이 벼락 형상을 한 기형검이었다 했소이다."

순간 여파의 입이 쩍 벌어졌다. 몸 전체에 늘어진 살덩이가 세차게 진동하며 물보라를 일으켰다.

굴자표는 송구스런 모습으로 고개를 조아렸다.

"소, 속하의 생각에는 뇌천검(雷天劍)인 듯하오이다."

"뭐, 뭐야?!"

온천탕 밖으로 나선 여파는 긴 수건을 몸에 두르고는 바위에 털썩 주저앉았다. 아직도 충격이 가시지 않은 듯 그의 살덩이가 푸들푸들 떨리고 있었다.

"뇌천검? 놈이 정녕 신검으로 불리는 뇌천검을 지녔단 말이냐?"

"지존, 확실치는 않소이다."

"흐음, 뇌천검제(雷天劍帝)는 이미 이백 년 전에 죽었고, 제자를 남겼다는 얘기는 들은 적이 없다. 전설에 의하면 친구이자 맞수인 풍운마제(風雲魔帝)와 동시에 세상에서 사라졌어. 한데 뇌천검이 다시 세상에 나타났단 말이냐?"

굴자표는 조심스럽게 아뢰었다.

"지존, 애들이 잘못 보았을 수도 있소이다. 설사 그 괴물로 불리는 놈이 뇌천검을 지녔다 해도 어떻게 뇌천검을 뽑을 수 있겠소이까? 속하가 알기로 오직 뇌천진기(雷天眞氣)를 지닌 자만이 뇌천검을 뽑을 수 있다 들었소이다. 하지만 뇌천진기를 지닌 사람은 무림사 이래 오직 뇌천검제뿐이지 않소이까?"

"그건 사실이다. 뇌천진기는 수련을 통해 얻을 수 있는 힘이 아니다. 뇌천검제가 위대한 이유는 전무후무한 뇌천진기를 지녔기 때문이지. 하기에 그는 뇌천검을 뽑아 천하제일검이 될 수 있었다."

여파는 겹겹이 늘어진 턱살을 움켜쥐었다.

"한데 괴물 같은 놈이 뇌천검을 지녔다?"

굴자표는 애써 부드러운 표정을 지었다.

"지존의 말씀을 들으니 문득 생각나는 바가 있소이다. 뇌천검의 명성이 워낙 높기에 몇몇 장인이 뇌천검을 본뜬 검을 제작했다 들었소이다. 아마도 모조품일 가능성이 높습니다."

여파의 입가에 짙은 웃음이 감돌았다.

"크훗, 굴 좌사의 견해가 옳다. 또한 만에 하나 놈이 뇌천검제의 제자라 해도 상관없다. 놈을 죽이고 뇌천검을 얻게 된다면 그것만으로도 엄청난 소득이다. 연후 본좌가 어떻게든 뇌천진기를 터득한다면……."

굴자표는 상전의 심중을 헤아리며 납죽 절을 올렸다.

"지존께서는 당당히 영외제일의 고수로 등극해 중원으로 진출하실 수 있게 되오이다."

여파는 고개를 젖히며 웃음을 터뜨렸다.

"카하핫! 이거야말로 구름을 쫓아가 용을 만난 격이로군."

그는 허리에 수건을 두른 채로 훌쩍 몸을 날렸다.

비대한 몸으로 온천탕을 밟고 건너뛰었지만 놀랍게도 수면 위로 파문 한 점 일지 않았다.

"출정한다!"

제4장
참담한 패배

1

백월림 산채.

소견은 뇌천검을 손에 쥐고는 잔뜩 미간을 찌푸렸다.

"제발 다시 뽑아봐. 지난번 웅패무장을 죽일 때 분명 네가 검을 뽑았잖아? 한데 왜 못 뽑는 거야?"

"나도 몰라."

"정말 환장하겠군. 번갯불처럼 생긴 검이 검집에서 뽑혀 나온 것을 보면 분명 장식용은 아니야. 일검에 웅패무장을 죽였으니 기막힌 신병임에 틀림없어."

그녀는 탁자 위에 뇌천검을 내려놓았다. 백무향을 바라보는 그녀의 눈빛에 걱정이 가득했다.

"무향, 어떻게든 검을 뽑아야 돼. 웅패무장의 자강철사장에 적중됐을 때 넌 피를 흘렸어. 그것은 네가 도검불침의 불사신이 아니라는 것을 의미해."

"어쨌든 내가 놈을 죽였잖아?"

"웅패무장까지 죽였으니 이제 몽산파의 두꺼비가 직접 나설 거야. 놈이 최강 고수들을 죄다 끌고 올 텐데 정말 걱정이야. 네가 꼭 검을 뽑아야 하는 이유도 그 때문이야."

백무향도 이제는 사고력이 생겨서 조금은 상황 판단을 할 정도는 되었다. 그는 손에 검을 쥐고는 이리저리 살폈다.

"괜찮을 거야. 싸우다 보면 다시 검을 뽑을 수 있겠지, 뭐."

"제발 그랬으면 좋겠다."

소견은 나직이 숨을 내쉬고는 술을 한 모금 마셨다.

자리에서 일어선 백무향은 뇌천검을 앞으로 뻗으며 좌우로 휘저었다. 나름대로 검법을 펼치려는 듯싶었다. 그는 느릿느릿 걸음을 옮기며 찌르고 베는 동작을 반복했다.

열심히 병기를 손질하던 도적들은 그의 동작을 물끄러미 바라보다가 입맛을 쩍 다셨다.

"염병, 저런 검법으로 개 한 마리 잡겠어?"

"부두령이 워낙 강골이라 믿음직하기는 하지만 몽산파 두꺼비가 오면 정말 야단인데."

"그냥 토껴 버릴까?"

백무향을 지켜보던 소견이 한숨을 흘리며 몸을 일으켰다.

“무향, 무슨 검법이 그래?”

“왜?”

“너무 늦어. 굼벵이도 너보다는 빠르겠다.”

소견은 병기대에서 창을 한 자루 뽑아 들었다.

“내 무술도 대단치는 않지만 너보다는 낫다고.”

그녀는 훌쩍 뛰어오르며 연속으로 창을 찌르고 휘둘렀다. 내공이 약해 위력은 부족해도 대기를 가르는 파공성이 제법 예리했다.

백무향은 관심 어린 눈빛으로 그녀를 응시했다.

“멋진데? 보기가 좋아.”

“내가 춤추는 줄 알아? 한번 받아볼래?”

“그래, 재미있겠다.”

백무향은 뇌천검을 비스듬히 세워 들었다.

소견은 양손으로 창을 쥐고는 대련 자세를 취했다.

“간다!”

빠르게 다가선 그녀는 창을 크게 휘둘렀다. 백무향은 반사적으로 뇌천검을 뻗어 그녀의 공격을 막아냈다.

창! 창! 창!

몇 합의 공수가 전개되었다. 백무향은 겨우겨우 그녀의 창술을 막아냈지만 동작이 느려 몹시 위태롭게만 보였다.

소견은 그의 머리를 향해 창을 내려치다가 급히 방향을 틀어 횡으로 후려쳤다.

“조심해!”

백무향은 그녀의 느닷없는 변화에 미처 대응하지 못해 창날에 옷이 찢어지고 말았다. 그는 어색한 표정으로 어깨를 으쓱해 보였다.

“훗, 제법 빠른데?”

소견은 그의 찢어진 옷을 살피다가 깜짝 놀라 창을 내던졌다.

“어마, 다쳤어?”

옆구리 부분이 붉게 물들고 있었다. 큰 상처는 아니었지만 피부가 베어져 피가 흐른 것이다.

백무향은 대수롭지 않게 응수했다.

“괜찮아. 별로 아프지 않아.”

“그게 아니야. 네 몸이 처음보다 많이 물러진 것 같아. 넌 이제 동신철골이 아니라고. 이유는 모르겠지만 너도 이제는 병기에 찔리면 죽게 될 거야.”

소견은 난감한 표정으로 한숨을 쉬었다.

“안 되겠다. 푸른 두꺼비는 웅패무장보다 훨씬 무서운 고수야. 네가 검을 뽑지 못한다면 도저히 상대가 안 돼.”

그녀는 도적들을 향해 소리쳤다.

“대충 귀한 패물만 챙겨! 어서 피해야겠다!”

황삼이 얼른 다가서며 물었다.

“림주, 그럼 산채를 포기하는 거요?”

“당분간 그래야 될 것 같다. 부두령이 검을 뽑을 때까지 잠시 피신해 있어야겠어.”

“제기, 영외 일대는 몽산파 놈들의 관할 지역인데 어디로 피한단 말이오?”

“새끼야, 그럼 앉아서 죽을래? 멀리 운남 쪽으로 달아나면 안전할 거다. 거기서 산채를 세우면 돼.”

“알겠소.”

황삼은 동료 도적들을 향해 외쳤다.

“어서 짐 챙겨! 퇴각한다!”

한데 이때였다. 산채를 둘러싼 방책이 대번에 박살 나며 무려 백여 명에 달하는 무사들이 일제히 들이닥쳤다.

“몽산무적! 청와친림(靑蛙親臨)!”

현란한 기치를 앞세운 몽산파 무사들. 그들은 일사불란하게 이동하며 산채 주변을 철통같이 에워쌌다.

소견과 백월림 도적들은 하얗게 질리고 말았다.

“맙소사!”

“청와태세가 직접 왔다!”

“으으! 우, 우리는 이제 모두 죽었어!”

육중한 철퇴와 화극을 쥔 두 명의 무장이 앞으로 나서며 외쳤다.

“백월림 쥐새끼들은 당장 지존을 배알하라!”

열여섯 명의 가마꾼이 대형 가마를 메고 산채 안으로 들어섰다. 워낙 거대한 가마라 열여섯 명이 메고 있었지만 몹시 힘겨워 보였다.

소견은 울상이 되어 백무향의 손을 쥐었다.

"흑! 이… 이제 어떻게 해, 무향?"

백무향은 눈을 깜빡이다가 심드렁하게 말했다.

"이럴 때는 싸우는 거라면서?"

"푸른 두꺼비를 어떻게 이겨? 그자야말로 청와신공을 수련한 도검불침지체야."

"어떻게든 검을 뽑아볼게. 웅패무장도 일검에 쪼개졌잖아?"

백무향은 그답지 않게 결연한 표정으로 소견을 안심시켜 주었다.

차르륵!

진주를 엮은 주렴이 젖혀지며 여파가 가마 밖으로 나섰다.

그는 호화로운 금의 차림에 푸른 피풍의를 둘렀다. 워낙 비대해서인지 가마를 나서는 데도 버겁게만 느껴졌다. 바닥을 딛고 선 그는 몇 번 숨을 몰아쉬었다.

그는 거만하게 산채를 둘러보다가 소견을 대하자 시선을 고정시켰다. 눈두덩이 축 늘어져 있기에 눈동자가 거의 보이지 않았다.

"네년이 백월림의 수괴인 소견이냐?"

"……"

소견은 너무도 두려워 입술을 달달 떨었다.

여파는 힘겹게 발을 떼어 몇 걸음 앞으로 다가섰다.

"호오, 진정 색기로 가득한 계집이로다. 네년이라면 본좌의 고민을 해소해 줄 것 같구나."

그는 투실투실한 손을 쳐들었다.

"계집만 제압해라! 나머지 쥐새끼들은 죄다 죽여!"

"존명!"

두 무장이 힘차게 복명하고는 몽산파 무사들을 향해 외쳤다.

"쥐새끼들을 모두 죽여라!"

몽산파 제자들은 요란한 함성을 내지르며 양 떼를 노리는 굶주린 늑대처럼 달려들었다.

그러자 백무향이 앞으로 나서며 그들을 막아섰다.

"푸른 두꺼비, 죽기 싫으면 어서 꺼져!"

여파는 비로소 백무향의 존재를 확인하고는 위아래로 훑어보았다. 그는 가볍게 고개를 갸웃거리다가 손을 쳐들었다.

"멈춰라!"

두 무장이 급히 무사들을 저지시켰다.

"당장 멈춰라!"

"진형을 갖춘 후 대기하라!"

무사들은 훈련이 잘돼 있기에 즉시 병기를 회수하며 뒤로 물러섰다.

　소견과 도적들은 공포에 질린 채 백무향만 바라보고 있었다. 그들의 목숨은 백무향에게 달려 있다 해도 과언이 아니었다. 그들은 그가 웅패무장을 참살할 때처럼 또 한 번 신기를 발휘해 자신들을 구해줄 것을 간절히 소망하고 있었다.

　여파가 수건으로 땀을 닦으며 물었다.

　"네놈이 본좌가 아끼는 수하들을 해친 괴물이냐?"

　"난 괴물이 아니야. 내 이름은 백무향이다."

　"그래, 확실히 괴물은 아니군."

　"내가 보기에는 네가 괴물 같다."

　여파는 어처구니가 없는 괴소를 터뜨렸다.

　"크흐훗, 괴물은 아니지만 확실히 미친놈이군. 감히 본좌를 괴물로 칭하니 말이다."

　그는 두 무장에게 턱짓을 보냈다.

　"놈의 다리를 베서 꿇려라."

　"예, 지존."

　두 무장은 훌쩍 몸을 날려 백무향의 좌우로 나뉘어 섰다.

　그들은 몽산파 삼대무장에 속하는 일류고수로 호패무장과 용패무장이 그들의 신분이었다. 앞서 죽은 웅패무장과는 막역한 사이였기에 백무향을 직시하는 그들의 눈빛에는 적개심이 가득했다.

　"감히 도적놈 주제에 웅패 형님을 해쳐?"

　"네놈의 사지를 벤 후 고통스럽게 죽여주겠다!"

호기롭게 외쳤지만 사실 그들도 내심 긴장하지 않을 수 없었다. 웅패무장은 그들보다 뛰어난 고수였다. 그런 웅패무장을 일검에 참살한 상대이기에 바싹 경각심을 높였다.

빠르게 눈짓을 교환한 그들은 좌우에서 동시에 공격을 펼쳤다.

"차앗!"

"횡격살!"

호패무장은 화극을 내리찍었고, 용패무장은 수평으로 철퇴를 휘둘렀다.

백무향은 양쪽에서 동시에 공격을 받게 되자 다소 당황한 표정을 지었다. 본능적으로 위기를 직감했지만 마땅히 대처할 방법을 찾지 못한 것이다.

그는 일단 뇌천검을 쳐들어 화극을 막아냈다. 하지만 배후로 날아든 육중한 철퇴가 그의 등을 강타했다.

"욱!"

그는 답답한 신음을 토하며 앞으로 고꾸라졌다. 옷이 심하게 찢기며 등판이 벌겋게 물들었다.

소견은 두 손으로 입을 막으며 뒤로 물러섰다.

"무… 무향?"

백월림 도적들은 사색이 되어 외쳤다.

"부두령, 어서 검을 뽑으시오!"

"웅패무장도 일검에 쪼갠 부두령이 아니오?"

　백무향은 잔뜩 인상을 찌푸리며 비틀비틀 일어섰다. 등의 살가죽이 벗겨졌는지 몹시 쓰라리고 아팠다. 단지 외상뿐이 아니었다. 심한 타격으로 인해 속이 울렁거리고 정신마저 혼미해졌다.

　"젠장, 되게 아프네."

　여파는 눈앞의 상황을 보고는 이해가 되지 않는 듯 연신 고개를 갸웃거렸다.

　"쩝, 별 볼일 없는 새끼잖아? 저런 실력으로 어떻게 웅패무장을 죽였단 말인가?"

　백무향은 검집을 바싹 움켜쥔 채 손잡이를 쥐었다. 한데 검은 그의 마음대로 뽑히지가 않았다.

　'이익, 왜 안 뽑히는 거지? 검만 뽑으면 모조리 베어버릴 수 있는데 왜 뽑히지 않는 거야?'

　호패무장과 용패무장은 부썩 힘이 솟았다.

　"크훗, 별것 아니잖아?"

　"놈이 검을 뽑지 못하는 것 같군. 이참에 쓰러뜨리자!"

　그들은 재차 공격을 펼쳐 왔다. 화극은 백무향의 목으로 날아들었고 철퇴는 머리로 내리꽂혔다. 어느 한곳만 적중되어도 목숨을 부지할 수 없는 급박한 위기 상황이었다.

　백무향은 반사적으로 빙글 회전하며 뇌천검을 휘둘렀다. 아무런 초식도 가미되지 않은 단순한 동작이었다.

　땅! 땅―!

요란한 쇳소리와 함께 화극과 철퇴가 튕겨졌다. 두 무장의 공세를 용케 막아냈지만 공격은 계속 이어졌다. 힘찬 기합성과 함께 화극과 철퇴가 어우러지며 연속적으로 내리꽂혔다.

백무향은 연신 뒷걸음질을 치며 힘겹게 방어했다. 겨우겨우 치명상은 피했지만 옷이 심하게 찢겼고 여러 곳에 상처를 입었다.

지켜보는 도적들의 표정이 절망적으로 일그러졌다.

"맙소사! 부두령이 불사신이 아니었어!"

"염병, 이게 어떻게 된 거지? 분명 칼이 분질러질 정도로 무쇠 같은 몸뚱이였는데 말이야."

여파는 굳이 자신이 나설 필요가 없게 되자 무료한 표정으로 입맛을 다셨다.

"싱겁군. 맛있는 간식이나 챙겨 먹을 걸 공연히 찾아왔어."

백무향은 일방적으로 몰리면서 연신 찔리고 얻어맞았다. 그나마 여전히 강한 체력을 지니고 있어 용케 버티고 있는 상황이었다.

호패무장은 득의의 웃음을 지으며 냅다 화극을 내질렀다.

"뒈져!"

굳이 용패무장과의 합공이 필요치 않다 판단한 그는 혼자 공을 세울 요량으로 단독으로 접근하며 백무향의 두 다리를 노렸다.

백무향은 그의 머리를 향해 검을 내려쳤다. 두 다리가 잘리는 상황을 도외시한 양패구상의 수법이었다.

"어엇?"

저돌적인 정면 승부에 깜짝 놀란 호패무장은 급히 화극을 회수하며 수비로 전환시켰다. 순간 백무향은 왼손으로 화극을 덥석 움켜쥐고는 검을 내려쳤다.

퍼억!

채 비명을 지를 새도 없이 호패무장은 대번에 머리가 박살나버렸다.

순식간의 반전이었다. 백월림 도적들은 어찌 된 상황인지는 몰라도 호패무장의 죽음에 모두가 환호했다.

"와아!"

"역시 부두령이시다!"

"기회를 노리고 있었던 거였어! 부두령은 불사신이야!"

반면, 몽산파 무사들은 싸늘하게 얼어붙고 말았다.

순찰당주 육강, 웅패무장에 이어 호패무장의 죽음이 결코 방심이나 실수가 아니었음을 분명히 깨닫게 되었다. 그들이 이름도 들어보지 못한 한낱 도적에게 죽은 데에는 그만한 이유가 있었던 것이다.

여파의 늘어진 살가죽이 출렁거렸다.

"물러서라, 용패!"

그는 용패무장을 퇴각시키고는 느릿느릿 걸음을 옮겼다.

“보기보다 교활한 놈이군. 실력을 숨기고 있는 고수가 확실해.”

백무향은 화극을 움켜쥔 왼손을 살펴보았다. 예리한 창날에 손바닥이 베어져 붉은 피가 흘렀다. 가벼운 쓰라림을 느낀 그는 짜증스럽게 중얼거렸다.

“아프다. 아픈 건 싫은데…….”

소견이 뒤에서 다급히 외쳤다.

“조심해, 무향! 두꺼비가 직접 나섰어!”

백무향은 느릿느릿 다가서는 여파에게 시선을 돌렸다. 한 걸음 한 걸음마다 살덩이가 심하게 출렁거려 보는 것만으로도 속이 매스꺼울 정도였다.

여파는 이 장의 거리를 두고 백무향과 대치해 섰다.

“네놈은 어디서 굴러온 개뼈다귀냐?”

“난 개뼈다귀가 아니라 백무향이야.”

“본좌의 눈에는 개뼈다귀로 보일 뿐이다.”

“두꺼비 괴물, 넌 정말 역겨워.”

일순 여파의 몸이 바람처럼 움직였다. 그토록 비대한 몸이 이렇듯 빠를 줄은 누구도 생각지 못했다.

빠악!

여파의 거대한 주먹이 대번에 백무향의 안면에 작렬했다. 오 장 밖으로 튕겨진 백무향은 초옥 하나를 박살 내며 처박혔다.

백무향은 잠시 정신을 잃었다. 코뼈가 내려앉으며 코피가 주르륵 흘렀다. 눈두덩이 퉁퉁 부어올라 눈을 뜨기도 힘들 정도였다.

겨우 정신을 차린 백무향은 힘겹게 몸을 일으켰다. 워낙 느닷없는 기습에 일격을 당해 자신이 왜 나가동그라졌는지도 이해가 되지 않았다.

그가 부서진 잔해 속에서 일어서자 여파는 입맛을 쩍 다셨다.

"새끼, 정말 강골이로군. 바위도 박살 내는 본좌의 일권을 맞고도 멀쩡하다니."

백무향은 코피를 닦아내고는 두 손으로 뇌천검을 쥐었다.

"두꺼비, 나 무척 화났다."

"그래서?"

"너도 당해봐!"

득달같이 달려든 백무향이 대각선으로 검을 내려쳤다.

여파는 믿을 수 없을 만큼 가뿐하게 떠오르며 백무향의 검을 가볍게 피해냈다. 그는 허공에 둥실 뜬 채로 연속 발차기를 전개했다.

"건곤퇴(乾坤腿)!"

퍼퍼퍽!

백무향의 입에서 고통스런 신음이 터져 나왔다. 이번에는 무려 칠 장 밖으로 튕겨져 나갔다. 그의 몸뚱이가 산채를 에

워싼 통나무 방벽을 박살 내며 처박혔다.

소견은 너무도 일방적인 싸움에 털썩 주저앉으며 눈물을 터뜨렸다.

"흑, 무향!"

여파는 백무향을 죽일 작심을 한 듯 허공을 밟고 건너뛰며 방벽 밖으로 내려섰다.

백무향이 다시 일어서려 하자 그는 괴성과 함께 일장을 내려쳤다. 청와신공이 운기된 장력이라 장심에 푸른빛이 감돌았다. 철석도 파괴할 무시무시한 수법이었다.

반사적으로 솟구친 백무향은 뒤로 빙글 공중제비를 돌며 뇌천검을 내질렀다.

"죽어라!"

여파는 예상치 못한 반격에 움찔하며 내려치던 손을 멈추었다.

퍼억!

뇌천검이 여파의 살가죽 깊숙이 파고들었다. 비록 검집째 찔렸지만 치명적인 심장 부위였기에 누구라도 찔리면 살아날 수 없다.

몽산파 무사들은 입을 쩍 벌렸다. 백무향의 몸이 아무리 무쇠 덩이라도 여파의 일권삼퇴를 맞은 상태에서 반격까지 펼쳐 올 줄은 상상도 못한 것이다.

뇌천검에 심장이 찔린 여파의 눈까풀이 치켜 올라갔다. 섬뜩할 만큼 흉측한 세모꼴 눈이었다.

"크흣, 몹시 가려웠는데 긁어줘서 고맙구나."

백무향은 흠칫 놀라며 검을 잡아 뽑았다. 한데 살가죽에 묻힌 검은 바위 속에 파묻힌 듯 꼼짝도 하지 않았다.

여파의 살가죽은 단순한 비곗살이 아니었다. 청와신공을 터득한 이후 그의 피부는 질긴 호신갑이 되어버렸다. 웬만한 병기는 출렁이는 살가죽에 파묻힐 뿐 몸을 벨 수도 없다.

또한 내가신공에 적중되어도 살덩이에 흡수되어 내상을 입힐 수 없기에 사실 진정한 도검불침지체는 백무향이 아니라 여파라 할 수 있었다.

여파는 자신의 살가죽 속에 파묻힌 뇌천검을 덥석 쥐었다.

"네놈의 검이 뇌천검이라 들었다. 어디서 주워왔는지 몰라도 본좌를 위한 진상품으로 알겠다."

"개소리 마. 내 검이다."

"멍청한 놈, 보물은 그것을 지킬 수 있는 사람이 임자다."

여파는 그의 손목을 쥐고는 빠르게 비틀었다.

우드득!

"아악!"

팔뚝이 꺾어지면서 백무향은 비명과 함께 주저앉았다. 뼈와 근육이 어긋난 오른팔이 축 늘어졌다.

살가죽에 박힌 뇌천검을 뽑아 든 여파는 잔혹한 웃음을 흘렸다.

“크흐흣, 이제 뒈져라!”

그는 뇌천검으로 냅다 백무향의 머리를 내려쳤다.

둔탁한 폭음과 함께 머리가 깨진 백무향은 피를 뿜으며 풀썩 쓰러졌다. 정수리의 일부가 터지며 붉은 피가 줄줄 흘러내렸다.

소견이 비명과 함께 달려왔다.

“제발 죽이지 말아요!”

그녀는 여파 앞에 무릎을 끓으며 두 손을 모았다.

“지… 지존, 제발… 제발 무향을 죽이지 마세요.”

여파는 천천히 고개를 돌렸다.

“죽이지 않으면?”

“목숨만… 목숨만 살려주세요. 단단히 혼이 났으니 다시는 지존께 대들지 못할 겁니다.”

“네년이 저놈과 무슨 관계냐?”

“그냥… 친구입니다.”

“저놈은 어디서 왔느냐?”

“모릅니다. 무향은 불쌍한 사람입니다. 자신이 누구인지도 몰라요. 그저 우연히 저희 백월림에 오게 되었을 뿐입니다.”

여파는 뇌천검을 내보였다.

“이 검은 어떻게 구했느냐?”

“무향이 깨어날 때부터 쥐고 있었다 들었습니다.”

“놈이 웅패무장을 죽일 때 검을 뽑았다고 들었다. 한데 왜 지금은 검을 뽑지 못하는 것이냐?"

"모르겠어요. 무향도 그 후 검을 뽑으려 했지만 이상하게 검이 뽑히지 않았습니다."

"크훗, 그래?"

여파는 웬만큼 의혹을 해소한 듯 비릿한 웃음을 지었다. 그는 또 한 번 사정없이 백무향의 등판을 내려쳤다. 이미 혼절한 백무향은 나무토막처럼 데굴데굴 굴렀다.

"새끼, 이러고도 살아난다면 네놈은 정말 괴물이다."

여파는 백무향을 냅다 걷어찼다.

"무향—!"

소견은 눈물을 쏟으며 안타깝게 외쳤다.

실 끊어진 연처럼 날아간 백무향은 벼랑 밖으로 떨어져 내렸다. 그의 몸이 가파른 비탈을 타고 굴러 떨어졌다. 벼랑 벽에 몇 번 부딪친 그는 급류 속으로 처박혔다. 급류에 휘말린 그의 몸은 이내 계곡 하류로 흘러가 버렸다.

여파는 벼랑 가에 서서 급류를 내려다보았다.

"독종 새끼, 재주껏 살아와 봐라. 다시 살아나면 불구덩이 속에 처넣어주마."

벼랑 가로 다가선 소견은 급류를 내려다보며 절망하고 말았다.

"무향… 흑흑!"

그녀에게 있어 백무향은 저주스런 운명을 바꾸어줄 만큼

소중한 존재였다. 그녀와 살을 섞고도 죽지 않은 유일한 사내. 하기에 그를 통해 마녀가 아니라 평범한 여인으로 살기를 원했었다. 한데 그녀의 바람이 통렬하게 깨진 것이다.

소견은 입술을 곱씹다가 독기 어린 눈빛으로 여파를 쏘아보았다.

"이 나쁜 새끼, 살려달라고 했잖아! 죽일 것까지는 없었어!"

소견은 그의 명문혈을 향해 힘껏 주먹을 내질렀다. 하지만 그녀의 주먹은 맥없이 그의 살가죽 속으로 파묻혀 버렸다. 애써 몸부림을 쳤지만 그녀의 주먹은 질긴 가죽에 결박된 듯 꼼짝도 할 수 없었다.

여파가 팔을 뻗어 그녀를 덥석 안았다.

"좋구나. 네년의 몸은 정말 향기로워. 네년을 품고 자면 본좌의 아랫도리가 예전처럼 회복될 것 같구나."

"이 추악한 괴물!"

여파는 긴 혓바닥으로 그녀의 볼을 훑었다.

"흐음, 맛있군. 네년을 요리하면 천하 별미를 만들 수 있겠다."

그는 비릿한 괴소를 흘리며 훌쩍 뛰어올랐다.

"백월림 쥐새끼들을 모조리 죽여라!"

2

수레와 마차마다 전리품을 가득 실은 몽산파 무사들은 총단으로 들어섰다.

양민들을 위해 사악한 도적들을 섬멸했으니 명분은 아주 좋았다. 외견상 몽산파의 위엄을 높일 수 있고 산적들의 재물로 배를 채울 수 있으니 그야말로 일석이조였다.

몽산파 무사들은 한 번 출동하면 잔악한 살상을 일삼았지만 대부분 도적들을 상대로 벌이는 살상이기에 그나마 세간의 신임을 잃지 않을 수 있었다.

게다가 여파는 도적들의 재물을 약탈하면 영외제일문인 혈번교에 상납해 돈독한 우의를 보였다. 상당한 재물을 상납받은 혈번교로서는 당연히 몽산파를 비호해 주었기에 몽산파는 도적들의 산채를 약탈하는 도적질을 주 업무로 삼아왔던 것이다.

여파의 침상은 일반 사람들의 침상을 열 개 합친 것만큼 거대했다. 그의 비대한 무게 때문에 혹시 침상이 내려앉을 수 있어 침상 아래로 수십 개의 옥돌을 받쳐 놓았다.

그는 한쪽 가슴에 소견을 끌어안은 채 뜨거우면서도 부드러운 감촉을 한껏 느끼고 있었다.

소견의 몸에서 절로 뿜어지는 체향은 최음제처럼 달콤했다. 그녀를 품고 있는 것만으로도 황홀할 정도였다.

만일 그가 성적 불구의 몸이 아니었다면 설사 목숨이 끊어지는 한이 있더라도 그녀와 교접을 가졌을 것이다. 그녀를 품에 안은 채 죽을 수 있다면 오히려 행복할 것 같았다.

여파는 커다란 손으로 그녀의 팽팽한 젖무덤을 어루만졌다.

"흐흣, 소견아. 만일 너로 인해 내가 사내 구실을 할 수 있게 된다면 큰 상을 내릴 것이다."

소견은 그의 몸에서 풍기는 악취에 속이 뒤집힐 지경이었다. 눈앞에서 백무향을 때려죽인 원수였기에 이를 갈고 있었다. 하지만 그녀의 능력으로는 도저히 죽일 수 없는 괴물인지라 원통한 눈물을 가슴으로 삼켜야만 했다.

"이 괴물!"

소견은 손끝을 날카롭게 세워 여파의 사혈 부위를 사정없이 찔렀다.

어지간한 고수도 사혈 부위의 타격만으로 상당한 부상을 입게 된다. 하지만 여파는 워낙 비곗살이 두텁게 늘어져 있어 모든 혈도가 가려진 상태다. 초극에 이른 내가공력이나 절세적인 신병이 아니고서는 그의 표피를 뚫을 방법이 없었다.

"케헤헷, 시원하구나. 좀 더 세게 자극해 다오, 소견."

여파는 커다란 손으로 소견의 뒷목을 잡아끌며 가슴에 안았다.

그의 살가죽 속에 묻힌 소견은 숨이 막혔다. 치욕과 원통함에 죽고 싶은 심정이었지만 백무향에게 한 가닥 기대를 걸고 있었다.

'무향은 절대 죽지 않아. 반드시 날 구해줄 거야.'

그녀는 침상 머리맡 벽에 걸린 뇌천검을 힐끗 보았다. 고색창연한 검은 광휘를 감춘 채 조용히 침묵하고 있었다.

'왜 무향이 검을 뽑지 못했을까? 웅패무장은 검이 뽑히는 순간 몸이 쪼개졌어. 만일 무향이 다시 검을 뽑기만 하면 이 괴물 두꺼비의 질긴 살가죽도 베어질 거야.'

그녀는 자신의 몸을 더듬는 그의 손을 뿌리치며 간절히 기원했다.

'무향, 제발 날 구해줘!'

3

구만산 골짜기에서 쏟아지는 급류가 계곡 입구를 벗어나자 흰 거품을 뿜어내며 치달리던 속도를 늦추었다. 몇 개의 물줄기가 합쳐지면서 급류는 넓은 하천의 일부러 흡수되었다.

궁 자(弓字) 형으로 모래톱이 형성된 하천 변에는 몇 채의 민가가 형성돼 있었다. 구만산과 십만대산을 오가며 약초와 산 열매를 채집하는 약초꾼들의 거주지였다.

약초꾼 아낙들은 산비탈을 일궈 만든 밭을 돌보고 아이들은 하천에서 물고기를 잡는 것이 이들의 일상이었다.

장족 소년은 능숙한 낚시질로 물고기를 몇 마리 잡아 새끼

줄에 꿰었다.

“헤헤, 이 정도면 충분하겠군.”

소년은 대나무 낚싯대를 어깨에 걸쳐 메고는 산기슭의 초
옥으로 달려갔다.

마당에서 늙수그레한 노인이 약초를 엮어 말리고 있었다.

“할아버지, 이 정도면 어죽을 쑬 수 있겠죠?”

소년이 자랑스럽게 물고기를 내보이자 노인은 자상한 웃
음을 지었다.

“오냐. 많이 잡았구나. 어서 손질을 해놓으렴.”

“예, 할아버지.”

소년은 능숙한 칼질로 물고기의 비늘을 긁어내고 내장을
발라냈다.

“아저씨는 좀 어때요?”

“잠시 전에 붕대를 갈아주었는데 회복이 아주 빠르더구
나.”

“그럼 깨어나는 거예요?”

“아직 더 지켜봐야겠다. 워낙 부상이 심해서 말이야.”

소년은 초옥으로 시선을 돌리며 걱정스런 표정을 지었다.

“아마 도적들에게 당했을 거예요. 그나마 목숨을 잃지 않
은 게 다행이죠.”

그는 대충 손을 닦고는 초옥 안으로 들어섰다. 허름한 초옥
은 벽에 회칠도 하지 않아 몹시 누추했다.

구석의 낡은 나무 침상에는 한 사람이 누워 있었다. 전신을 붕대로 칭칭 감고 있어 마치 염을 한 시체처럼 보였다. 숨을 쉬는 가슴의 일정한 기복이 그나마 살아 있는 사람임을 대변해 주었다.

소년은 부목을 대 고정시킨 환자의 오른팔을 매만져 보았다.

"정말 괜찮을까? 모래톱에 쓰러져 있는 아저씨를 보았을 때만 해도 시체인 줄 알았는데."

한데 이때였다. 갑자기 환자의 손이 움직이며 소년의 손을 덥석 잡았다.

"어엇?"

소년은 깜짝 놀라며 밖을 향해 외쳤다.

"할아버지, 아저씨가 깨어났어요!"

한참 어죽을 끓이던 노인이 서둘러 방 안으로 들어섰다.

"정말이냐? 이렇게 빨리 회복될 수는 없는데……?"

노인은 소년의 손을 쥐고 있는 환자의 오른손을 보고는 혀를 내둘렀다.

"허어, 정말 강골이로구나. 뼈와 근육이 비틀어져 있어 달 포는 되어야 다시 손을 쓸 수 있을 것으로 보았는데……."

비록 정식으로 의술을 배우진 않았지만 약초꾼답게 제법 해박한 의술을 지닌 그였다.

관절이 틀어진 뼈를 맞추고 비틀린 근육을 풀어주었지만 완전히 회복되기까지는 달포 이상 걸리는 것이 일반적이었

다. 한데 사흘 만에 다시 손을 움직인다는 것은 의학의 상식
을 벗어나는 기적 같은 회복이 아닐 수 없었다.

　노인은 환자를 진맥하기 위해 맥을 짚어보았다. 순간 환자
가 눈을 번쩍 떴다.

　혈안(血眼)!

　핏발이 곤두선 두 눈에서 불꽃이 이글거렸다. 강렬한 안광
을 뿜어내는 환자의 눈은 도저히 인간의 것이 아니었다. 그것
은 흉신악찰과 같은 섬뜩한 마안(魔眼)이었다.

　"허억?"

　"하, 할아버지?"

　노인과 소년은 서로를 끌어안으며 털썩 주저앉았다.

　그들은 마치 마왕을 대한 듯 전신을 와들와들 떨었다. 정말
착한 마음으로 죽어가는 사람을 구해주었는데 환자는 평범한
사내가 아니었던 것이다.

　"으음……!"

　마안의 사내는 아픈 듯 신음을 토하며 몸을 뒤틀었다. 그가
다시 눈을 감았다 뜨자 무시무시한 안광은 씻은 듯 사라졌다.
다소 기운은 없지만 유난히 맑은 동공을 지닌 사람의 눈이었
다.

　사내가 벌떡 일어나 앉자 노인은 소년을 품에 안은 채 덜덜
떨었다.

　"제, 제발 소인의 손자만은 살려주십시오."

사내는 자신의 몸을 칭칭 동여맨 붕대가 답답한 듯 마구 찢어냈다.

"두꺼비… 두꺼비, 그 새끼 어디 갔어?"

노인은 그 와중에도 사내의 상세를 우려했다.

"아직 내, 외상이 심하외다. 한동안 더 약초를 붙여두어야……."

그러나 사내의 몸을 본 노인은 입을 다물고 말았다.

사내의 몸은 말짱했다. 심하게 찢기고 해졌던 피부는 옥처럼 매끄러웠다. 얼굴을 감싼 붕대마저 풀어내자 관옥같이 수려한 용모가 드러났다.

바로 백무향이었다.

그는 좁은 방을 살피다가 노인과 소년을 번갈아 보았다. 대번에 전후 사정을 간파한 그의 입가에 몽롱한 미소가 감돌았다.

"구해줘서 고맙소."

그의 미소에 노인과 소년은 조금씩 마안의 공포에서 벗어났다. 워낙 순간적인 상황이라 그들은 자신들이 잘못 본 것이라 생각하게 되었다.

소년이 해맑은 웃음을 지으며 다가섰다.

"아저씨는 정말 철인이세요."

그는 신기해하는 눈빛으로 백무향의 몸을 살피며 감탄사를 터뜨렸다.

"와아, 정말 상처가 흔적도 없네?"

백무향은 과거는 기억할 수 없지만 소견과 있으면서 어느 정도 사고력을 되찾아 상황 판단은 정확히 할 수 있었다. 그는 자신의 얼굴과 몸을 만져 보고는 여파를 떠올렸다.

"두꺼비 새끼, 감히 날 개 패듯이 팼겠다? 가만두지 않겠다!"

그는 무명 이불을 젖히고는 방을 나섰다. 소년이 급히 따라 나섰다.

"아저씨, 그 몸으로 어디를 가게요?"

백무향은 눈을 깜빡거리며 능선과 하천을 이리저리 둘러 보았다.

"여기가 어디냐?"

"구만산 자락이에요. 아저씨가 피투성이 몸으로 모래톱에 쓰러져 있는 것을 제가 발견했어요."

백무향은 산세의 형상으로 미루어 자신이 백월림 산채에서 그다지 멀지 않은 곳으로 떠내려왔음을 알 수 있었다. 문득 그는 손이 허전함을 느끼며 가슴이 덜컥 내려앉았다.

'내 검… 맞아! 두꺼비가 내 검을 빼앗아갔어.'

이유는 모르지만 뇌천검에 대한 그의 집착은 지독히도 강했다. 자신의 잃어버린 과거를 찾아줄 수 있는 열쇠이기도 했지만 뇌천검이 지닌 기운은 그와 영적으로 연결돼 있었던 것이다.

단 한 번 뇌천검을 뽑아보았지만 엄청난 섬광과 우렛소리는 그에게 순간적으로 과거의 일부분을 일깨워 주기도 했다. 하기에 검을 잃는다는 것은 그의 신체 일부분을 상실한 것처럼 고통스러운 일이기도 했다.

그는 소년의 머리를 쓰다듬어 주면서 물었다.

"애야, 몽산이 어디 있느냐?"

"몽산은 왜요?"

"푸른 두꺼비한테 볼일이 좀 있어."

"푸른 두꺼비……? 설마 몽산파의 지존 청와태세를 말하는 거예요?"

"지존은 무슨 지존. 개구리 소굴의 두꺼비일 뿐인데."

그는 짧은 속바지 차림으로 성큼성큼 걸음을 옮겼다.

소년이 급히 그를 불러 세웠다.

"잠깐만요, 아저씨!"

소년은 초옥 안으로 들어가더니 남루한 옷을 한 벌 가지고 나왔다.

"저희 집 형편이 변변치 않아요. 다행히 아버지가 입었던 옷이 한 벌 남아 있네요."

"고맙다."

옷을 걸친 백무향은 소매를 접어 올렸다.

"네 아버지가 체격이 좋은가 보구나."

"아버지는… 일찍 돌아가셨어요. 약초를 강탈하려던 몽산파 무사들과 싸우다 그만……."

백무향은 남루한 무명옷과 소년을 번갈아 보았다. 소견이 지어준 비단옷에 비하면 감촉이 몹시 거칠었지만 소년의 호의 때문인지 옷에서 따사함이 느껴졌다.

그는 소년의 어깨를 다독여 주었다.

"알겠다. 내가 복수해 줄게."

그는 갓 회복된 사람답지 않게 성큼성큼 걸음을 옮겼다. 그러다 다시 방향을 돌려 소년에게 다가섰다.

그는 목걸이를 풀어 쥐었다. 소견이 장식용으로 그에게 걸어준 목걸이로 진주와 비취를 꿰어 만들었기에 아주 값진 패물이었다.

그는 소년의 손에 목걸이를 쥐어주었다.

"생각해 보니 날 구해줬는데 보답할 게 이것밖에 없구나."

"아니에요, 아저씨. 우리는 이런 거 필요없어요. 할아버지가 약초를 조금 발라주었을 뿐 아저씨 스스로 깨어난 거예요. 전 받을 수 없어요."

"받아. 나한테는 그저 쓸데없는 돌 조각일 뿐이니까."

백무향은 소년의 목에 목걸이를 걸어주고는 손을 굳게 쥐었다.

"내 이름은 백무향이다. 몽산파 놈들은 내 손에 모두 죽는다."

제 5 장

마왕의 불꽃

1

몽산파 총단.

여파의 저녁 식사는 상상도 못할 만큼 풍성했다.

소견을 품에 안은 이후 식욕을 회복한 그는 벌써 삼십인분의 식사를 먹어치우고 있었다.

그와 마주 앉아 있는 소견은 간단한 소채와 구운 고기 한 접시를 먹을 뿐이었다. 그녀는 게걸스럽게 먹어대는 여파의 모습이 혐오스럽기만 했다.

'저 괴물을 무슨 수로 죽이지?

몽산파로 끌려온 이후 여러 날 동안 여파를 죽일 방법을 모색했지만 그녀로서는 도저히 방도가 없었다. 예리한 병기도 없이 맨손으로 여파를 죽이기란 불가능한 일이었다.

그녀는 식탁 한쪽에 놓인 뇌천검을 보며 내심 한숨을 쉬었다.

'왜 검이 뽑히지 않는 걸까? 왜?'

이때 좌사 굴자표가 식탁 옆으로 다가서며 공손히 허리를 굽혔다.

"다녀왔소이다, 지존."

"오냐. 진상품은 혈번취왕(血幡鷲王)께 잘 전했겠지?"

"여부가 있겠습니까. 그리고……."

굴자표가 힐끗 소견을 보며 말꼬리를 흐리자 여파가 손을 저었다.

"괜찮다. 본좌의 하초가 제 기능을 발휘하면 첩으로 들일 계집이니까."

"알겠소이다, 지존. 속하가 혈번교의 문(文) 총사와 막역한 사이라 뇌천검에 관해 넌지시 물어보았소이다."

"그래? 뭐라 하더냐?"

"뇌천검은 분명 뇌천검제를 상징하는 검이라 하오이다. 검신이 번갯불 형상을 하고 있어 여느 검과는 확실하게 구별되며 한 번 뽑히는 순간 우렛소리와 같은 검명(劍鳴)을 발한다 했소이다. 뇌천진기가 주입되면 벼락과 같은 섬광이 뿜어지는데 금강불괴지신이라도 쪼갤 만큼 예리하다고 하더이다."

여파는 만두 한 판을 게눈 감추듯 입에 털어 넣고는 뇌천검을 집어 들었다.

"흐음, 애들 말이 사실이라면 진짜 뇌천검이야."

"지존, 진짜 뇌천검이 출현했다면 이는 대사건이외다. 중
원무림은 남궁북성(南宮北城)이 천하를 호령한 이래 여타 문
파는 제대로 힘을 쓰지 못하고 있소이다. 만일 지존께서 뇌천
검을 뽑아 휘두를 수만 있다면 혈번교를 누르고 당당히 천하
지존으로 등극할 수 있소이다."

"하지만 어떻게 뇌천진기를 터득한단 말이냐? 뇌천진기를
지니지 못하면 뇌천검을 뽑을 수 없으니 그저 장식품에 불과
할 뿐이다."

여파가 몹시 아쉬운 표정을 짓자 굴자표가 목소리를 낮추
었다.

"태백궁(太白宮)의 대공녀는 당대제일의 지혜를 지닌 천재
입니다. 십전옥봉(十全玉鳳)으로 불리는 그녀라면 뇌천진기
를 터득하는 방법도 알 것이외다."

"하지만 태백궁과는 아무런 교류도 없지 않느냐? 게다가
태백궁에 비하면 우리 몽산파는 변방의 작은 문파에 지나지
않는다. 오히려 저들이 뇌천검을 요구한다면 순순히 내줄 수
밖에 없어."

"지존, 일단은 애들 입막음을 단단히 해서 비밀을 지켜야
하오이다. 속하가 달리 방도를 세워보겠소이다."

소견은 무심하게 음식을 먹으면서도 두 사람의 대화를 귀

담아들었다.

'태백궁이라면 중원 백도무림의 맹주 격인 대문파가 아닌가? 대공녀가 십전옥봉이라고? 그녀라면 뇌천검의 비밀을 풀 수 있단 말인가?

여파는 후식으로 나온 과일을 아삭거리며 손을 내저었다.

"좌사는 물러가 애들에게 단단히 일러두어라. 함부로 주둥이를 놀리는 놈은 가만두지 않을 것이라고."

"알겠습니다, 지존."

굴자표가 물러가자 여파는 게슴츠레한 눈빛으로 소견을 쓸어보았다.

"소견아, 우리 온천욕이나 즐길까? 네 피부도 더 고와질 게다."

소견은 수건으로 입가를 닦으며 빠르게 생각을 굴렸다.

'일단은 순종하는 체하자. 행여 두꺼비가 사내 구실을 하게 되면 교접을 벌여서라도 죽일 수 있으니까.'

그녀는 넌지시 추파를 보냈다.

"지존, 정말 소녀를 첩으로 삼을 마음이 있어요?"

"암, 그렇고말고."

"그렇다면 소주의 비단을 마음껏 걸칠 수 있게 해줘요. 내 소원은 그것뿐이에요."

여파는 그녀의 살인적인 미소에 입이 헤벌어졌다.

"케헤헤, 본좌가 사내 구실을 할 수 있게만 된다면 소주의 비단이 아니라 소주를 통째로 네게 선물하겠다."

2

하루 사이에 이백여 리를 주파했으니 상당히 빠른 행보다.

백무향은 지름길을 택해 산을 넘고 계곡을 건너면서 체내에 흐르는 뜨거운 기운을 느낄 수 있었다.

아직 운기하는 방법을 몰라 내공을 쏟아낼 수 없었지만 단전으로 조금씩 진기가 응집되었다. 몸도 점차 가벼워지면서 한 번 도약으로 삼사 장 정도 거리는 어렵지 않게 건너뛸 수 있었다.

그는 주먹을 불끈 쥐었다.

'좋아, 이제는 싸워볼 만하겠어. 지난번처럼 무참하게 깨지지는 않는다. 놈이 아무리 질긴 살가죽으로 둘러싸여 있다 해도 급소는 있겠지. 관자놀이라도 부숴 버리겠다.'

여파에게 얻어맞은 고통 따위는 이미 잊은 지 오래였다.

문제는 자존심이었다.

잘은 몰라도 그가 이렇듯 수모를 당할 사람은 아니라는 생각이 강하게 치밀어 올랐다. 아직도 과거를 기억할 수 없다는 것이 답답했지만 당장은 자신의 과거보다 현실이 더 중요하게 여겨졌다.

'그래, 내가 누구인지, 어떻게 구만산까지 오게 됐는지는

천천히 알아보면 돼. 일단은 두꺼비를 죽여 소견을 구하고 뇌천검을 찾는 게 급선무야.'

단신으로 몽산파 본거지로 쳐들어가는 것은 무모한 행위였지만 그는 어떤 두려움도 느낄 수 없었다.

'싸움은 경험해 보면 터득할 수 있어. 다른 놈들은 문제될 것 없다. 두꺼비만 쓰러뜨리면 되니까.'

그는 가파른 비탈을 빠르게 달려 내려갔다.

관도를 따라 다수의 마차와 수레가 오가고 있었다. 영외와 중원을 오가는 상인들의 행렬이었다. 마차와 수레마다 교역품을 가득 실은 상인들은 물품 목록을 보며 주판 알을 튕기기에 바빴다.

상인들은 몽산 근경에 이르자 객잔을 하나 잡아 잠시 휴식을 취했다.

몽산을 우회하는 관도마다 몽산파 순찰무사들이 눈에 불을 켜고 있기에 적당한 통행료를 제시해야만 무사히 통과할 수 있다. 상인들은 이번에는 어느 선에서 통행료를 지불할 것인가를 놓고 고심해야 했다.

도적은 운 좋게 피해낼 수 있지만 몽산파의 무사들은 피할 수가 없었다. 상인들에게 있어서는 산적보다 더 무서운 존재가 몽산파였다.

이때 입구의 주렴이 걷히며 남루한 차림의 청년이 들어섰

다. 그는 빈 탁자를 잡아 앉고는 주위 사람들이 먹고 있는 요
리를 주문했다.

청년은 다름 아닌 백무향이었다.

그는 단숨에 이백여 리를 달려왔기에 몹시 시장했다. 한바
탕 싸움을 벌이려면 배를 든든히 채워야 했기에 객잔을 찾아
든 것이다.

객잔 주인은 그의 남루한 행색에 잔뜩 이맛살을 찌푸렸지
만 워낙 말쑥한 용모를 지녔기에 음식 값을 떼먹지는 않을 것
이라 판단했다. 청년은 요리가 나오는 대로 순식간에 먹어치
웠다. 주량도 엄청나 술을 두 단지나 비웠다.

"좋아, 이제 좀 배가 차는군."

그는 배를 문지르며 자리에서 일어섰다.

주인은 바싹 긴장한 채 백무향이 하는 양을 지켜보았다. 한
데 당연히 계산대에 들러 음식 값을 치러야 했건만 백무향은
그냥 지나쳤다.

"저놈 잡아라!"

주인이 버럭 소리치자 건장한 점소이 둘이 백무향의 팔을
양쪽에서 잡았다.

"왜들 이러는 거야?"

백무향이 점소이들을 둘러보자 주인이 소매를 걷어붙이며
다가왔다.

"혹시 잊었다면 지금이라도 늦지 않았다! 어서 계산을 치

러라!"

"계산? 무슨 계산?"

"아니, 멀쩡하게 생긴 놈이 누구를 놀리는 것이냐? 음식과 술을 먹었으면 당연히 은자를 내야 할 것 아니냐!"

백무향은 고개를 갸웃거리다가 생각이 난 듯 피식 실소를 지었다.

'그렇군. 소견이 그랬지? 은자가 있어야 밥도 사 먹고 옷도 사 입을 수 있다고 했어.'

그는 품속을 뒤적거렸다. 하지만 달리 지닌 은자가 있을 리 만무했다. 약초꾼 부락에서 소년에게 건넨 목걸이가 그의 유일한 재산이었다.

백무향은 점소이에게 붙잡힌 팔을 떨쳐 냈다.

"나중에 갚을게."

계산대를 돌아 나온 주인이 그의 허리춤을 힘껏 쥐었다.

"개수작 마라! 타지에서 굴러들어 온 놈 같은데, 감히 어디서 사기를 치려는 것이냐?"

백무향은 다소 난처한 입장이 되었다. 구리 돈 한 문 없이 공짜로 음식과 술을 먹었으니 그의 커다란 실책이었다.

'곤란하게 됐군. 그냥 밀치고 나가면 나쁜 놈이 되는 거잖아?'

그도 이제는 사리 분별이 확실하기에 자신의 잘못을 인정힐 수 있을 성도는 되었다. 완력으로 주인과 점소이들을 밀쳐

내는 것이 마음에 걸렸다.

　이때였다. 객잔으로 들어서던 한 장한이 백무향을 보자 아는 체를 했다.

　"아니, 공자님이 아니십니까?"

　"……?"

　백무향은 장한을 물끄러미 바라보았다.

　장한은 검은 안대로 한쪽 눈을 가리고 있었다. 안면이 있는 것 같기는 했지만 분명치 않았다.

　주인은 무전걸식(無錢乞食) 때문에 잔뜩 분통을 터뜨리고 있던 상황이었기에 애꾸의 존재가 너무도 반가웠다.

　"아는 사람이오?"

　"대체 무슨 일인가? 우리 백 공자님이 무슨 잘못을 저질렀다고 이러는 겐가?"

　"글쎄, 요리와 술을 잔뜩 처먹고 돈 한 푼 내지 않으니 내가 환장하지 않겠소?"

　"거 몇 푼 된다고 감히 존귀하신 공자님을 닦달하는 건가?"

　장한은 은자 한 덩이를 주인의 손에 쥐어주었다.

　"이 정도면 되겠는가?"

　은자를 손에 쥐자 주인의 태도가 갑작스럽게 바뀌었다. 그는 백무향에게 연신 허리를 굽실거렸다.

　"아이고! 송구합니다요, 공자님. 귀한 집 자제이시기에 세상 물정을 모르셨군요."

백무향은 뜻밖의 상황에 어떻게 대처해야 할지를 몰랐다.
애꾸 장한이 얼른 그의 소매를 잡아끌었다.

"공자님, 이런 남루한 행색을 하고 다니시면 어떻게 합니
까? 어서 가십시다."

백무향은 일단 곤경을 벗어났기에 순순히 장한을 따랐다.
장한은 그를 이끌고 한적한 수림으로 들어섰다.

백무향이 그의 손을 뿌리치며 물었다.

"대체 왜 나를 돕는 거냐?"

애꾸는 두 손을 모으며 예를 올렸다.

"부두령, 속하 황삼이오. 속하를 몰라보시겠소?"

"황삼……? 그럼 네가 백월림 도적이었단 말이냐?"

"그렇소."

"그래, 낯이 익구나. 네가 황삼이었어."

황삼은 그의 손을 쥐며 눈물을 글썽였다.

"아이고, 부두령. 살아 계셨군요. 속하는 부두령께서 죽은
줄로만 알았소."

"그 정도에 죽을 내가 아니지. 참, 소견은 어떻게 되었느
냐?"

"림주는 몽산파로 끌려 가셨소. 다들 죽고… 저 혼자만 살
아남았소."

그는 한쪽 눈을 가린 안내를 내반졌나.

“속하는 놈들의 칼에 맞아 쓰러지면서 눈을 상했지만 다행히 목숨은 건질 수 있었소. 멀리 달아나고 싶었지만… 어떻게 든 림주를 구해드려야 했기에 주변을 배회하는 중이었소.”

“잘됐다. 날 몽산파 소굴로 안내해라. 두꺼비를 때려눕히고 소견을 구할 생각이다. 내 검도 찾아야 하고 말이야.”

“부두령, 놈들의 머릿수가 백 명도 넘소. 게다가 청와태세를 무슨 수로 감당한단 말이오? 무작정 쳐들어가면 개죽음을 당할 뿐이오.”

“내가 알아서 상대할 테니 넌 기회를 봐서 소견을 구해.”

황삼이 얼른 그를 막아섰다.

“부두령, 일단 림주부터 구합시다. 정면으로 뛰어들었다가는 흉악한 청와태세가 림주를 죽일 수도 있소.”

“……”

백무향은 잠시 생각을 굴렸다.

몽산파 졸개들은 두렵지 않았지만 소견이 죽을 수도 있다는 것은 확실히 우려할 문제였다. 소견은 그를 혼몽 속에서 일깨워 준 여인이다. 자신으로서는 그녀를 지켜주어야 할 책임이 있었다.

그는 황삼에게 조언을 구했다.

“황삼, 어떻게 했으면 좋겠냐?”

“비밀 통로를 이용해 림주를 구할 수 있소. 더불어 부두령의 검을 되찾는 거요. 부두령이 검만 뽑을 수 있다면 청와태세도 죽일 수 있지 않겠소?"

"비밀 통로라니?"

"일전에 속하가 몽산파에 잠입한 적이 있었소. 담장 밑을 통해 안채로 들어가는 통로를 알아두었소. 그리로 모시겠소."

백무향은 힘있게 고개를 끄덕였다.

"그래, 소견부터 구하자. 정말이지 널 만난 게 다행이다, 황삼."

3

딱, 딱……!

담장 주변을 도는 순찰무사들이 타판을 마주치며 보초들에게 경각심을 일깨워 주고 있었다. 담장 주변 여덟 곳에는 높은 망루가 세워져 있어 외부의 잠입을 철저히 경계하고 있었다.

몽산파는 광서의 대문파답게 야간에도 경계가 철저했다.

백무향과 황삼은 담장과 약간 떨어진 수림까지 접근했다. 수림을 벗어나면 몸을 숨길 곳이 전혀 없기에 망루의 보초들에게 곧바로 발각된다.

황삼은 주변을 더듬거리다가 수북이 쌓인 나뭇잎을 한쪽으로 밀쳐 냈다. 그러자 손삽이가 달린 네모난 철판이 보였다. 손잡이를 당기자 철판이 열리며 아래로 통하는 돌 계단이 모습을 드러냈다.

백무향이 가볍게 고개를 끄덕였다.

"용케도 이런 비밀 통로를 찾아냈구나."

"속하가 먼저 들어가겠소."

황삼이 돌 계단을 내려가자 백무향이 뒤를 따랐다. 그는 행여 순찰무사들에게 발각될 우려가 있기에 철판을 본래대로 닫았다.

통로는 좁고 어두웠다. 황삼이 화섭자를 밝혀 들자 조금은 시야가 확보되었다.

"따르시오."

황삼이 통로를 따라 빠르게 걸음을 옮겼다.

두 사람은 곧장 뻗은 통로를 따라 삼십 장 정도를 전진했다. 그러다 통로가 급격히 꺾이며 넓은 지하 광장에 이르게 되었다. 원형의 지하 광장은 반경이 오 장 정도로 굳센 철강석으로 둘러져 있었다. 어디서 풍겨오는지 염초와 유황 냄새가 코를 찔렀다.

황삼이 작은 철문 앞으로 다가갔다.

"부두령은 잠시 여기 계시오. 속하가 먼저 안채의 경계 상태를 살펴보겠소."

"알겠다."

백무향은 별다른 의심 없이 지하 광장에 머물렀다.

한데 황삼이 나간 철문이 닫혀지며 빗장을 가로지르는 쇳소리가 들려왔다. 이어 원형 광장의 천장이 환하게 밝혀졌다.

천장은 돌 대신 굵은 쇠창살로 이루어져 있었는데, 쇠창살을 밟고 선 수십 명의 무사들이 불화살을 준비해 백무향을 노리고 있었다.

백무향은 비로소 자신이 함정에 빠졌음을 깨닫게 되었다.

'황삼 그놈이 날 속였구나!'

그로서는 백월림 졸개인 황삼을 철석같이 믿었기에 이런 배신은 꿈에도 생각지 못했던 것이다.

쇠창살을 밟으며 두 명이 백무향의 머리 위로 다가섰다.

"케헤헷, 네놈이 바로 도검을 맞고도 죽지 않는다는 괴물이냐?"

음침한 눈빛의 왜소한 중년인은 몽산파의 좌사 굴자표였다. 그의 옆으로 황삼이 득의에 찬 모습으로 서 있었다.

"어떻습니까, 굴 좌사. 저 짐승을 간단히 생포했으니 모두 속하의 공입니다."

"오냐. 지존께 아뢰어 너를 순찰사령으로 승진시켜 주겠다."

굴자표는 백무향을 내려다보았다.

"호오, 생긴 것은 멀쩡한 놈이군. 네놈이 지존의 청와신공에 맞고도 뒈지지 않았기에 삼두육비의 괴물인 줄 알았다."

"닌 누구냐!"

"난 몽산파의 좌사 굴자표다. 네놈이 혹시 살아 있을 수도 있기에 이런 계책을 꾸며둔 거다. 황삼은 본 파의 제자가 되어 충성을 맹세했다. 너같이 어수룩한 놈 하나 함정으로 끌어들이기는 식은 죽 먹기지."

이때 여파가 소견을 이끌고 원형 광장의 천장으로 다가섰다.

"굴 좌사, 정말 놈이란 말이냐?"

소견이 먼저 쇠창살을 밟고 천장으로 올라섰다. 백무향을 내려다본 그녀는 눈물을 글썽였다.

"무향—! 무향, 네가 살아 있었구나?"

그녀는 쇠창살 사이로 손을 뻗었다. 하지만 바닥까지는 삼 장에 달하는 깊이라 백무향의 손을 잡을 수가 없었다.

백무향은 함정에 갇힌 상태였지만 전혀 우려하는 기색이 없었다.

"조금만 기다려, 내가 구해줄 테니까."

"흑, 바보야. 너 혼자 뛰어들어서 어쩌겠다는 거야? 차라리 멀리 도망갈 것이지……."

그녀는 입술을 꼭 깨물고는 황삼을 쏘아보았다.

"황삼, 네가 감히 배신을 해?"

황삼은 그녀의 표독스런 눈빛에 움찔했다.

"림주, 어… 어쩔 수 없었소."

"뭐가 어쩔 수 없어, 이 더러운 새끼!"

순식간에 달려든 소견은 황삼의 관자놀이에 일격을 가했
다.

"크윽!"

머리가 깨진 황삼은 피를 흘리며 비틀비틀 물러섰다.

소견은 연속해서 황삼을 가격했다.

"어쩌자고 무향을 함정에 빠뜨린 거냐? 어쩌자고!"

여파가 눈짓을 보내자 용패무장이 소견에게 슬며시 칼을
건네주었다. 칼을 받아 든 소견은 순식간에 황삼의 심장을 찌
르고는 마구 난도질을 했다.

"죽어! 죽어, 더러운 배신자!"

여파가 흐뭇한 미소를 지었다.

"잘했다, 소견. 간에 붙었다 쓸개에 붙었다 하는 배신자는
당연히 죽여야 돼. 저런 놈은 언제고 우리 몽산파를 배신할
수 있으니까."

소견은 칼을 뻗어 여파의 목을 겨누었다.

"어서 무향을 풀어줘!"

"소견아, 내가 놈한테 경고를 한 적이 있었다. 다시 살아난
다면 불구덩이 속에 처넣겠다고 말이다. 이번에도 살아난다
면 맷돌로 갈아 죽일 생각이다."

"개소리 마! 무향을 어서 풀어줘! 아니면 네가 죽는다!"

소견은 그의 살가죽 속으로 칼을 들이댔다. 한데 목의 살가
죽이 워낙 질겨 아무리 힘을 주어도 박히지 않았다.

여파는 간단히 그녀의 손목을 제압하고는 칼을 내던졌
다.

"장난은 이만 해라. 네게 좋은 구경거리를 보여주마."

그는 굴자표에게 고개를 돌렸다.

"태워 버려라."

"예, 지존."

굴자표는 불화살을 쥔 무사들에게 명했다.

"쏴라!"

무사들이 백무향을 향해 일제히 불화살을 쏘아댔다.

피피핑—!

수십 발의 불화살이 백무향을 향해 내리꽂혔다. 천장에서
내려다보면 바닥이 훤히 보였고, 달리 은폐물도 없었다. 백무
향이 피하는 곳마다 계속해서 불화살이 쏟아져 내렸다.

화르륵—!

불에 잘 붙는 염초와 유황 가루가 발라진 바닥은 이내 불바
다가 되었다.

"젠장, 이러다 타 죽겠군."

백무향의 몸이 아무리 단단해도 불구덩이 속에서는 견딜
수가 없다.

그는 힘찬 기합성과 함께 솟구쳐 올랐다. 삼 장 높이를 솟
구친 그는 창살을 쥐고 매달렸다. 그러자 용패무장이 그의 손
을 노리며 철퇴를 내려쳤다.

백무향은 어쩔 수 없이 창살을 놓고 다시 불구덩이 속으로 떨어져 내려야 했다.

소견이 여파의 장삼 자락을 쥐고는 애원했다.

"흑흑! 제발 살려주세요, 지존! 무향을 죽이지 말아요."

"소견아, 지난번에는 네가 애원했기에 한 번 살려주었다. 이제는 안 돼. 놈이 타 죽을 때까지 지켜보거라. 놈이 재가 되면 너도 놈에 대한 미련을 버리게 될 것이다."

여파는 그녀를 한 팔로 감싸안으며 턱을 받쳐 들었다. 그는 백무향이 불에 타 죽는 참혹한 광경을 똑똑히 지켜보도록 그녀가 눈을 감지 못하게 눈까풀까지 치켜 올렸다.

화르르륵!

바닥이 온통 불길에 휩싸여 있기에 발 디딜 곳이 없었다. 백무향의 옷에도 불꽃이 피어났고 머리카락마저 그슬렸다.

백무향은 이를 악물며 주먹을 불끈 쥐었다.

'이따위 불길에 죽을 내가 아니다!'

천장을 올려다보는 그의 두 눈에 핏발이 감돌았다. 핏물이 뚝뚝 흐를 것 같은 혈안(血眼). 그것은 잔혹한 살상과 파괴를 일삼는 마왕의 눈이었다.

"으아아아!"

그의 입에서 엄청난 포효가 터져 나왔다. 불문의 사자후보다 더 강력한 음공이었다.

그의 피부가 벌겋게 물들며 화염이 뿜어졌다. 그의 몸에서 피어나는 화염폭풍에 지하 광장 전체가 불꽃으로 뒤덮였다.

"허억! 이게 웬 조화냐?"

여파는 기겁을 하며 소견을 안은 채 밖으로 피신했다.

굴자표가 뒷걸음을 치며 다급히 외쳤다.

"모든 병기를 던져라!"

몽산파 무사들은 화살을 쏘아대고 창과 칼을 내던졌다. 화살과 병기가 장대비처럼 백무향을 향해 내리꽂혔다.

불꽃에 휩싸인 백무향이 둥실 떠올랐다. 화살과 병기는 그의 몸을 휘감은 화염에 닿는 순간 모두 녹아버렸다.

백무향은 머리 위로 두 손을 힘차게 뻗어냈다.

"차아앗!"

콰류류류!

어마어마한 화염폭풍. 불꽃의 소용돌이에 쇠창살이 발갛게 달아올랐다. 얼마나 강렬한 화염인지 쇠창살이 녹으며 쇳물이 뚝뚝 떨어졌다.

백무향은 대번에 쇠창살을 박살 내며 솟구쳐 올랐다.

"죽인다―!"

공포스러운 일갈에 굴자표는 무사들과 함께 급히 밖으로 달아났다. 그들의 눈에 비친 백무향은 인간이 아니었다. 지옥의 불구덩이 속에서 탈출한 마왕이었던 것이다.

백무향은 불꽃에 휩싸인 채 출구를 나섰다.

밖은 넓은 연무장이었다.

이미 몽산파의 전 무사들이 연무장 주변을 빽빽이 둘러싸고 있었다. 그들은 바싹 긴장한 모습으로 병기를 단단히 부여잡고 있었다.

백무향의 몸을 휘감고 있던 붉은 광채가 조금씩 엷어지면서 그의 형체가 드러났다.

남루한 옷은 거의 재가 되어 부서졌지만 뽀얀 피부는 전혀 손상을 입지 않았다. 염초와 유황이 타오르는 불구덩이 속에서도 가벼운 화상조차 당하지 않은 것이다.

눈에서 뿜어지던 무시무시한 핏빛 기운은 사라졌지만 분노의 기운은 차갑고 강렬했다.

"두꺼비, 어서 나서라!"

그는 여파가 서 있는 돌 계단을 향해 힘차게 다가섰다.

여파가 거칠게 소매를 저었다.

"죽여!"

그의 지시가 떨어지자 몽산파 무사들이 함성을 지르며 일제히 달려들었다.

백무향은 주먹을 불끈 쥐며 그대로 무사들을 향해 돌진했다. 그의 일권일퇴에 무사들이 대번에 나가동그라졌다. 창을 한 자루 빼앗아 쥔 그는 좌우로 창을 휘저었다.

몇 자루 병기가 그의 몸으로 파고들었지만 피부만 스칠 뿐 깊이 꽂히진 않았다.

"비켜!"

그가 힘차게 창을 휘두르자 예닐곱 명의 무사가 짚단처럼 베어지며 널브러졌다. 그의 흉흉한 기세에 무사들은 더는 접근하지 못하고 좌우로 갈라졌다.

창을 내던진 그는 돌 계단을 밟고 올라섰다.

순간 여파가 빠른 속도로 미끄러지며 일장을 내질렀다.

"청와인(靑蛙印)!"

청와진기가 실린 강력한 장인이 백무향의 가슴을 강타했다.

퍼엉!

한줄기 피를 토해낸 백무향은 삼 장 밖으로 튕겨져 나갔다.

여파는 발끝으로 바닥을 차고는 높이 솟구쳐 올랐다. 비대한 체구답지 않게 날렵한 신법이었다. 그는 허공을 밟고 뛰며 연속적으로 쌍장을 내질렀다.

"연환기자폭(連環氣刺暴)!"

그가 펼쳐 낼 수 있는 최강의 절기였다. 일초 구식의 장법으로 한 번 펼쳐지면 웬만한 바윗덩이를 통째로 박살 낼 수 있는 극강의 무공이었다.

그때 벌떡 일어선 백무향이 하늘을 떠받치는 듯한 자세로 두 손을 쳐들었다.

"이야앗!"

장심에서 형성된 붉은 구슬 같은 광채가 급격하게 확산되었다. 붉은 구슬은 극양의 기운이 간직된 화염의 정화였다.

부딪치는 모든 것을 녹여 버리는 초극의 내가 기공.

콰— 콰쾅!

어마어마한 폭음과 함께 연무장의 석판이 동심원을 그리며 연이어 튀어 올랐다. 불꽃의 폭풍이 사위를 휩쓸며 주변을 새까맣게 태웠고, 몇몇 무사들은 몸에 불이 붙어 데굴데굴 굴렀다.

실로 가공할 화염지기였다.

"크으윽!"

삼 장 밖으로 나가동그라진 여파의 입에서 내장 조각이 섞인 선혈이 울컥울컥 뿜어졌다. 불길에 그슬린 그의 피부가 쩍쩍 갈라져 있었다.

"허억?!"

"이… 이럴 수가?"

굴자표와 용패무장은 경악에 젖어 입을 쩍 벌렸다.

도검불침의 청와신공을 터득한 그들의 지존이 내상을 입으리라고는 생각지 못한 것이다. 호신갑과 같은 피부가 그슬렸다면 청와신공이 깨진 것과 진배없었다.

돌 계단 위로 올라선 백무향은 냅다 여파의 턱을 걷어찼다.

"이 두꺼비 새끼!"

청와신공을 상실한 여파는 맥없이 바닥으로 미끄러졌다. 그의 살덩이를 밟고 선 백무향은 사정없이 발로 짓밟았다.

"이 추악한 괴물아! 감히 나를 개 패듯 마구 팼겠다? 너도 한번 당해봐!"

살가죽이 찢기고 뼈가 으스러졌다. 주먹에 적중된 안면이 뭉개지며 앞니가 몽땅 부서졌고, 코뼈마저 내려앉았다.

몽산파 제자들은 지존이 무참하게 당하는 광경을 멀거니 바라볼 수밖에 없었다. 지존을 마구 짓밟는 백무향을 저지하기 위해 목숨을 걸고 나설 충성스런 수하는 아무도 없었다.

이때 용패무장이 소견의 머리에 철퇴를 대며 위협했다.

"멈춰라!"

겨우 분노를 가라앉힌 백무향이 고개를 돌렸다.

용패무장은 철퇴를 번쩍 치켜들었다.

"이 계집을 죽이고 싶지 않으면 어서 물러서!"

"……."

"계집을 데리고 떠난다면 우리도 막지 않을 것이다!"

백무향은 혼절한 여파의 허리춤에서 뇌천검을 뽑아 들고는 냅다 걷어찼다.

"좋아, 두꺼비가 날 죽이지 않았으니 나도 살려주겠다."

"곱게 물러가겠느냐?"

"내가 너희 같은 버러지들을 죽일 이유가 없어. 어서 소견이나 풀어줘라."

"오냐. 널 믿겠다."

용패무장은 소견을 놓아주었다.

소견은 빠르게 걸음을 옮겨 백무향의 품에 안겼다.

“오, 무향!”
“괜찮아? 다친 데는 없어?”
“그래, 난 괜찮아. 네가 꼭 구해줄 줄 알았어.”
“가자.”
백무향은 그녀의 어깨에 팔을 둘렀다.
소견은 몽산파 제자들을 쏘아보며 이를 갈았다.
“저 새끼들을 정말 그냥 둘 거야? 백월림 산채를 짓밟은 놈들이라고!”
“알아. 하지만 약속을 했으니 지켜야 돼.”
“안 돼! 복수를 해야 한단 말이야!”
“그만둬. 나도 이놈들을 모두 죽이고 싶지만 생각해 보니 꼭 그럴 필요는 없을 것 같아. 두꺼비를 저 지경으로 만들었으니 충분히 복수는 한 셈이야. 널 구했고 뇌천검을 되찾았으니 이만 가자.”
백무향은 소견을 이끌며 연무장을 가로질렀다. 몽산파 제자들은 감히 제지할 엄두를 내지 못하고 좌우로 갈라졌다.
백무향은 커다란 대문을 통해 몽산파를 나섰다.
“이제 산적질은 그만 해.”
“그럼 뭐 하고 살라고?”
“아직 생각해 보지 않았어. 하지만 할 일은 많을 거야.”
백무향은 소견의 손을 쥐고는 유유히 몽산파를 내려갔다.

굴자표와 용패무장이 급히 여파 옆으로 다가섰다.

검게 그슬리고 피투성이가 된 여파는 흉물스런 살덩이에 불과했다. 겨우 목숨을 부지하고 있었지만 예전과 같은 기세를 되찾기는 힘겨워 보였다.

"용패무장은 어서 지존을 안채로 모시게."

"굴 좌사, 이제 우리 몽산파는 어찌 되는 거요?"

"그게 무슨 소리인가? 지존께서 아직 생존해 계시네."

"하지만……."

굴자표는 이를 부드득 갈았다.

"혈번취왕께서 반드시 복수해 주실 것이네. 놈은 결코 살아서 영외를 떠날 수 없을 것이야!"

4

혈번교의 정예들이 몽산파에 당도한 것은 이틀 후였다.

교주 혈번취왕(血幡鷲王).

영외제일의 고수이자 남방의 맹주 격인 그가 몽산파에 친히 왕림했다는 것 자체가 대단한 사건이었다. 외견상 청와태세를 위로하기 위함이었지만 그의 의도는 다른 데 있었다.

심한 화상을 입은 여파는 전신을 붕대로 칭칭 감고 있었다. 화상 회복에 좋은 약을 듬뿍 발랐지만 워낙 겹쳐진 살덩이가 많아 붕대는 피고름으로 흠뻑 젖어 있었다.

“취… 취왕 형님.”

여파는 혈번취왕을 대하자 감격의 눈물을 글썽거렸다.

혈번취왕은 늠름한 풍채의 소유자였다. 안색이 다소 검었지만 오관이 수려했고, 가슴까지 늘어진 긴 삼각수염은 마치 삼국시대의 명장 관우를 방불케 했다. 당대의 효웅으로서 손색없는 풍모였다.

잘 빗겨 올린 상투에 독수리[鷲] 머리 형상의 비녀가 꽂혀 있는데 독수리가 바로 혈번교의 상징이었다.

혈번취왕은 여파의 손을 쥐며 안쓰러운 표정을 지었다.

“아우, 대체 이 무슨 변괴란 말인가?”

“크으, 송구하오이다. 워낙 괴물 같은 놈이기에…….”

“굴 좌사에게 대충 얘기는 들었네. 본 교뿐 아니라 영외의 전 문파에 전서통문을 보내 놈에 대한 추격을 독려하였네. 놈의 행방을 찾는 대로 본좌가 직접 나설 생각이네.”

“고맙소이다, 형님. 이 원한을 갚을 수만 있다면 몽산파를 형님께 바치겠소이다.”

혈번취왕은 붕대로 감겨진 그의 어깨를 다독였다.

“그런 소리 말게. 자네는 마음을 편히 먹고 어서 회복에 주력하게나. 문 총사가 처방을 내려줄 것이야.”

혈번취왕의 뒤에 서 있던 창백한 안색의 중년인이 다가서며 여파의 맥을 짚었다.

“여 장문인, 나를 알아보겠소?”

"오, 문 총사가 아니시오?"

"의식이 또렷하시니 회복에는 문제가 없을 것이오."

중년인은 담담히 미소를 지으며 여파를 진맥했다.

혈번교 총사 문호상(文好霜).

그는 영외일현(嶺外一賢)으로 불리는 현자다. 기문둔갑과 기관성복에 능하고 의술에도 높은 경지에 이르렀다. 한족을 경계하는 남방족들도 그의 지혜와 식견에는 감복해 마지않는다.

진맥을 마친 문호상은 가볍게 눈살을 찌푸렸다.

"여 장문인은 강력한 열양신공에 당했구려."

"그렇소. 놈이 쇠창살마저 녹여 버릴 만큼 무서운 열양신공을 지녔으리라고는 전혀 예상치 못했소. 크으, 일전에 백월림 산채에서 놈을 죽이지 못한 것을 통탄할 따름이오."

"일단 노기를 가라앉히시오. 먼저 내부의 화기부터 다스린 후 외상을 치유하면 달포가 지나지 않아 예전처럼 회복될 것이오."

여파는 자신이 완쾌될 수 있다는 말에 크게 안도했다.

"고, 고맙소. 문 총사의 처방만 믿겠소."

전각을 나선 혈번취왕과 문호상은 천천히 걸음을 옮겼다. 넓은 장원을 둘러보던 혈번취왕이 나직이 감탄사를 발했다.

"허어, 몽산파가 언제 이렇듯 사세를 확장했단 말인가? 여

파가 스스로 광서제일이라 자부한다 들었는데 허언이 아니었
군.”

“그렇소이다, 취왕. 탐욕스런 두꺼비가 차지하기에는 다소
아까운 곳이지요.”

“두꺼비가 회생할 가능성은 있는가?”

“워낙 강력한 열양신공에 당해 쉽지 않을 것입니다.”

혈번취왕은 수염을 내리쓸며 소리없는 미소를 지었다.

“그렇다면 죽는다 해도 뒷말은 듣지 않겠군.”

문호상은 상전의 심중을 헤아리며 나직이 말을 받았다.

“속하의 처방으로 달인 탕재를 먹으면 두꺼비는 이틀 안에
죽게 될 것입니다. 취왕께서는 굴자표를 엄히 문초하십시오.
약방문은 속하가 바꾸어놓겠습니다. 결국 굴자표가 몽산파
를 차지하려는 탐욕 때문에 사사로이 두꺼비를 죽인 것으로
공포될 것입니다.”

“허헛, 과연 문 총사는 나의 장자방일세. 그동안 두꺼비가
긁어 모은 모든 재물이 우리 혈번교의 것이 되겠군.”

두 사람은 음흉한 계략을 주고받으며 돌 계단을 따라 내려
왔다.

혈번취왕은 새까맣게 불타 버린 연무장의 석판을 둘러보
며 물었다.

“대체 백무향이란 자의 정체는 무엇인가? 두꺼비의 청와신
공이 보통 까다로운 무공이 아닌데 어떻게 저 지경으로 만들

수 있었던 거지?"

문호상은 검게 그슬린 석판 조각을 집어 들고 살펴보았다.

"청와신공은 좌도(左道)에서도 상당한 신공에 해당됩니다. 그것을 격파할 열양신공은 흔치 않지요. 구양신공(九陽神功)이나 태양신공(太陽神功), 오행천(五行天)의 축융마공(祝融魔功)과 같은 강력한 절기만이 가능합니다. 하지만 굴자표를 통해 놈의 무공에 대한 특징을 들어보았지만 세 가지 절기에는 해당되지 않습니다."

"흐음, 하면 어떤 절학이란 말인가?"

"놈을 직접 대하지 못해 정확히는 알 수 없습니다. 언뜻 폭염마공(暴焰魔功)이 아닐까 하는 생각이 들었지만 그것은 불가능합니다."

"왜?"

"폭염마공은 풍운마제(風雲魔帝)의 절학이 아닙니까? 하지만 풍운마제가 이백 년 전 갑작스럽게 실종되는 바람에 절전된 마공입니다."

혈번취왕은 가볍게 고개를 저었다.

"흐음, 정말·모를 일이군. 놈이 뇌천검을 뽑았다는 것도 의문인데 풍운마제의 절학까지 지녔다? 상식적으로 이해가 되지 않아."

이때 허공에서 날카로운 새 울음소리가 들려왔다.

한 마리 붉은 독수리가 날개를 접은 채 곤두박질치듯 내려

왔다. 혈번취왕이 팔을 내밀자 붉은 독수리는 혈번취왕의 팔
뚝 위에 사뿐히 내려앉았다.

"취응(鷲鷹), 마침 잘 왔다."

혈번취왕은 독수리의 머리를 쓰다듬으며 입술을 달싹거렸
다. 짐승을 부릴 수 있는 금령최환술(禽靈催幻術)이었다. 혈번
취왕의 의중이 전해지자 붉은 독수리는 날개를 활짝 펼치고
는 하늘 높이 솟구쳐 올랐다.

문호상은 빙그레 웃음을 띠었다.

"놈이 영외에 머물러 있다면 취왕의 손아귀에서 결코 벗어
나지 못할 것이외다."

혈번취왕은 가슴을 펴며 턱수염을 움켜쥐었다.

"놈이 누구이든 뇌천검을 지녔다면 놔둘 수 없지. 영외보
다는 중원무림을 호령할 수 있는 신병이니까."

소견, 널 잃다니!

계림(桂林)의 산과 물은 천하제일이다.

천하인 모두가 인정할 만큼 계림은 푸른 산, 맑은 물, 기이한 동굴과 아름다운 돌이 한데 모여 최고의 절경을 이루고 있다. 유유히 흐르는 이강(灕江)에 배를 띄워 주변의 산수를 둘러보면 마치 신선 세계에 온 듯한 착각에 빠지게 된다.

계림의 산들은 평지 위에서 마치 손가락이 세워진 듯 우뚝 솟아 있어 그 기이함은 이루 표현할 수 없고, 산마다 절묘한 화산 동굴이 널려 있어 어느 곳 하나 절경이 아닌 곳이 없다.

이강을 따라 무수한 놀잇배들이 외지의 구경꾼들을 태운 채 하류를 따라 흘러가는 광경은 또 하나의 구경거리였다.

작은 놀잇배를 하나 빌려 타고 있는 두 남녀는 마치 부부처럼 보였다. 그들은 나란히 뱃전에 서서 상비산(象鼻山)의 기이한 암석을 감상하는 중이었다.

여인은 한 겹 비단을 몸에 감고 있었다. 육감적인 몸매만큼이나 매혹적인 용모를 지녔기에 뱃사공은 연신 그녀를 훔쳐보느라 눈알이 횡횡 돌아갔다.

사내는 허름한 장삼 차림이라 별로 부유해 보이지는 않았지만 피부가 관옥처럼 희었고 또렷한 오관이 무척이나 준수해 귀공자의 면모로 손색이 없었다. 그는 금룡이 양각된 보검을 어깨에 걸치고 있었다.

부부처럼 보이는 두 남녀는 다름 아닌 백무향과 소견이었다.

백무향은 몽산파에 뛰어들어 여파를 묵사발 만들고 소견을 구한 후 계림에 이르게 되었다. 그로서는 잃어버린 기억을 찾는 것이 급선무였다.

자신이 누구인지 알아야 했다. 왜 기억을 잃었는지도 알아야 했고, 한족인 자신이 왜 십만대산과 같은 영외에서 깨어났는지도 알아야 했다. 그러기 위해서는 중원으로 가야 했기에 이강을 건너는 중이었다.

물론 호남으로 넘어가는 빠른 길이 있었지만 소견이 굳이 계림행을 고집한 것은 어릴 적 아픈 추억을 마지막으로 씻기 위함이었다.

“흑……..”

소견이 갑자기 눈물을 주르륵 흘리며 어깨를 들썩거렸다.

백무향은 물끄러미 그녀를 바라보다 물었다.

“어디 아파? 놈들한테 고문이라도 당한 거야?”

“아니야.”

“그럼 왜 울어?”

소견은 눈물 젖은 얼굴로 그를 돌아보았다.

“무향, 사람은 꼭 아파야 우는 게 아니야.”

“그럼?”

“슬퍼도 울고 기뻐도 울고, 가슴이 저려도 울고 두려워도 우는 거야.”

백무향은 언뜻 이해를 할 수 없어 미간을 찌푸렸다. 이제는 사리 분별을 할 수 있을 만큼 의식이 회복됐지만 아직 감성적으로는 완전하지 못했다.

“그럼 지금은 왜 우는 거야?”

“슬프기도 하고 가슴이 저리기도 해.”

“왜?”

“어렸을 적 부모님과 함께 계림을 유람하다 이곳 이강에서 수적을 만나는 바람에 부모님을 잃게 되었어. 그 후 난 망가진 몸이 되어 백월림의 도적이 된 거지. 내 기구한 운명이 바뀐 곳이기에 절로 눈물이 나와.”

백무향은 그녀의 어깨에 다정하게 팔을 둘렀다.

“좋게 생각해. 어쨌든 날 만나서 이제는 도적질도 접었잖아? 고향으로 돌아가서 잘살아.”

“나 혼자 고향으로 가라고?”

“그럼 어쩔 건데?”

“바보야, 부모님도 안 계신 고향에 가서 무얼 하겠어? 더군다나 계집의 몸으로 도적 소굴에서 살아왔으니 모두가 날 화냥년 취급할 텐데 어떻게 정상적으로 살 수 있겠어?”

소견은 그의 어깨에 고개를 기댔다.

“난 너와 함께 다닐 거야.”

“내가 나쁜 놈인지도 모르잖아?”

“아무렴 어때? 네가 천하의 죽일 놈이라도 상관없어. 난 너 없이는 못살아. 나와 살을 섞고 살아 있을 수 있는 사내는 너뿐이니까.”

백무향도 그녀가 곁에 있는 것이 싫지는 않았다. 아니, 너무도 좋았다.

그녀는 그가 깊은 어둠 속에서 깨어나 처음으로 만난 여인이며 첫 번째로 살을 섞은 여인이었다. 어떤 운명으로 그녀를 만나게 되었는지는 몰라도 이제는 자신의 여인으로 생각되었다.

과거를 잊은 백무향과 과거를 잊고자 하는 소견.

이제 그들은 무형의 끈으로 묶여진 동반자였다. 그것이 서로에 대한 애틋한 연정인지는 아직 알 수가 없다. 분명한 것은 함께 호흡하는 것만으로도 즐거울 수 있다는 점이었다.

"이강을 건너면 중원인가?"

"아니야. 호남의 접경지까지는 아직 천 리도 더 남았어."

소견은 바싹 다가온 강나루를 바라보며 물었다.

"한데 넓디넓은 중원인데 어디부터 갈 생각이야?"

"몰라. 기억나는 곳이 전혀 없어."

"곤란하군. 기억을 되살린 만한 장소나 물건이 있어야만……."

소견은 문득 그의 어깨에 걸쳐진 뇌천검을 보고는 손뼉을 쳤다.

"맞아. 여산(盧山) 태백궁을 찾아가면 되겠어."

"태백궁?"

"그래, 중원 최강의 문파가 바로 태백궁이야. 남궁북성 중 남궁이 바로 태백궁이지. 몽산파 좌사란 놈이 그러는데 태백궁의 소궁주가 아주 똑똑하대. 별호가 십전옥봉이라 하더군. 그녀라면 뇌천검에 대해 잘 알 거라고 했어."

백무향은 어깨에 걸친 뇌천검을 어루만졌다.

"뇌천검을 잘 안다고?"

"좌사가 두꺼비한테 보고할 때 들었어. 뇌천검은 뇌천진기를 보유한 사람만이 뽑을 수 있댔어. 뇌천진기는 무림 사상 오직 뇌천검제만이 지녔다는 거야. 네가 어떻게 뇌천검을 뽑았는지는 몰라도 그것만으로도 네가 뇌천진기를 지녔다는 것이 확인된 거지. 아주 특별한 무공이니까 네 내력을 밝힐 수 있을 거야."

"뇌천검제… 뇌천검제……?"

나직이 뇌까리던 백무향의 눈빛에 기광이 번득였다.

"생소하지가 않아. 그 별호를 듣는 순간 뭔가 떠오르는 것 같았어. 조금은 혼란스럽지만 말이야."

소견은 밝은 미소를 지었다.

"그래? 아무래도 네가 뇌천검제와 연관이 있는 게 분명해. 그분의 유품을 지녔고, 뇌천진기를 지녔다면 아마도 뇌천검제의 제자였을 거야."

"……."

백무향은 골똘히 생각에 잠기다가 문득 낙조에 물든 하늘로 시선을 들었다.

한 마리 취응이 이강 위를 배회하고 있었다. 취응은 양 날개를 활짝 펼친 채 커다랗게 원을 그리며 먹이를 노리듯 고개를 연신 좌우로 움직였다.

"이상하군."

백무향이 취응을 직시하자 소견이 따라 시선을 돌렸다.

"뭐가?"

"저 독수리 말이야. 양삭에서부터 줄곧 우리를 따라온 것 같았어."

"말도 안 돼."

"혹시 널 채가려는 것이 아닌지 몰라."

소견은 킥 실소를 짓고는 장난스럽게 그의 팔에 매달렸다.

"어마, 무서워."

취웅은 잠시 더 그들의 머리 위를 배회하다가 남쪽 하늘로 사라졌다.

백무향은 소견의 볼을 가볍게 다독였다.

"널 탐내는 게 사내놈들뿐만이 아니로군."

계림은 관광 명소답게 커다란 성시였다.

천하 각처에서 몰려든 유람객들을 위한 객잔과 반점이 발달했고, 남방의 풍부한 물산이 집결되는 곳이라 곳곳마다 시장이 열려 있었다.

백무향과 소견은 잠시 시장을 구경하다 하룻밤 유할 곳을 찾아 일찌감치 객잔에 들었다.

알몸 위에 비단 한 겹만 두른 대담한 옷차림을 한 소견이지만 모든 사람들의 관심 어린 시선이 조금은 부담스러웠다. 산적 소굴에서는 별반 신경을 쓰지 않았지만 세상을 활보하기에는 너무도 유혹적인 옷차림이었다.

두 사람은 이층으로 올라가 요리를 주문해 먹었다.

주변의 손님들은 그녀를 훔쳐보느라 밥이 입으로 들어가는지 코로 들어가는지 모를 정도였다.

소견은 손가락을 쪽쪽 빨며 자신의 몸에 두른 비단을 살펴보며 물었다.

"어디 구멍 난 데 있어?"

"아니."

"한데 사내놈들이 왜 나만 보면 침을 질질 흘리는 거지?"

"네가 예쁘잖아. 게다가 너처럼 특별한 옷을 걸치고 다니는 계집은 없어."

소견도 수긍이 가는 듯 고개를 끄덕였다.

"하기는 이건 옷이 아니지. 나야 비단의 느낌 때문에 좋다지만 이런 옷을 입고 세상을 활보하기는 조금 지나친 것 같아. 공연히 시비도 많이 생길 것 같고 말이야."

"무슨 상관이야? 소견만 좋다면 마음껏 입고 다녀. 어떤 놈이 시비를 걸어도 내가 지켜줄 수 있어."

"너무 과신하지 마. 넌 금강불괴가 아니야. 뛰어난 고수를 만나면 죽을 수도 있어. 중원에는 강한 고수들이 많다고 들었어. 네가 검을 뽑지 못하는 한 그들을 감당할 수 없다고."

"그래도 몽산파 두꺼비를 혼내줬잖아. 뇌천검을 뽑지 못해도 너 하나 지킬 힘은 분명히 있어."

소견은 술을 한 모금 마시고는 생긋 미소를 지었다.

"그렇기는 해. 넌 두꺼비의 청와신공을 깨뜨릴 만큼 강력한 열양진기를 지녔으니까. 넌 정말 대단해. 조금은 무섭기도 하고."

"내가 무섭다고?"

“네가 철창을 녹이고 나서면서 두꺼비를 마구 팰 때는 마치 마귀 마왕 같았어. 솔직히 나도 소름이 오싹 돋았거든. 당시의 너는 멍청한 백무향이 아니었어.”

백무향은 창밖으로 시선을 돌렸다.

“그때는 무척 화가 났었어. 내가 어떻게 철창을 박살 내고 나섰는지 몰라도 모조리 죽이고 싶었지. 한데 두꺼비를 패면서 조금씩 정신이 들더라고. 내 분노가 풀리지 않았다면 몽산파 놈들을 모두 죽였을지 몰라.”

식사를 마친 소견이 몸을 일으켰다.

“패물을 팔아서 옷과 화장품을 사 와야겠어. 이런 옷차림으로는 도저히 못 다니겠다. 게다가 여산까지는 아주 먼 길이니 준비를 단단히 해야 돼.”

백무향이 젓가락을 내려놓았다.

“혼자 다니면 위험해.”

소견은 실소를 지으며 가볍게 주먹을 쥐어 보였다.

“나도 한가락하잖아? 명색이 백월림 산채의 두령이었다고.”

“그래도 안 돼. 넌 내가 지켜줘야 돼.”

“고맙기는 한데 널 여자 속옷과 화장품 사는 상점까지 동행하고 싶지는 않아. 넌 뇌천검을 어떻게 뽑을 수 있을지나 열심히 연구하고 있어.”

“정말 괜찮겠어? 혹시 몽산파 놈들이 쫓아왔을지도 모르잖아?”

　백무향이 여전히 우려의 표정을 짓자 소견은 눈을 찡긋해 보였다.

　“걱정 마. 가게들이 이곳에서 내려다보이는 곳에 있는데, 뭘.”

　그녀는 활달한 표정으로 계단을 내려갔다. 객잔은 시장 초입에 위치해 있어 상점까지는 지척이었다.

　백무향은 창문을 통해 그녀를 내려다보고는 나직이 뇌까렸다.

　“그래, 평생 같이 붙어 있을 수는 없는 일이니까.”

　그는 탁자에 놓인 뇌천검을 집어 들었다.

　“이 검이 내 몸의 일부처럼 느껴지는 것은 그만큼 나와 중대한 연관이 있기 때문일 거야. 한데 왜 마음대로 뽑을 수가 없는 걸까?”

　그는 가죽으로 동여매진 검의 손잡이를 쥐었다. 그러면서 뇌천검을 뽑아 몽산파 웅패무장을 단숨에 동강 낸 지난 기억을 떠올렸다.

　“그때는 본능적으로 방비해야겠다는 의지가 강했어. 당시는 아무런 생각 없이 검을 뽑을 수 있었지. 어떤 기운이 스며들면서 검이 스스로 뽑혀지기를 원했던 거야.”

　그는 뇌천검을 내려놓고는 잠시 눈을 감았다.

　과거를 되새기려 하자 또다시 혼란스런 빛이 뇌리 속을 스치며 두통을 일으켰다.

섬광과 굉음, 폭발, 화염…….

정확한 정황은 기억할 수 없지만 천재지변과 같은 상황 속에 자신이 있었던 것 같다. 엄청난 싸움이 벌어진 것 같기도 했다. 눈을 감고 있는 와중에도 붉은 빛과 푸른 빛이 교차되었다. 누군가의 외침이 환청처럼 들려왔다.

그러나 애써 기억을 더듬으려 할수록 두통이 더욱 심해져 견딜 수가 없었다.

그는 고통을 참지 못하고 눈을 번쩍 떴다. 아주 잠깐 기억을 더듬었을 뿐인데도 식은땀으로 옷이 축축하게 젖어 있었다.

그는 나직이 한숨을 쉬며 뇌천검을 어루만졌다.

"너무 집착하지 말자. 이제 정신을 차린 지 얼마 되지 않았어. 머지않아 나 자신을 찾게 될 테니까."

계림의 시장은 남방에서 들여온 기이한 과일과 장신구로 장식돼 있었다. 사철 온화한 날씨 때문인지 중원에서는 볼 수 없는 소매 짧은 옷들도 상점 밖에 내걸려 있었다.

잡화점 가게 주인은 들어온 여인을 보고는 입을 딱 벌렸다.

허연 어깨를 드러낸 채 가슴 아래서부터 무릎 위까지만 비단으로 두른 소견의 대담한 옷차림이 너무도 유혹적이었던 것이다. 용모 또한 보는 순간 아찔할 정도이기에 바라보는 것만으로도 다리가 후들후들 떨릴 정도였다.

"사람 처음 봐요?"

소견이 짜증스럽게 입을 열자 주인은 말을 더듬었다.

"소, 소저는 혹시 여우가 둔갑한 것이 아니오?"

"그래요. 난 여우니까 돈 받을 생각은 말아요. 내가 필요한 만큼 가져가겠어요."

"그, 그럴 수는 없소. 하지만 원가로 드리리다."

"훗, 장사꾼들은 원가로 주겠다는 것이 바가지라면서요?"

"그, 그런 말씀 마시오. 나, 나는 정직한 상인이오."

"왜 이렇게 말을 더듬어요? 그래서 흥정이라도 붙이겠어요?"

주인은 그녀를 제대로 직시하지 못하고 땀을 뻘뻘 흘렸다.

"내, 내가 너무 정직해서 그렇소. 소저를 보는 순간 내 심장이 터질 뻔했소."

소견은 진열된 화장품과 화장 도구를 몇 가지 골랐다.

"호호, 낫살깨나 드신 분이 아직 청춘의 심장을 지녔군요?"

주인은 주섬주섬 바랑에 물건을 담았다.

"또 필요하신 것은 없소?"

"향기 좋은 향수도 주세요."

"소, 소저에게 어울릴 향수는 없소."

"무슨 말이에요?"

"소저가 내 가게에 들어오는 순간 어떤 향수보다 좋은 향기가 느껴졌소. 한데 소저에게 무슨 향수가 필요하겠소?"

소견은 적당한 은자로 값을 치렀다. 여파가 치장해 준 패물을 전장(錢莊)에 들러 팔았기에 수중에 은자가 두둑했다.

"호호, 정말 정직한 상인이군요. 다른 사람 같으면 하나라도 더 팔려고 기를 쓰는데 말이에요."

그녀가 활기찬 걸음으로 가게를 나가자 주인은 맥이 빠진 듯 털썩 주저앉았다.

"에고, 진짜 여자를 만났구나. 내 여편네는 치마만 둘렀지 여자가 아니야."

잡화점을 나선 소견은 옷가게로 향했다.

여전히 주변의 시선이 따가웠지만 아주 싫지는 않았다. 남들의 시선을 잡아둘 수 있다는 것은 여인에게 있어 본능적인 쾌락이 아닐 수 없었다.

'후훗, 역시 변방 촌놈들은 어쩔 수 없군. 하지만 중원에서도 내 용모가 통할지 모르겠어.'

한데 이때였다. 민소매 차림의 청년 셋이 그녀를 가로막았다. 다소 불량스런 태도로 미루어 계림에서 행세깨나 하는 건달들로 보였다.

"여어, 대체 어디서 온 계집이야?"

"계림에서는 본 적이 없는데?"

"아무리 창기(娼妓)라도 노출이 너무 심하잖아?"

소견은 눈을 가늘게 뜨며 그들을 쓸어보았다.

"이 새끼들, 지금 뭐라고 했어? 날 창기라고?"

곰보가 그녀를 연신 훑어보며 아랫도리를 주물럭거렸다.

"그년, 생긴 것답지 않게 주둥이가 거칠군. 네년이 여염집 규수라면 그런 옷차림으로 다닐 수 있겠냐? 보아하니 속곳도 입지 않은 것 같은데 말이야."

"내 취향이니 상관 말고 어서 꺼져."

"케헤헤, 꺼지라고? 계림 백상시장 내에서 감히 우리한테 꺼지라고 말할 계집은 없다. 어느 기루의 계집인지 몰라도 우리 계림삼웅(桂林三雄)에게 잘 보여야 영업을 할 수 있으니까."

소견은 그들을 쓸어보고는 코웃음을 쳤다.

"새끼들, 삼웅이 아니라 삼졸(三卒)이면 딱 어울리겠군."

구레나룻 청년이 한 걸음 앞으로 나섰다.

"큭, 우리가 삼졸이면 너는 잡년이냐?"

그는 커다란 손으로 소견의 어깨를 덥석 쥐었다.

"얼마면 되겠어? 네년의 색기(色氣)라면 우리 셋을 한꺼번에 상대해도 충분하겠군."

"물론이지."

소견은 구레나룻 청년의 손목을 쥐고는 대번에 비틀었다.

"악!"

팔이 비틀린 청년은 소견의 발에 걸어채이며 대번에 나가

동그라졌다. 그러자 곰보와 들창코가 좌우에서 권법을 전개
해 왔다.

"뒈지고 싶어?"

"어디서 주먹질이냐?"

소견은 유연하게 허리를 틀어 그들의 공세를 간단히 피해
냈다.

그녀의 무공은 이류에도 미치지 못했지만 자칭 계림삼웅
이란 자들은 삼류에도 끼지 못할 하류 잡배였다. 그런 자들을
다루기는 식은 죽 먹기였다.

"용선퇴(龍旋腿)!"

가볍게 뛰어오른 그녀는 회전 발차기를 전개했다. 박 터지
는 소리와 함께 두 청년은 안면이 뭉개지며 나가동그라졌다.

소견은 비단 바랑을 어깨에 걸쳤다.

"니들 말이 틀리지 않았군. 네놈들 정도는 한꺼번에 상대
하기에 충분해."

대번에 혼쭐이 난 세 청년은 소매로 코피를 닦으며 부리나
케 달아났다.

"이년, 어디 두고 보자!"

관전하고 있던 상인들과 구경꾼들은 불량배 셋을 혼자 해
치운 소견의 무공에 감탄하며 연신 박수를 쳤다.

"허어, 보기에는 연약한데 상당한 고수였군?"

"거들먹대던 삼웅이 오늘 제대로 임자 만났군 그래."

　소견은 어깨를 으쓱해 보이고는 옷가게를 찾아 걸음을 옮겼다.

　백무향은 객잔 이층에서 한바탕의 싸움을 지켜보다가 소견이 무난히 불량배들을 제압하자 한결 마음을 놓았다.

　“훗, 그래도 백월림 산채의 두령이라고 제법이군.”

　백무향은 소견에 대한 우려를 떨쳐 내고는 다시 뇌천검을 어루만지며 골똘히 생각에 잠겼다.

　소견이 옷가게로 들어서자 얼굴이 곱상한 아줌마가 그녀의 손을 쥐며 호들갑을 떨었다.

　“멋집니다, 아가씨. 얼굴만 예쁜 게 아니라 무술도 뛰어나시군요.”

　“저런 것들은 버러지 축에도 못 들어요.”

　소견이 진열된 옷을 둘러보며 물었다.

　“소주산 비단으로 만든 옷은 없나요? 속옷도 비단이면 좋은데.”

　“그 귀한 비단을 속옷으로 입는단 말입니까?”

　“난 비단이 아니면 못 입어요.”

　소견은 계산대 위에 은자 한 덩이를 내려놓았다.

　“돈은 얼마든지 드리죠.”

　“아이고, 귀한 집 아가씨이신 줄 알았어요.”

　아줌마는 호들갑을 떨며 비단옷 몇 벌을 탁자 위에 늘어놓았다.

“이게 모두 소주산 비단옷입니다.”

소견은 손으로 옷감을 만져 보고는 고개를 저었다.

“아니에요. 모두 가짜예요.”

“그럴 리가 있나요? 제 남편이 직접 소주까지 가서 사 온 옷입니다.”

“그럼 주인 아저씨가 속았거나, 아니면 아줌마가 지금 날 속이는 겁니다.”

아줌마는 머쓱한 표정을 지으며 목을 움츠렸다.

“에고, 정말 귀신이시네. 어떻게 만져만 보고 소주산 비단을 감별하십니까?”

“내 이름이 소견이에요. 소주의 비단이라는 뜻이죠. 난 소주의 비단만 몸에 감고 살아서 감촉만으로도 알 수 있어요.”

“알겠어요. 진짜 소주산 비단옷을 드리죠.”

내실로 들어간 아줌마는 보자기에 감싼 옷을 가지고 나왔다.

“이건 진품입니다. 맹세해도 좋아요.”

소견은 옷감을 매만져 보고는 고개를 끄덕였다.

“흐음, 진품이 맞네요.”

그녀는 자신을 위한 옷 두 벌과 속옷을 사고 백무향을 위해서 장삼을 한 벌 구입했다.

아줌마는 옷을 보따리에 싸며 넌지시 물었다.

“새색시이세요?”

소견은 새색시라는 말이 왠지 듣기 좋았다. 정식으로 백년

가약을 맺은 것은 아니지만 백무향이라면 반려자라 해도 틀린 말은 아니다 싶었다.

"맞아요. 남편과 함께 계림산수를 유람차 왔어요."

"어떤 분인지 몰라도 정말 고운 신부를 얻으셨네. 내 평생 아가씨 같은 미인은 처음이라우."

"호호, 그래요?"

소견은 거듭된 칭찬에 기분이 좋아져서 후하게 옷값을 치렀다.

"갈아입고 가야겠어요. 이 옷을 입고 다니니까 사내놈들의 쳐다보는 눈빛이 너무 부담스러워서요."

"왜 아니겠어요? 여자인 나도 반할 정도인데."

아줌마는 소견을 내실로 안내했다.

"남편은 외지로 물건을 떼러 가서 없어요. 안심하고 갈아입어요."

아줌마가 문을 닫고 물러가자 소견은 한 겹 비단옷을 풀었다. 막상 벗으려 하니 오랫동안 입어왔던 옷이기에 몹시 아쉬웠다. 하지만 앞으로는 세상 사람들과 섞여 살아야 하기 때문에 평범한 옷을 걸쳐야 했다.

비단으로 제작된 가슴 가리개였지만 왠지 답답함이 느껴졌으며 젖가슴이 지나치게 부풀어 보였다.

겨우 옷을 갖춰 입은 소견은 구리 거울에 자신을 비춰보았다.

도둑 산채의 요염한 여도둑의 모습은 어디 갔는지 없고 요염한 여인이 거울 속에 서 있었다. 노출이 심하지 않은 옷이지만 매력적인 용모와 유난히 도드라진 젖가슴은 여전히 뭇 사내를 유혹하기에 충분했다.

그녀는 바랑에서 화장품을 꺼내 아예 화장까지 했다.

"새 옷을 입을 때는 화장을 다소 짙게 해야 돼. 그래야 옷의 화려함 속에 얼굴이 묻히지 않지."

화장을 마친 그녀는 비로소 만족한 듯 바랑을 어깨에 걸치고 내실을 나섰다.

"아줌마, 나 어때요?"

그녀는 짐짓 교태로운 자세를 취해 보였다.

한데 그녀를 바라보는 아줌마의 표정이 몹시 어색했다. 조금 전과는 달리 거의 울상이었고, 말까지 더듬었다.

"그, 그래요, 색시. 선녀가 따, 따로 없네."

소견은 일순 경각심을 느끼며 또르르 눈알을 굴렸다. 그 순간 명문혈이 찍히며 숨이 턱 막혔다. 곧바로 혼혈이 점해진 그녀는 맥없이 쓰러지고 말았다.

기습을 가해 소견을 쓰러뜨린 사내는 한쪽 눈 부위에 긴 자상이 그어진 텁석부리 장한이었다. 맨몸에 갖옷 한 장만 달랑 걸쳐 우람한 근육이 더욱 돋보였다.

"분명 이 계집이냐?"

텁석부리 장한이 소견을 발끝으로 툭툭 치며 묻자 곰보와

들창코, 주근깨 청년이 연신 허리를 굽실거렸다.

"물론입니다, 대형."

"어디서 굴러들어 온 계집인지 몰라도 권법이 대단했습니다."

세 청년은 앞서 소견에게 늘씬 얻어맞고 달아난 계림삼웅이었다. 계림 백상시장을 주름잡던 그들로서 외지인에게 얻어맞고 순순히 물러설 수는 없었다. 그들이 데려온 텁석부리 장한은 백상시장의 배후를 봐주는 자로 이름은 흑표(黑豹)였다.

흑표는 타고난 완력을 지닌 데다 권각술과 점혈술까지 수련했기에 하류 잡배들로서는 누구도 넘보지 못할 초고수였다.

흑표는 물끄러미 소견을 내려다보다가 탐욕스런 눈빛을 발했다.

"고년, 요물이로군."

그는 팔짱을 끼며 턱짓으로 지시를 내렸다.

"계집을 자루에 넣어라."

"예, 대형."

계림삼웅 중 둘은 소견을 자루에 넣어 마치 물건처럼 둘러멨고, 한 명은 소견의 바랑을 어깨에 걸쳤다.

흑표는 한쪽 구석에서 덜덜 떨고 있는 아줌마에게 다가섰다.

"유파(柳巴), 뭘 봤지?"

"아, 아닙니다. 전 몰라요."

"정말 본 것 없어?"

"그래요. 어, 어서 뒷문으로 나가요."

흑표는 유파의 턱을 우악스럽게 감싸 쥐었다.

"주둥이 함부로 놀리면 알지? 유파가 내 밑에 깔려서 숨넘어갈 듯 몸부림쳤던 상황을 상세하게 퍼뜨릴 거야. 알았어?"

유파는 눈물을 찔끔거리며 소리없이 고개를 끄덕였다.

흑표 일당은 옷가게 뒷문을 통해 신속하게 사라졌다. 뒷문을 통해 들어왔다가 뒷문으로 사라졌기에 그들이 옷가게에 들어왔다는 사실은 유파만 아는 셈이다.

유파는 옷 보따리 위에 털썩 주저앉으며 소매로 눈물을 닦았다.

"미안해요. 정말 미안해요."

그녀는 유괴당한 소견에게 거듭 사죄했다.

그녀로서는 소견을 지켜줄 힘이 없었다. 흑표는 휘하에 수십 명이나 되는 패거리를 두고 있었으며 현청의 포사들과도 교분이 두터웠다. 더욱이 그녀는 남편이 한동안 출타를 한 사이 흑표에게 겁탈을 당하기까지 했다.

당연히 현청에 고발을 해야 했지만 그랬다가는 그녀로서 낯을 들고 살 수 없는 처지가 된다. 그녀뿐만 아니라 백상시장 내에서 부녀자 몇이 흑표에게 겁탈을 당했다는 것은 공공연한 비밀이기에 그녀도 미친개에게 한번 물린 셈치고 입을 다물고 살아야만 했다.

유파는 긴 한숨을 짓고는 몸을 일으켰다.

날이 어두워진 데다 장사할 기분이 아니었기에 일찌감치 문을 닫을 요량으로 밖으로 나가 좌판에 늘어놓은 옷가지를 거둬들였다.

이때 허름한 장삼 차림의 청년이 옷가게로 들어섰다.

"소견이 아직 여기에 있소?"

깜짝 놀란 유파는 힐끗 그를 보고는 황급히 고개를 저었다.

"아무도 없어요. 막 문을 닫으려던 참이었습니다."

"그럴 리가 있나? 모두가 소견이 이리로 들어가는 걸 보았다는데 어떻게 없단 말이오?"

청년은 물론 백무향이었다.

혼자서 술 세 단지를 비울 동안 소견이 돌아오지 않자 그가 직접 찾아 나선 것이다. 그는 주변 상인들을 통해 소견이 옷가게로 들어가서 아직 나오지 않았음을 확인했기에 더욱 의심이 솟았다.

유파를 옆으로 밀친 백무향은 내실 문을 열고 방 안을 살펴보았다.

"정말 없네?"

유파가 목소리를 높여 그를 질책했다.

"것 봐요. 내가 없다고 했는데 왜 남의 집을 함부로 뒤지는 거예요? 보아하니 외지 사람 같은데 현청에 끌려가 혼쭐나기 전에 당장 나가요!"

다시 방 안을 살피던 백무향의 눈에서 이채가 일었다.

"그럼 이건 뭐요?"

그가 구리 거울 아래서 끄집어낸 천은 긴 비단이었다. 소견이 둘렀던 비단임을 대번에 알아낸 그는 유파를 직시했다.

"내가 누구인 줄 알아? 난 백무향이야. 잠시 전 이곳에 들어왔던 여인은 내 친구이지. 이런 비단을 몸에 두르고 사는 여인은 소견뿐이야. 대체 어떻게 된 상황인지 솔직하게 털어놔."

유파는 하얗게 질린 채 주춤주춤 물러섰다.

"모, 몰라요!"

백무향은 직감적으로 소견이 납치되었음을 확신했다. 그의 피가 부글부글 끓는 것은 당연한 일이었다.

그는 달아나려는 유파의 목덜미를 잡아끌고는 벽에다 밀어붙였다.

"혹시 몽산파의 두꺼비 여파라는 놈을 아는지 모르겠군. 내가 단신으로 몽산파에 뛰어들어 여파를 때려눕힌 사람이야. 난 사람을 즐겨 죽이는 악당은 아니지만 화나면 열이고 백이고 모두 죽여. 알았어?"

"사, 살려주세요, 공자님."

"그러니까 사실대로 털어놔. 어서!"

백무향의 눈에서 언뜻언뜻 내비치는 붉은 기운에 유파는 마치 사악한 마왕을 대하는 심정이었다. 그녀는 홀린 듯이 소견이 유괴된 상황을 소상하게 자백했다.

백무향은 한 여인이 유괴되는 상황을 보고도 이를 묵인하려는 유파의 행동에 몹시 분노했다. 만일 그녀가 무공 한 초식 모르는 양민만 아니었다면 그대로 목을 비틀어 죽였을 것이다.

"추악한 계집! 어디를 가면 놈들을 찾을 수 있냐?"

"시, 시장 외곽의 야적장이 흑표 패거리들의 소굴로 알고 있습니다."

"일단은 살려주겠다. 하지만 소견에게 불미스런 일이 생기면 너도 죽을 것이다."

유파를 내던진 백무향은 지붕을 뚫고 숏구쳤다. 그 바람에 옷가게는 삽시간에 붕괴되고 말았다.

야적장은 본래 시장 상인들을 위한 공터였지만 흑표 패거리들의 소굴이 된 이후 웬만한 사람은 얼씬도 하지 않았다.

흑표 패거리들은 횃불을 밝혀 든 채 빙 둘러서 있었다.

가운데 나무 평상 위로는 혼절한 소견이 눕혀져 있었다. 워낙 요염한 용모이기에 패거리들은 횃불이 비친 그녀의 모습에 매료되고 말았다.

흑표는 계림삼웅이 바랑에서 꺼내 바친 은자 주머니를 손으로 가늠하고는 기분 좋은 웃음을 지었다.

"크훗, 이만한 거금을 노자로 갖고 다닐 정도면 부잣집 계집이겠군."

곰보가 손을 비비며 물었다.

"대형, 저 계집을 어떻게 하실 생각이십니까?"

"네 생각은 어떠하냐?"

"헤헤, 어차피 외지에서 굴러온 계집 아닙니까? 감히 우리 흑표파에 도전했으니 벌로 저희들이 한 번씩 품을 수 있게 해 주십시오."

흑표는 술을 한 잔 들이키고는 곰보의 면상에 주먹을 꽂았다.

"새끼, 내 색시로 삼을 계집을 감히 넘봐?"

곰보는 코피를 줄줄 흘리며 연신 고개를 조아렸다.

"요, 용서하십시오, 대형."

평상으로 다가선 흑표는 소견의 혈도 몇 곳을 짚었다.

"으음……!"

혼혈이 풀린 소견은 스르르 눈을 뜨다가 벌떡 일어나 앉았다. 자신이 어떻게 쓰러졌는지는 몰라도 혼절하는 순간에 기습을 당했음을 인지하고 있었던 것이다.

흑표는 그녀의 턱을 감싸 쥐며 얼굴을 가까이 갖다 댔다.

"크훗, 일단 네년의 껍데기를 벗겨 여우인지 사람인지 확인부터 해야겠다."

"꺼져!"

소견은 몸을 뒤로 눕히며 냅다 흑표의 턱을 걷어찼다.

빠악!

턱뼈가 으스러진 듯 요란한 소리가 울려 퍼졌지만 흑표는 고개만 뒤로 젖힐 뿐이었다.

소견은 빠르게 주변을 쓸어보다가 계림삼웅을 확인하고는 같은 패거리임을 알아챘다. 상대가 단순한 건달패라면 두려워할 이유가 없었다. 한때 건달패 정도는 우습게보아 온 도적 집단의 두령이 아니었던가.

"새끼들, 눈을 뒤통수에 박고 살아왔냐? 감히 백월림 산채의 두령인 날 건드려? 모두 죽고 싶어?"

패거리들은 멀뚱멀뚱 서로를 보면서 눈만 깜빡였다.

그들도 계림 주변의 도적 집단들에 대해서는 잘 알고 있지만 백월림은 들어본 적이 없었다. 하기는 계림과 멀리 떨어진 구만산이기에 백월림을 모르는 게 당연했다.

소견은 수적으로 불리하기에 다시 한 번 엄포를 놓았다.

"좋아, 백월림은 모른다 쳐도 백무향에 대해서는 들어보았겠지? 몽산파 청와태세 여파를 격파한 백무향이 바로 내 정혼자다! 죽고 싶지 않으면 당장 비켜!"

그녀가 패거리들 사이로 걸음을 옮기려 하자 흑표가 그녀를 가로막았다.

"큭, 대체 무슨 소리를 하는지 모르겠군. 조금은 미친년이야. 어쨌든 얼굴은 반반하니 내 색시로 삼아주겠다."

"뭐야? 너야말로 미쳤구나? 분명 경고하는데, 날 건드리면 너희들은 모두 죽어!"

"누가 감히 우리를 건드린다는 것이냐?"

"백무향한테 죽는다고!"

흑표가 그녀를 향해 커다란 손을 뻗었다.

"어느 놈이든 오라고 해! 내가 모두 짓이겨 줄 테니까!"

소견은 말로써는 빠져나갈 수 없다 싶자 전 두령에게 배운 산화권법을 전개했다. 산화권법은 순식간에 상대의 급소를 연속적으로 가격해 쓰러뜨리는 실전 권법이었다.

퍼퍼퍽―!

아홉 번의 주먹질이 흑표의 안면과 가슴, 옆구리로 꽂혔다. 웬만한 강골이라도 급소를 강타당하면 나자빠질 수밖에 없다. 한데 흑표는 산화권법을 고스란히 맞고도 몇 번의 신음만 토할 뿐이었다.

소견의 산화권법이 끝나자 그가 냅다 일권을 내질렀다.

"주먹은 이렇게 쓰는 거다!"

속도도 빨랐으며 위력도 엄청났다.

"악!"

소견은 외마디 비명을 지르며 이 장 밖으로 나가동그라졌다. 일권을 맞은 갈비뼈 부위에 금이 갔는지 몸을 운신하기가 힘들었다.

흑표는 그녀를 물건처럼 끌어다 평상 위에 눕혔다.

"어디, 살을 섞을 때도 살쾡이처럼 날뛰는지 보겠다. 날 충분히 즐겁게 해준다면 색시로 삼아주지."

그의 우악스런 손길에 대번에 옷이 찢기며 희멀건 속살이 드러나자 패거리들은 모두가 마른침을 꿀꺽 삼켰다.

그가 짐승처럼 덤벼들자 소견은 그를 밀쳐 내기 위해 몸부림을 쳤다.

"꺼져! 날 건드리면… 넌 죽어!"

흑표는 그녀의 뺨을 사정없이 후려쳤다.

"최선을 다해라. 날 만족시키지 못하면 수하들 모두에게 네년을 넘길 테니까."

소견이 기력을 잃고 축 늘어지자 그는 그녀의 다리 사이를 벌리고는 아랫도리를 밀착해 왔다.

소견은 기가 막히지 않을 수 없었다.

패거리 몇 놈 혼내주었다고 겁탈까지 당하리라고는 꿈에도 생각지 못했다. 그녀가 비록 깨끗한 몸은 아니었지만 백무향을 만나 연정을 품은 후부터는 그만의 여인이기를 바랐었다. 이제 다시 더럽혀진다면 백무향을 대할 면목이 없을 것 같았다.

그녀의 눈가를 타고 맑은 눈물이 또르르 흘러내렸다.

'미안해, 무향.'

흑표는 그녀를 거칠게 핥고는 허리띠를 끌러 내렸다. 그녀의 몸에서 풍기는 향기에 그는 주체할 수 없는 욕화를 느꼈다.

그 순간 하나의 발광체가 흑표의 머리 위로 날아들었다.

퍼억!

폭음과 함께 흑표는 삼 장 밖으로 나가동그라졌다. 소견의 산화권법에도 끄떡없던 그가 한줄기 발광체에 피를 토하고 말았다.

"대, 대형?"

"흑표 형님!"

패거리들 몇이 흑표를 부축해 일으켰다. 남에게 맞아 쓰러진 적이 없던 흑표로서는 패거리들이 보는 앞에서 체면을 구기고 말았다.

그는 패거리들을 좌우로 밀쳤다.

"비켜, 이 새끼들아!"

가까스로 겁탈을 모면한 소견은 그윽한 향기에 절로 기분이 묘해졌다. 이어 무형의 끈에 이끌린 듯 몸이 절로 일으켜 세워졌다.

싸늘한 음성이 허공에서 울려 퍼졌다.

"추악한 놈들, 너희가 살인을 해도 상관없지만 여인을 겁탈하는 짓은 용서할 수 없다!"

소견은 사뿐히 내려앉은 발광체를 바라보았지만 빛이 너무 강렬해 상대를 똑바로 직시할 수가 없었다. 하지만 음성으로 미루어 자신을 겁탈의 위기에서 구해준 은인이 여인임을 알 수 있었다.

"고, 고맙습니다, 부인."

“고마워할 것 없다. 네가 여인이기에 구함을 받았을 뿐이
니까.”

발광체가 스러지며 비로소 여인이 모습을 드러냈다.

삼십대 초반의 여인이었는데 기이하게도 머리카락이 눈부신
은발이었다.온몸을 흑의로 감싸고 있어 병적으로 흰 피부가 더
희게 보였다. 용모는 지극히 빼어났지만 어딘지 사기(邪氣)가
감돌았고, 절로 눈웃음치는 모습에서 색기가 강하게 느껴졌다.

“아……!”

소견은 범상치 않은 여인의 기도에 그만 감탄하고 말았다.

이때 흑표가 은발여인의 등 뒤로 날아들었다. 이 장을 건너
뛴 그는 은발여인의 뒷덜미를 향해 일권을 내질렀다. 그가 자
신하는 뇌형권(雷形拳)이었다.

소견은 그의 일권에 맞아 쓰러졌기에 그 위력을 익히 알고
있었다.

“피하세요, 부인!”

그녀의 다급한 경고에도 불구하고 은발여인은 단지 손만
들어 등 뒤를 향해 일지를 튕겼다.

퍼억—!

바람을 가르는 한줄기 파공성과 함께 흑표는 머리 없는 귀
신이 되고 말았다. 단 일 초의 지강에 머리가 통째로 으스러
져 죽은 것이다.

‘맙소사!’

소견은 비로소 은발여인이 강호에서 말하는 절세고수임을
깨닫게 되었다.

흑표의 비참한 모습에 패거리들은 충격과 경악을 금치 못
했다.

"허억! 대, 대형께서?"

"이, 이럴 수가? 철골로 불리는 대형이 죽다니!"

패거리들은 서로를 바라보다가 슬금슬금 물러섰다. 은발
여인이 원수였지만 감히 복수는 생각지도 못했다. 그들 모두
가 덤빈다 해도 옷자락 하나 건드릴 수 없는 절세고수임을 간
파한 이상 도주하는 것만이 살길이었다.

"튀어라!"

패거리들은 냅다 시장을 향해 달아났다.

순간 은발여인이 유령처럼 치솟아올랐다. 그녀의 전신에
서 희뿌연 강기가 피어오르더니 폭포수처럼 뻗어 나갔다.

희뿌연 강기에 휩쓸린 패거리들은 급살이라도 맞은 듯 부
르르 전율을 하며 모두 쓰러졌다. 모두의 안색이 잿빛으로 물
들었고, 지극히 고통스런 표정이었다. 그렇게 모두가 즉사한
것이다.

소견은 기겁을 하며 주춤주춤 물러섰다.

"아아……!"

자신의 눈으로 직접 보았지만 도저히 믿을 수가 없었다.

패거리들이 비록 하급의 건달배지만 그래도 건장한 장정

들이었다. 아무리 뛰어난 고수라도 그들 모두를 죽이려면 몇 초식은 구사했어야 마땅한 일이다. 한데 은발의 여인은 마치 하루살이를 죽이듯 열댓 명이나 되는 장정을 손짓 한 번으로 몰살시킨 것이다.

은발여인은 무릎 하나 굽히지 않은 채 미끄러지며 소견에게 다가섰다.

"너무 놀랄 것 없다. 본 궁의 절기 중 하나인 소수마공(素手魔功)이다."

"너, 너무 잔인하세요. 저들 모두를 죽일 필요는 없었어요."

"유감이구나. 널 겁탈하려던 쓰레기들이 아니더냐?"

"그래도 단단히 혼을 낸 후 쫓아버리는 것으로 충분했어요."

"그럴 수가 없다. 노신을 보았기 때문에 죽어야 한다."

"예에?"

소견은 손으로 입을 가리며 두려운 눈빛으로 은발의 여인을 살폈다.

"그게 저들이 죽어야 할 이유였단 말입니까?"

"그렇단다. 노신이 출궁한 사실이 알려지면 곤란하니까."

"그럼… 저도 죽는 겁니까?"

은발여인은 기이한 사기가 서린 미소를 머금었다.

"그럴 리가 있느냐? 노신은 여인은 죽이지 않는다. 물론 복종하지 않는 계집이라면 징계를 피할 수 없지."

그러다 소견의 용모를 찬찬히 살피고는 놀람에 찬 신음을 토했다.

"오, 이럴 수가!"

감동과 흥분에 젖은 그녀는 하얀 손가락을 뻗어 소견의 맥을 짚었다.

소견은 이유를 알 수 없었지만 구함을 받았기에 잠자코 진맥을 받았다. 하얀 손가락은 의외로 차가워 마치 한옥(寒玉)으로 조각된 것처럼 느껴졌다.

진맥을 마친 은발여인은 소견의 머리부터 전신을 매만져 보고는 힘차게 고개를 끄덕였다.

"틀림없구나. 달포 전 천요성(天妖星)이 품속으로 날아드는 현몽을 꾼 덕분에 남방으로 내려왔는데 너를 만나게 되었구나. 넌 수백 년에 한 번 태어난다는 천색요골(天色妖骨)이 틀림없다."

"천색요골이요? 그게 뭐죠?"

"여인 중의 여인으로 너만이 본 궁의 절학을 대성할 수 있다. 노신은 널 궁으로 데려가 수제자로 키울 것이다."

소견이 의아한 눈빛으로 물었다.

"한데 왜 자꾸 노신이라 칭하세요? 솔직히… 제 언니뻘 정도로밖에 보이지 않는데."

"호호, 네 눈에 그렇게 보인다니 노신의 주안술이 아직 쓸 만한가 보구나. 사실 노신은 아주 나이가 많다. 일 갑자를 넘게 살아왔으니 말이야."

소견의 입이 딱 벌어졌다.

"그, 그럼 할머니… 세요?"

"할머니라는 소리는 듣고 싶지 않구나. 노신은 환희마궁(歡喜魔宮)의 궁주로 소수마후(素手魔后)라 한다. 아직 정식으로 입문 과정을 거친 것이 아니니 너는 노신을 궁주로 호명하면 된다."

"환희마궁이요?"

소견은 미간을 찌푸리며 고개를 갸웃거렸다.

그녀가 비록 중원의 실정에 대해 상세히 알지 못하지만 웬만한 방파 정도는 들어보았다. 하지만 환희마궁이란 방파는 처음 듣는 명호였다.

소수마후가 그녀를 머리를 쓰다듬어 주었다.

"아직 본 궁의 존재를 아는 사람은 많지 않다. 하지만 위대한 오행천(五行天)의 계승자이니 네 사문으로 부족함이 없을 것이다."

소견은 정색을 하며 고개를 흔들었다.

"안 돼요. 저는 기다리는 사람이 있어서 가봐야 합니다."

"그럴 수는 없다. 노신은 널 꼭 제자로 삼아야 한다."

"싫습니다. 전 그 사람을 너무 사랑해요. 환희마궁의 제자가 되기보다 그 사람과 있고 싶어요."

소수마후는 의외롭다는 표정을 지었다.

"사내를 말하는 것이냐?"

"그래요. 제게는 운명적인 사람입니다. 저를 마녀에서 여인으로 만들어준 사람이니까요."

"믿을 수가 없구나. 넌 그 사내와 살을 섞은 적이 있느냐?"

"물론이죠."

"아니다. 절대 그럴 수가 없어!"

소수마후는 손을 뻗어 다시 소견의 맥문을 쥐었다. 잠시 진맥을 한 그녀는 확신에 찬 어조로 말했다.

"노신의 안목과 진맥이 틀리지 않았다. 넌 분명 천색요골이다. 하기에 어떤 사내라도 너와 교접을 하게 되면 모든 정혈이 고갈돼 죽을 수밖에 없다. 한데 그 사내가 어떻게 살아 있을 수 있단 말이냐?"

소견은 비로소 자신의 몸에 서린 저주를 알게 되었다.

"아, 맞아요. 여태 저와 관계한 사내는 모두 죽었어요. 그게 천색요골이라는 건가요?"

"그래, 천색요골은 전설적인 체질로 향후 세상은 네 치마폭 아래 굴복하게 될 것이야."

"할머니… 아니, 궁주님. 저는 무향을 떠나서는 살 수 없어요. 정 절 제자로 삼고 싶으시다면 무향도 함께 데려가 주세요."

"그 사내의 이름이 무향이냐?"

"예, 백무향입니다. 과거를 기억할 수 없기에 제가 지어준 이름이에요."

소수마후는 잠시 생각에 잠기다가 물었다.

“네 이름은 무엇이냐?”

“소견입니다.”

“그래, 소견. 아쉽게도 본 궁은 여인들만의 방파이기에 사내는 제자가 될 수 없다. 이제 그 사내는 잊어야 한다.”

“싫어요.”

소견은 그녀의 손을 뿌리치고는 뒷걸음질을 쳤다.

“저는 차라리 무향과 살겠어요.”

소후마후는 나직이 한숨을 쉬었다.

“소견아, 노신을 만난 이상 제자가 되어야 한다. 노신은 절대 너를 놓칠 수가 없어.”

“전 갈 수 없어요!”

소견은 홱 몸을 돌리며 달아났다. 한데 세 걸음을 떼기도 전에 소수마후가 땅속에서 솟아나듯 그녀를 가로막았다.

“넌 갈 수 없다. 강제로라도 널 제자로 삼을 것이다.”

소견은 그녀가 어마어마한 절세고수임을 간파했기에 감히 대적할 엄두를 낼 수 없었다. 그저 달아나고 싶은 심정뿐이었다. 하지만 무형의 기운이 온몸을 휘감고 있어 한 발자국도 뗄 수가 없었다.

소견은 눈물을 글썽거렸다.

“흑, 제발… 보내주세요.”

소수마후의 표정이 싸늘하게 변했다.

“본 궁의 제자가 되지 않겠다면 넌 죽을 수밖에 없다.”

그녀는 참혹한 모습으로 죽어 있는 패거리들을 가리켰다.

"저 버러지들처럼 되고 싶으냐?"

소견은 난감한 심정이 되어 왈칵 눈물을 흘렸다.

"흑흑, 무향! 제발 구해줘!"

한데 그녀의 외침이 끝나기가 무섭게 한 사람이 야적장으로 들이닥쳤다. 놀랍게도 백무향이었다.

"소견, 여기 있었구나!"

그는 널브러져 있는 시체를 둘러보고는 표정이 심각하게 변했다. 그의 예리한 시선이 소수마후에게 꽂혔다.

"당신이 이놈들을 모두 죽인 거야? 이제 소견까지 죽이려고?"

그를 주시하던 소수마후의 실눈이 경악으로 부릅떠졌다. 눈망울이 없고 까만 눈동자만 보여 다소 섬뜩한 형상이었다.

"이, 이럴 수가? 설마 마왕지상(魔王之相)?"

그녀가 잠시 방심해 강기가 흩어진 틈을 타 소견은 백무향에게로 달려왔다.

"무향!"

백무향은 품에 안으며 등을 때렸다.

"그래서 혼자 나가지 말라고 했잖아?"

"미안해……."

"한데 저 예쁜 아줌마가 흉악한 살인자야?"

"나쁘게 생각 마. 이들 패거리들이 날 겁탈하려 한 것을 구해주신 분이야."

"아, 그런 거였어?"

백무향은 비로소 경각심을 풀며 소수마후에게 목례를 취했다.

"소견을 구해줘서 고맙소."

소수마후는 다시 눈을 가늘게 뜨며 곤혹스런 표정을 지었다.

"분명 마왕지상이다. 그래서 천색요골인 소견과 교접을 갖고도 죽지 않았던 것일까?"

소견이 눈짓을 보내자 백무향이 이를 눈치 채고 얼른 돌아섰다. 경위를 알 순 없지만 소견을 찾았다는 안도감에 졸였던 가슴이 풀어졌다.

"소견, 내가 얼마나 걱정했는지 알아?"

"뛰어, 무향!"

"왜?"

"이유는 묻지 말고!"

소견은 백무향의 손을 쥐고는 야적장 밖으로 뛰어갔다.

그러나 열 걸음을 뛰기도 전에 소수마후가 다시 유령처럼 내려서며 그들을 막아섰다.

소견이 걸음을 멈추며 울상을 지었다.

"궁주님, 제발 보내주세요."

소수마후는 희디흰 소수를 치켜들었다.

"끝내 거부한다면 너희 모두를 죽일 것이다."

백무향이 소견을 뒤로 밀치고는 소수마후와 마주 섰다.

"뭐야, 당신? 왜 내 색시를 위협하는 거야?"

"색시?"

"그래. 아직 혼례를 올리지 않았지만 소견은 내 색시야."

"천색요골은 모든 사내들의 여인이다. 네놈이 차지할 계집이 아니다."

백무향은 헛웃음을 쳤다.

"큭, 알고 보니 사악한 아줌마잖아? 내 색시를 납치해 창기로 만들 작정인가 본데 어림도 없는 소리 마."

"네가 방해가 된다면 죽일 수밖에."

"정작 죽을 사람은 당신이야!"

백무향은 냅다 주먹을 내질렀다.

청와태세 여파를 격파한 이후 그는 자신의 무공에 대해 크게 자부할 수 있었다. 어떤 적수라도 두려울 게 없었다. 한데 그의 주먹이 채 뻗어 나가기도 전에 소수마후의 흰 손이 벼락처럼 그의 가슴을 강타했다.

"크억!"

고통스런 비명과 함께 백무향은 분수 같은 피를 토하며 오장 밖으로 나가동그라졌다.

앞서 죽은 패거리들처럼 그의 안색도 잿빛으로 변했다. 가슴뼈가 으스러지는 고통과 심장으로 파고드는 지독한 한기에 그는 전신을 부들부들 떨었다.

“무향!”

소견이 날카롭게 외치며 그에게 달려갔다. 그를 부둥켜안은 그녀는 주르륵 눈물을 쏟았다.

“괜찮아? 무향, 괜찮은 거야?”

백무향은 고통과 한기에 이를 딱딱 마주쳤다.

“모, 몸을 움직일 수가 없어. 피가… 얼어붙는 것 같아.”

소견은 시장 패거리들을 손짓 한 번으로 몰살시킨 소수마후의 공포스러운 절기를 새삼 절감했다. 동신철골의 백무향마저 이렇게 맥없이 쓰러질 정도라면 소수마공은 가히 무적의 절기라 할 수 있었다.

소견은 소수마후 앞에 털썩 무릎을 꿇었다.

“궁주님, 제발 무향을 살려주세요. 무향을 죽이지 마세요.”

소수마후는 하얀 손가락으로 백무향을 겨냥했다.

“놈은 마왕지상이다. 오행천의 다른 문파에서 놈을 끌어들인다면 아주 곤란해져. 죽여야 한다.”

소견은 무릎걸음으로 기어 백무향을 막아섰다.

“안 돼요! 무향을 죽이면 저도 죽을 겁니다!”

“……”

“제자가 되겠습니다. 궁주님의 제자가 되겠으니 제발 무향을 살려주세요.”

“소견아, 네가 노신의 제자가 된다 해도 마왕지상이 존재한다면 본 궁에 커다란 위협이 된다. 반드시 죽여야 한다.”

"흑흑, 제발 죽이지 마세요."

소견은 소수마후의 무릎을 끌어안으며 간절히 애원했다.

"무향을 살려주세요. 제게는 너무도 소중한 사람입니다."

소수마후는 깊이 생각하다가 소리없는 미소를 머금었다.

'그래, 어차피 내 소수마공에 적중된 이상 놈은 죽는다. 관대함을 보여야 소견의 약속을 받아 본 궁의 제자로 삼을 수 있다.'

그녀는 섭물진기를 발출해 소견을 일으켰다.

"오냐. 네게 그토록 소중한 사내라면 죽이지 않겠다. 대신 본 궁의 제자가 되겠다는 약속은 지켜야 한다. 알겠느냐?"

"예. 약속하겠습니다, 궁주님."

"그럼 가자."

소수마후는 소견의 허리에 팔을 두르며 둥실 떠올랐다.

소견이 백무향을 내려다보며 사정했다.

"작별 인사라도 하게 해주세요."

"그럴 필요 없다. 이제 놈은 잊어야 하니까."

소수마후는 그녀를 안은 채 절정의 비행술을 펼쳐 날아갔다.

백무향은 가슴을 움켜쥐며 힘겹게 몸을 일으켰다.

"소… 소견……."

그녀를 불러보려 했지만 외침은 목구멍 안에서만 뱅뱅 돌 뿐이었다. 지독한 오한 때문에 혀조차 마비된 것 같았다.

빈 허공을 바라보는 백무향의 눈에서 소리없는 눈물이 흘

러내렸다. 그는 비로소 자신에게도 눈물이 있다는 것을 깨닫
게 되었다.

“크으, 소견!”

사람은 즐거울 때도 울고 괴로울 때도 울고 화가 날 때도
운다.

백무향은 처절한 심정으로 오랜 시간 눈물을 흘렸다.

패배의 참담함은 잊을 수 있다. 몸의 고통도 잊을 수 있다.
하지만 소견을 빼앗겼다는 사실은 절대 잊지 못할 것이다. 더
군다나 자신을 구하기 위해 소견 스스로 떠나야 했기에 비통
한 심정은 더했다.

비통함은 그에게 엄청난 분노를 야기시켰다.

“소견을 잃다니……. 내가 지켜줘야 할 소견을 잃었어!”

갑자기 그의 단전에서 뜨거운 열기가 뿜어지며 온몸이 붉
게 달아올랐다. 두 눈이 핏빛으로 물들고 강렬한 마기가 분출
되었다.

화르르륵!

분노의 불꽃이 피어오르며 입김을 통해 허연 기운이 쏟아
져 나왔다. 소수마공에 의한 한독이 어느 정도 해소된 것이다.

겨우 기력을 회복한 그는 벌떡 일어섰다.

“소견을 찾아야 돼! 소견을 다시 찾아오겠다!”

제 7 장

뇌천검의 주인은 나다!

1

여산(廬山)은 강서성 북쪽에 위치한 명산으로서 웅장함, 기이함, 험준함, 빼어남을 두루 갖춘 경관과 파양호를 내려다보는 전망으로 인해 천하의 명승지로 이름이 높다.

이런 여산의 명성이 더욱 빛나게 된 것은 산 중턱에 위치한 태백궁(太白宮) 덕분이다.

태백궁이 창건된 지는 삼십 년에 불과했지만 그 명성과 권위는 수백 년 전통의 구파일방을 능가할 정도다. 휘하 검수는 천 명에 달했고, 이각사전(二閣四殿)의 수뇌들은 하나같이 당대 백도무림의 명숙들이다.

태백궁이 짧은 시일 동안 이렇듯 거대한 방파로 성장할 수 있었던 이유는 태백궁주의 혁혁한 명성 덕분이라 할 수 있다.

궁주 광명신검(光明神劍) 태무건(太武乾).

그는 전설적 기인들인 천외삼성의 진전을 이은 천하기재였다. 약관의 나이에 출도한 그는 사도와 마도의 악도들을 제압하면서 태양과 같은 명성을 얻게 되었다.

당시 그의 활약 덕분에 흑도의 전성시대를 구가하던 삼회칠문(三會七門)이 연이어 격파되면서 백도는 중흥시대를 맞을 수 있었다.

이후 그는 중원지화를 아내로 맞이해 여산 자락에 태백궁을 세웠다.

악을 원수처럼 여기는 그의 협심은 백도 열협(烈俠)들의 귀감이 되었기에, 무수한 고수들이 태백궁으로 찾아들면서 그 사세는 급속도로 확산되었다.

하지만 아무리 좋은 의도라 하여도 거대 방파의 탄생은 기존 문파들에게 있어 위협일 수밖에 없었다.

태무건은 백도인들의 우려를 간파하고 휘하 궁도들을 천 명으로 제한해 더는 받아들이지 않았다. 또한 제자들의 강호 활동을 최대한 억제하고 엄격한 규율로 타 문파와의 충돌을 최대한 피하는 데 주력했다.

존재할 뿐 군림하지 않는다!

이것이 백도 정기의 화신이라는 태무건의 외침이었다.

서탁에 수북하게 쌓인 문서철은 세 가지 색깔로 구분돼 있었다.

홍색(紅色)은 긴급한 보고와 신속한 지시를 고하는 문서이며, 청색(靑色)은 일반적인 정보와 결제에 관한 문서였다. 본래 금색(金色)은 없었던 분류였는데 일 년 전 십전옥봉의 지시에 의해 제작되었다.

사방이 온통 문서철로 장식된 넓은 방 한쪽에는 커다란 서탁이 놓여져 있었다. 집무실에는 그림 한 점, 화병 한 개 놓여져 있지 않아 조금은 삭막한 분위기이다.

서탁 위에 가득 쌓인 문서철을 검토하는 사람은 백의를 걸친 여인이었다. 화장기 하나 없는 얼굴이었지만 눈이 번쩍 뜨일 만큼 빼어난 미모의 소유자였다.

깊은 지혜가 담긴 두 눈은 높은 하늘처럼 검푸르렀고, 자존심이 서린 콧날은 구름을 뚫고 솟은 첨봉처럼 도도했다. 입술은 잘 익은 석류 속처럼 붉었으며 갸름한 턱 선은 명장의 손길을 거친 듯 매끄러웠다. 다만 아쉽게도 오랫동안 햇살을 보지 못한 듯 안색이 몹시 창백했다.

그녀는 여느 여인과 달리 몸 치장에는 전혀 관심이 없는 듯 목걸이며 귀고리는 물론이고, 흔한 구리 반지 하나 끼고 있지 않았다.

문서철을 검토하는 여인의 집중력은 놀라울 정도였다.

그녀는 여러 개의 문서철을 동시에 펼쳐 놓고 넘기면서

내용을 파악하고 붓을 들어 결제를 했다. 무려 서른 권에 달하는 문서철을 검토하는 데 걸린 시각은 반 시진에 불과했다.

홍색과 청색 문서철의 검토를 끝낸 그녀는 다시 금색 문서철을 앞으로 끌어당겼다.

새벽부터 무려 수백 권의 문서철을 검토한 그녀는 눈이 피로한 듯 잠시 의자에 기대며 두 눈을 문질렀다. 지나치게 마른 몸이라 두 손 역시 뼈만 앙상했다.

여인의 이름은 태옥교(太玉嬌).

바로 태무건의 금지옥엽으로 태백궁의 대공녀 신분이다.

그녀는 타고난 천재로 세 살 때 천자문을 줄줄 외웠고, 일곱 살 때 사서오경을 독파했으며, 열 살 때 노자의 도덕경을 섭렵했다. 문(文)뿐만 아니라 글씨와 그림, 음악, 바둑, 의술, 기문둔갑에도 능통해 천하인으로부터 십전옥봉이라는 별호를 얻게 되었다.

물론 중원제일검의 딸답게 무공 또한 절륜했다.

그녀는 어린 나이에 태백궁의 문상(文相)이 되어 비찰각을 관장하는 요직을 담당했지만 누구도 그녀의 나이를 문제 삼지 않았다. 그녀와 더불어 일각 이상 담론할 수 있다면 천하의 재사로 인정받을 만큼 그녀의 식견과 지혜가 뛰어났기 때문이다.

그녀가 비찰각을 관장한 이후 비찰각은 새로이 옥봉각(玉

鳳閣)이라는 이름으로 불리게 되었다.

"아, 체력이 너무 떨어진 것 같아."

태옥교는 눈 주위를 다독이며 나직이 한숨을 내쉬었다.

이때 문이 열리며 누군가가 들어섰다.

여인은 새로운 비합전문을 문서철로 엮어 가져온 시녀라 생각해 간단히 지시했다.

"거기, 서탁에 내려놔."

"그리는 못하겠네."

쩌렁쩌렁한 음성이 말을 받자 깜짝 놀란 여인은 벌떡 일어섰다.

다섯 권의 문서철을 안아 든 사람은 구 척에 달하는 거구의 노인이었다. 푸른 전포를 걸쳤고, 허연 수염이 가슴까지 늘어져 있는데 실로 당당한 기골의 백수풍신(白首風神)이었다.

등에 멘 장도의 크기도 엄청났다. 도신의 폭이 무려 한 뼘이나 되었고, 손잡이까지 합치면 칼 길이가 무려 일 장에 달했다.

태옥교는 면구스런 표정으로 손을 모았다.

"송구합니다, 무상. 친히 왕림하신 줄 몰랐습니다."

"대공녀, 옥체를 생각하시게. 쯧쯧, 거울이라도 한번 보았는가?"

"소녀의 몰골이 그렇게 형편없습니까?"

"명색이 옥봉인데 지금 문상의 모습은 비에 흠뻑 젖은 백로보다 못하군."

거구의 노인은 거침없는 말투로 태옥교를 질책했다.

태백궁 내에서 대공녀 신분인 그녀에게 이렇듯 호되게 야단칠 수 있는 사람은 태무건을 제외하고는 오직 한 명뿐이다.

벽력도왕(霹靂刀王) 사도풍(司徒豊).

그는 천하쌍도에 해당되는 당대 최고의 도객 중 한 사람이다. 본래 강호사에는 무관한 은거기인이었지만 그의 호승심은 아주 강했다. 천하를 오시하던 그가 태무건이 중원제일검이라는 위대한 칭호를 받게 되자 당당히 도전장을 던졌다.

태무건과 사도풍.

두 절대고수의 격돌은 아무도 모르는 곳에서 이루어졌다. 한데 격돌한 당사자가 입을 다물고 있기에 승패에 대해서는 누구도 정확히 알지 못했다. 다만 그 격돌 이후 사도풍이 태백궁의 무상이 되었기에 태무건의 승리로 추측될 뿐이다.

사도풍은 문서철을 서탁에 내려놓으며 손바닥으로 짚었다.

"이 문서를 검토하기 전에 노부와 산책을 좀 해야겠네. 햇살이 따뜻해 산책하기 그만일세."

태옥교는 잔잔한 미소를 지으며 목례를 올렸다.

"알겠습니다. 다행히 올라온 문서철이 얼마 되지 않으니 검토를 끝낸 후 무상의 명에 따르겠어요."

"허어, 검토가 끝나면 다시 문서철이 쏟아질 것이 아닌가? 대공녀는 잠시라도 휴식을 취해야 하네."

"걱정해 주셔서 고맙습니다, 무상. 하오나 소녀는 아직 건강합니다."

사도풍은 안색을 누그러뜨리며 침중하게 음성을 낮추었다.

"대공녀, 궁주께서 실종되신 지 반년이 지났어. 대공녀의 심정을 모르는 바 아니지만 일단 옥체부터 추스르게. 대공녀가 건강해야 맑은 정신으로 지혜를 발휘할 수 있는 것이 아닌가?"

태옥교의 눈망울이 촉촉하게 젖어들었다.

"아버님께서 오랜 기간 귀환하시지 않은 상황인데 딸년이 된 몸으로 어찌 마음이 편하겠습니까? 무사하시리라 믿지만… 걱정이 되지 않을 수 없습니다."

광명신검의 실종!

이것은 태백궁 내에서도 최고 수뇌 급만이 알고 있는 극비였다. 반년 전 은밀한 서찰을 받고 출타한 태무건은 갑자기 연락이 두절되었다.

태백궁은 외부에 지부를 두지 않고 있지만 옥봉각에서 파견된 정보 수집처가 천하 오십여 곳에 달한다. 태무건의 경공

비행술을 감안한다면 그가 어느 곳에 있든 하루 이내에 접선이 가능하다. 한데 태무건은 비밀스런 출타 이후 갑자기 증발된 듯 세상 속에서 사라진 것이다.

워낙 엄청난 사건이기에 태백궁의 수뇌부는 충격과 당혹감을 감출 수 없었다.

대체 광명신검에게 무슨 일이 생긴 것일까?

중원제일검인 부친의 무공을 감안하면 실종이라는 말은 불명예일 수 있기에 태옥교는 애써 연락 두절로 그 의미를 축소했다. 하지만 연락 두절이라 하기에는 그 기간이 너무 길었다.

벌써 반년의 세월이 흐른 것이다.

수뇌 중 한 사람이 진상을 천하에 공포해 대대적인 수색을 벌이자고 제의했지만 태옥교는 받아들이지 않았다.

광명신검의 실종은 단순히 한 무림 고수의 실종이 아니었다. 태백궁은 백도의 수호신과 같은 존재였기에 그의 실종은 흑도의 대대적인 궐기와 직결될 수 있기 때문이었다.

가장 커다란 우려는 천사성(天邪城)의 침공이었다.

남궁북성 중 북성으로 불리는 천사성은 불과 십여 년 만에 사파무림을 석권한 거대 방파다. 천사성은 워낙 은밀하고 빠른 속도로 세력을 확장했기에 천하무림이 그들의 존재를 인식했을 때는 이미 천하를 압도할 대무단을 형성한 상태였다.

태옥교는 폐관 수련이라는 거짓 정보를 퍼뜨려 부친의 실종을 무마해 흑도의 준동을 막으면서도 정보 수집에 주력했다.

천하 오십 개 소의 정보 수집처에서 날아드는 전서통문은 하루에도 수천 건에 달한다. 문서철로 엮어도 백여 권에 해당되는 엄청난 분량이다.

그 모든 정보를 혼자 검토해야 했기에 그녀는 거의 침식을 잊을 정도였다. 하기에 그녀는 사도풍의 표현대로 비 맞은 백로처럼 처량한 몰골로 변해 버린 것이다.

사도풍은 호기로운 음성으로 그녀를 위로했다.

"대공녀는 그만 심려를 거두게. 당장이라도 궁주께서 귀환하시면 대공녀를 알아보지 못할까 오히려 걱정일세."

태옥교는 서글픈 미소를 지었다.

"알겠습니다, 무상. 이번 문건만 검토한 후 무상을 모시고 산책을 나가겠습니다."

"허어, 다녀온 후 검토해도 되지 않겠는가?"

"약속드리겠습니다. 이번 문건만 보겠습니다."

"알겠네."

사도풍은 문을 밀치고는 대기해 있는 시녀들에게 명을 내렸다.

"대공녀는 향후 두 시진 동안 모든 문서를 접수하지 않을 것이다! 쪽지 한 장이라도 들이면 노부가 가만두지 않겠다!"

그의 괄괄할 성격을 익히 알기에 시녀들은 급히 부복했다.

"알겠습니다, 무상."

사도풍은 문을 막아선 채 팔짱을 꼈다.

"자, 어서 검토하게나."

태옥교는 씁쓸한 웃음을 짓고는 다섯 권의 문서철을 서탁 위에 펼쳐 놓았다. 청색으로 칠해진 문서철은 일상적인 보고서였기에 그다지 중요성은 없었다.

간단히 검토를 마친 그녀는 홍색의 문서철을 펼쳤다. 천사성의 노골적인 횡포가 보고서의 대다수를 차지했다.

'천사성에서 혹시 아버님의 실종을 간파한 것이 아닐까?'

그녀는 가볍게 미간을 찌푸리며 빠른 속도로 문서를 넘겼다.

문득 영외에서 보내온 두 건의 비합전서가 그녀의 눈을 사로잡았다.

뇌천검(雷天劍)을 지닌 자 출현. 그와의 격돌 이후 몽산파의 청와태세 여파 사망. 혈번교에서 몽산파를 접수한 것으로 추정됨.

뇌천검의 출현이 확실함. 소유자는 백무향. 도적 소굴인 백월림의 부두령. 과거 내력을 추적 중.

태옥교는 눈을 번쩍 뜨며 두 건의 문서를 다시 검토했다. 흥분과 충격으로 인해 그녀의 창백한 볼에 홍조가 감돌았다.

“아… 이럴 수가!”

그녀는 급히 피풍의를 걸치고는 사도풍에게 다가섰다.

“송구합니다, 무상. 산책은 다음 기회로 미뤄야겠습니다.”

사도풍은 정색을 하며 그녀를 가로막았다.

“허어, 대공녀가 약속을 하지 않았는가? 내 두 시진 동안은 대공녀에게 휴식을 주어야겠어.”

“무상, 뇌천검이 출현했습니다.”

“뇌천검?”

사도풍의 호랑이눈이 부릅떠졌다.

“그게 사실인가? 전설의 신검이 다시 세상에 나타났단 말인가?”

“영외에서 출현했기에 아직 중원에는 알려지지 않은 것 같습니다. 소녀가 급히 가봐야겠습니다.”

“영외이라면 수천 리나 떨어진 변방이 아닌가? 몸도 편치 않은데 그 먼 곳을 어찌 간단 말인가? 옥봉각 사령들을 보내면 되는 일이 아닌가?”

태옥교는 여전히 흥분을 감추지 못했다.

“무상, 뇌천검은 단순한 보검이 아닙니다. 그것은 천하무림의 운명과도 직결되는 절대병기입니다. 뇌천검이 출현했다면 이백 년 전의 비사도 밝혀낼 수 있을 것입니다.”

사도풍이 난색을 표명했다.

“영외무림은 위험한 곳일세. 태백궁의 권위가 미치지 않는 곳이라 대공녀의 안위를 보장할 수 없네. 노부가 궁을 비울 수 없는 상황이라 대공녀의 호법으로 동행할 수도 없으니 옥봉각 사령들을 대신 보내도록 하게.”

“무상, 뇌천검을 지닌 사람이라면 소녀가 직접 만나야 합니다. 만일 뇌천검이 천사성이나 마도의 손에 들어간다면 엄청난 혈겁이 벌어지게 될 것입니다. 잠혼(潛魂)이 소녀를 지켜줄 것이니 안심하십시오.”

“대공녀가 꼭 가야 하는 사안이라 말인가?”

“그렇습니다. 윤허해 주십시오.”

사도풍은 입맛을 쩝 다셨다.

“대공녀의 신분으로 어찌 노부의 윤허가 필요한가? 노부가 걱정이 돼서 그런 거지.”

태옥교는 그의 손을 쥐며 다정하게 말했다.

“그럼 다녀오겠습니다.”

그녀는 급히 밖으로 나서며 지붕으로 솟구쳐 올랐다.

“잠혼!”

그녀의 짤막한 외침이 끝나기가 무섭게 한줄기 검은 인영이 그녀 옆으로 내려섰다.

머리서부터 발끝까지 검은색 일색이었다. 등에 멘 검도 시커멌다. 복면 사이로 보이는 두 눈만 지독히도 무심한 회색. 그가 바로 그녀의 비밀 호위인 잠혼으로 그의 내력에 대해 알고 있는 사람은 태백궁 내에서도 여섯 사람뿐이었다.

"행선지는 영외예요."

태옥교는 피풍의를 휘날리며 지붕을 타고 몸을 날렸다.

잠혼의 모습이 연기처럼 스러졌다. 절정의 자객 은신술이 었다.

2

객잔 입구에 놓인 커다란 멧돼지를 본 주인은 어처구니없는 표정으로 사냥꾼을 바라보았다.

"그러니까 이 사냥감 대신 술을 달란 말이오?"

멧돼지를 잡아온 사냥꾼은 전혀 사냥꾼처럼 보이지 않는 말쑥한 용모의 청년이었다. 무슨 이유 때문인지 분노의 기색이 역력했다.

그는 핏발이 돋은 눈으로 주인을 직시했다.

"싸구려라도 상관없소. 아주 독한 술이면 돼. 물론 내주지 않겠다면 강제로라도 마실 거야."

주인은 그의 흉흉한 기세에 눌려 주변의 점소이들을 돌아보았다. 평소에 힘깨나 쓴다고 자부하던 점소이들도 이때만큼은 눈치를 보며 슬금슬금 물러섰다.

주인은 사냥감을 힐끗 보고는 나름대로 계산을 굴렸다.

'족히 삼백 근은 나가겠군. 요리로 만들어 팔아도 제법 비싼 값에 팔 수 있겠어.'

계산상 손해가 없기에 주인은 흔쾌히 교환에 응했다.

"좋소이다. 술은 얼마든지 드리겠소."

청년은 당연히 그래야 한다는 듯 성큼성큼 객잔 안으로 들어갔다.

주인은 점소이들에게 턱짓을 해 보였다.

"독한 술로 두 단지쯤 줘라. 이 멧돼지는 주방으로 가져가고. 어디, 육질은 어떤지 내가 먼저 먹어보아야겠다."

객잔 구석에 앉은 청년은 두 주먹을 불끈 쥔 채 연신 가쁜 숨을 몰아쉬고 있었다.

청년은 다름 아닌 백무향이었다.

그는 은발여인의 일격에 거의 죽을 뻔했다가 소견의 애원으로 겨우 목숨을 부지할 수 있었다. 그 바람에 소견은 강제로 은발여인에게 끌려가게 되었다.

은발여인의 일장은 지독한 한독이 깃든 극음지공이었다. 다행히 그의 체내에 잠재돼 있는 열양진기가 분출되면서 한독을 해소할 수 있었지만 그의 충격은 상당했다.

물론 충격과 더불어 분노를 금할 수 없었다.

청와태세 여파에게 잠시 패배를 당했지만 이내 기운을 회복해 통쾌한 복수를 한 그였다.

한데 은발여인은 여파에 비해 몇 배는 강한 고수였다. 단 일격에 그는 나가동그라졌고 심장이 얼어붙은 듯한 오한에 시달려야 했다. 그러나 패배에 대한 치욕보다 더한 비통함은 소견을 강제로 빼앗겼다는 사실이었다.

"소견… 소견!"

때마침 술 단지가 탁자에 올려지자 그는 대접으로 퍼 마셨다. 연거푸 다섯 잔을 마신 그는 독한 술기운에 진저리를 치며 끓는 심정을 다소 진정시킬 수 있었다.

생각만 해도 분통이 터졌다. 소견은 그의 아내로 생각할 수 있는 여인이다. 한데 그녀를 지켜주지 못했다는 사실에 그 자신의 무기력함이 저주스러웠다. 오히려 그녀의 애원으로 자신이 죽지 않았다는 당시 상황이 부끄럽기만 했다.

"으득, 그 머리 흰 년을 가만두지 않겠어!"

그는 단지째 집어 들고 벌컥벌컥 들이켰다.

그가 실성할 만큼 분노한 와중에도 멧돼지를 잡아온 것은 무전취식을 경험했기 때문이다. 수중에 은자 한 푼 없는 상황에서 공술을 마셨다가 시비를 벌이는 게 번거로웠던 것이다.

멧돼지 육회를 맛본 주인은 쫄깃한 육질이 마음에 든 듯 후하게 선심을 썼다. 백무향에게 돼지 비계 요리와 술 한 단지를 더 내주었다. 그래도 계산상 열 배는 남을 것 같았다.

백무향은 돼지 비계를 질겅질겅 씹으며 생각에 잠겼다.

마냥 화를 내고 자책만 할 상황이 아니었다. 은발여인을 쫓아가 소견을 되찾아오는 것이 급선무였다. 한데 문제는 은발여인의 이름조차 모른다는 데 있었다.

그는 고민에 빠져 이마를 감싸 쥐었다.

"젠장, 어떻게 찾아내지? 어디로 가야 그 사악한 유괴범을 만날 수 있을까?"

단서라고는 그녀가 남긴 기이한 무공이 전부였다.

시장의 건달패들을 얼려 죽인 음한공(陰寒功), 날개옷을 입은 선녀처럼 허공을 날아가는 경이적인 경공, 그리고 삼십대의 나이에 걸맞지 않게 눈부신 은발도 하나의 단서일 수 있었다.

백무향은 길게 한숨을 내쉬고는 다시 술을 들이켰다. 독한 술 세 단지를 모두 마시는 데는 한 시진도 걸리지 않았다.

지켜보던 객잔 주인과 점소인들은 그의 엄청난 주량에 입을 딱 벌리며 감탄하고 말았다. 그들이 내온 죽엽청은 물을 섞지 않은 주정에 가까워 한 단지를 마시는 것만으로도 쓰러질 만큼 독했던 것이다.

주인은 고개를 절레절레 저었다.

'저, 저게 인간이냐? 세상에 저런 술 귀신이 있단 말인가?

백무향은 세 단지 술에 어느 정도 분노를 해소하고는 자리에서 일어섰다. 순간적으로 취기가 치밀어 핑 돌았다.

그는 비틀비틀 걸음을 옮겨 객잔을 나섰다.

지난밤 미친 듯이 산을 헤매 다녔기에 잠을 못 자 다소 피곤함이 느껴졌다. 그래도 소견을 찾아야 한다는 조급한 마음에 무작정 객잔을 나섰지만 이내 막연해졌다.

'어디로 가지? 어디로……?

대낮부터 취한 그는 독한 술 냄새를 풍기며 무작정 걸음을 옮겼다.

소견을 찾고 싶은 마음은 절실했지만 어디서부터 시작을 해야 할지 판단을 내릴 수가 없었다. 소견을 잃게 된 야적장으로 다시 찾아가 봐야 별다른 단서도 없을 것이다.

'무공… 그래, 무공이 단서라면 강호에 대해 해박한 사람이 필요해. 사람을 얼려 죽일 무공은 흔치 않을 테니까.'

하지만 그런 사람을 찾는 것조차 쉽지 않았다. 강호에 대한 그의 지식 수준은 어린아이 정도에 불과했던 것이다. 그러다 문득 그는 한 여인을 뇌리에 떠올리며 손뼉을 쳤다.

'아, 그래! 태백궁의 십전옥봉인가 하는 계집애가 아주 똑똑하다고 했지? 뇌천검의 비밀을 알 정도라면 강호사에 대해서도 해박할 거야.'

겨우 행보를 정하게 되자 들끓던 심정이 다소 진정되었다.

'그래, 태백궁을 찾아가자. 최소한 머리 흰 년의 정체 정도는 알 수 있을 거야. 왜 소견을 강제로 데려갔는지는 몰라도 반드시 구출해야 돼. 소견은 내 색시야.'

그는 주변을 두리번거렸다. 소견에게서 태백궁이 여산에 있다는 얘기는 들었지만 여산이 어디에 붙어 있는지는 몰랐다.

이때 약삭스러워 보이는 청년이 손을 비비며 다가섰다.

"헤헤, 공자. 술 한잔 더 하시겠습니까?"

"넌 뭐야? 왜 내게 술을 사겠다는 거냐?"

"술뿐만 아니라 시중들 근사한 계집도 있습니다요."

백무량은 비로소 그가 취객들을 후리는 호객꾼임을 알 수 있었다.

"임마, 난 빈털터리야."

청년은 그의 어깨에 걸쳐진 뇌천검을 힐끗 보았다.

"헤헤, 귀한 보검이 있지 않습니까? 그 검을 저당 잡히시면 마음껏 술과 계집을 취할 수 있습니다요."

"죽고 싶어? 이 검은 내 몸의 일부다."

백무향은 그를 홱 밀치며 걸음을 옮겼다.

만일 그가 멧돼지 한 마리를 사냥해 충분히 술을 마시지 않았다면 뇌천검이라도 저당 잡혀 술을 마셨을지 모른다. 다행히 그는 세 단지의 독한 술로 분노를 진정시켰고, 행선지를 결정하면서 냉정함을 유지할 수 있었다.

문득 걸음을 멈춘 그가 청년을 돌아보았다.

"이봐, 여산이 어디에 있는지 알아?"

"여산? 어떤 여산 말이오?"

"어떤 여산이라니?"

"허어 참, 여산이라는 지명이 한두 개인 줄 아슈?"

술 마실 손님이 아니기에 청년의 말투가 아주 불손하게 바뀌었다.

백무향은 눈알을 또르르 굴리다가 물었다.

"태백궁이 있는 여산 말이다. 중원에 있는 여산인데 몰라?"

청년은 불량스런 눈빛으로 그를 쏠어보고는 조소를 머금 었다.

"왜 모르겠소? 그렇다면 강서성 북쪽에 있는 여산을 말하 는 거로군? 그 먼 곳은 왜 가려는 거요?"

"강서성이 어느 방향이냐?"

"큭, 이거 완전 촌놈일세."

청년은 귀찮다는 듯 동북쪽을 가리켰다.

"호남성을 가로질러 쭉 가면 돼. 골짜기가 나오면 그냥 건 너뛰고 강물이 나오면 그냥 헤엄쳐서 건너. 뒈지던가 말던 가."

손님을 잡는 데 실패한 청년은 재수가 없다는 듯 연신 침을 뱉으며 돌아섰다.

백무향은 괘씸한 놈이다 싶었지만 그래도 길을 가르쳐 주 었기에 별반 문제 삼지 않았다.

계림을 나선 그는 동북쪽을 향해 달려갔다.

중원에 해당되는 호남성까지는 천릿길이기에 수삼 일 이 내에 당도할 수 있을 것 같았다.

"젠장, 말이라도 한 마리 훔쳐서 타고 가야겠군. 수천 리 길을 뛰어가기는 너무 힘들겠어."

그는 아직 신법을 제대로 펼칠 수 없는 상태였다. 여느 사 람들보다 빠른 발걸음을 지녔지만 신법이라 하기에는 부족함이 많았다.

십여 리를 달려가자 눈앞으로 넓은 하천이 가로막고 있었다. 이강의 지류 중 하나인 양강천(陽降川). 헤엄을 쳐 건너기에는 하천의 폭이 제법 넓은 데다 자신이 헤엄을 잘 칠 수 있는지도 분명치 않았다.

"젠장, 배라도 있어야 하는데……."

그는 낮은 언덕에 올라 주변을 두리번거렸다.

멀리 하류 쪽으로 나룻배가 오가는 포구가 보였다. 하천을 따라 휘어진 길을 감안하면 상당히 먼 거리였다. 백무향은 짜증스럽게 투덜거리며 포구를 향해 걸음을 옮겼다.

이때 하천 상류 쪽에서 한 척의 배가 빠른 속도로 흘러내려왔다. 커다란 돛을 탄 쾌속선이었다.

백무향은 잘됐다 싶어 급히 하천 변으로 뛰어내렸다.

"여보시오! 배 좀 얻어 탑시다!"

그는 손을 흔들며 크게 소리쳤다.

하류로 흐르던 쾌속선은 그의 목소리를 들었는지 방향을 바꾸어 하천 변으로 미끄러져 왔다. 배에 타고 있는 인물은 십여 명 정도였는데 양민이나 상인이 아니었다.

오만하게 뒷짐을 지고 서 있는 인물은 검은 삼각수염을 가슴까지 늘어뜨린 장대한 체구의 노인이었다. 등에는 붉은 깃발을 돌돌 말은 번(幡)이 메어져 있었다.

그는 팔뚝 위에 앉아 있는 붉은 취응의 머리를 쓰다듬었다.

　그 옆에 서 있는 창백한 면모의 중년인은 담담히 미소를 짓고 있었고, 건장한 무사들은 경계의 눈빛으로 백무향을 직시했다.

　백무향이 호의적인 웃음을 지으며 청했다.

　"고맙소. 건너편까지만 태워주시오."

　한데 하천 변에 배를 댄 무사들이 우르르 뛰어내려 왔다. 뒤를 이어 중년인과 건장한 노인이 내려섰다.

　백무향은 그들이 강을 건널 사람이 아니다 싶어 맥이 쭉 빠졌다.

　"혹시 강을 건널 분은 없으시오?"

　강변으로 내려선 노인은 등 뒤를 향해 가볍게 소매를 저었다.

　콰아앙!

　제법 커다란 쾌속선이 대번에 박살이 났다. 엄청난 내공이지만 백무향은 상대의 무공에 대해 전혀 관심이 없었다.

　백무향은 어이가 없는 듯 다소 거친 눈빛으로 그들을 둘러보았다.

　"아니, 태워주기 싫으면 그만이지 애꿎은 배는 왜 부수는 거요?"

　팔뚝 위의 취웅을 다독이던 노인이 점잖게 물었다.

　"네가 백월림의 도적 백무향이냐?"

　"……?"

"네게는 두 가지 길이 있다. 뇌천검을 바치고 목숨을 부지하거나 반항을 하다 참살을 당하는 것이 그것이다. 어찌하겠느냐?"

백무향은 취기가 싹 가셨다. 상대의 정체는 몰라도 자신의 뇌천검을 노리는 자들임은 확실히 알 수 있었다.

"너희들은 누구냐?"

노인이 팔뚝을 쳐들자 취웅이 날개를 활짝 펴며 날아올랐다.

"허헛, 영외에서 본좌를 모른다면 그 또한 죽을죄다."

백무향은 잔뜩 미간을 찌푸렸다.

"가만, 저 취웅은 줄곧 우리를 따라왔던 그 새대가리 같은데? 그럼 당신이 새를 이용해 나를 쫓아온 거야?"

"조금은 멍청한 놈이라 들었는데 사실이군. 아직도 본좌가 누구인지 모른단 말이냐?"

"아니, 조금은 알 것 같아. 혈번 어쩌고 하는 늙은이 맞지?"

"카하핫, 무지하고 무식한 놈은 어쩔 수 없군. 과거는 기억하지 못한다 해도 현실은 똑똑히 알고 있어야 하는데 말이다."

노인은 찌렁찌렁한 웃음을 흘리고는 가슴을 쭉 폈다.

"오냐. 본좌가 바로 영외의 제왕 혈번취왕이시다!"

그러했다. 그들은 양강천에 배를 띄워 백무향을 기다리고 있던 혈번취왕 일행이었다. 창백한 안색의 중년인이 총사 문

호상이며, 열 명의 무사들은 혈번교의 최강 고수인 십대무장
이었다.

　백무향은 백월림 산채에서 혈번교에 대한 얘기를 익히 들
었지만 어떤 두려움도 없었다. 몽산파의 청와태세를 쓰러뜨
린 그였기에 혈번취왕도 같은 부류 정도로만 생각했다.

　“두꺼비는 나한테 죽도록 얻어맞았어. 당신도 털 뽑힌 닭
처럼 되고 싶어?”

　“어찌 여파 따위를 본좌와 비교하느냐? 네가 뇌천검을 지
니지 않았다면 몽산파를 어찌했든 본좌가 친히 나서는 일은
없었을 것이다.”

　“이건 내 검이야. 왜 남의 물건을 탐내는 거야?”

　“신병은 주인이 따로 있는 법이다. 뇌천검은 전설적인 병
기로 한낱 도적놈이 지니기에는 과분하다. 본좌에게 바치지
않아도 어차피 네놈은 누군가에 빼앗기고 말 것이다.”

　백무향은 어깨에 걸쳤던 뇌천검을 높이 치켜들었다.

　“내가 바로 뇌천검의 주인이다! 다른 누구도 주인이 될 수
없어!”

　“크훗! 어디, 그만한 능력이 있는지 보겠다.”

　혈번취왕은 십대무장에게 턱짓을 해 보였다.

　“놈의 팔을 베어서라도 뇌천검을 가져와라. 굳이 죽일 필
요는 없다.”

　“예, 취왕!”

십대무장은 신속하게 백무향을 에워쌌다.

백무향은 싸늘한 냉기에 내심 움찔했다. 앞서 겨룬 적이 있던 몽산파 무장들과는 그 격이 달랐다. 각자 병기에서 뿜어지는 기운은 피부가 베일 정도로 예리했다.

'보통 놈들이 아니군. 이런 자들을 일류고수라 하는 건가?'

이때 문호상이 한 걸음 나서며 손을 쳐들었다.

"잠시 멈추어라!"

그는 혈번취왕에게 공손히 아뢰었다.

"취왕, 한 가지 의아한 점이 있소이다."

"무엇인가?"

"놈이 마녀로 불리는 소견이란 계집과 줄곧 같이 다닌 것으로 알고 있는데 지금은 혼자몸이외다. 혹시 놈이 뇌천검 진품을 빼돌린 것은 아닌지 의심스럽소이다."

혈번취왕은 삼각수염을 내리쓸었다.

"일리가 있군."

그는 백무향을 직시하며 준엄한 어조로 물었다.

"네가 데리고 다니던 계집은 사창가에라도 팔아넘긴 것이냐?"

백무향은 잠시 문호상을 응시하다가 물었다.

"당신이 혹시 혈교의 문 총사라는 사람인가?"

"그렇다."

"소문에 의하면 영외일현이라던데 정말 모든 것을 알고

있어?”

“사람으로서 어찌 모든 세상사를 알 수 있단 말이냐? 하지만 너보다는 많은 것을 알고 있다고 자부할 수 있다.”

백무향은 고민스런 표정을 짓다가 나름대로 결정을 내렸다.

‘태백궁까지는 너무 멀다. 그동안 소견이 고통을 받을 수도 있어. 하루속히 구출하려면 당장이라도 정보를 알아내야 돼.’

그는 뇌천검을 앞으로 내밀었다.

“만일 내 의혹을 해결해 준다면 뇌천검을 주겠다.”

“……?”

문호상은 물끄러미 그를 응시하다가 혈번취왕에게 예를 올리며 허락을 구했다.

“취왕, 청와태세를 격파한 놈이라면 십대무장이 다칠 수도 있습니다. 피를 흘리지 않고 뇌천검을 얻을 수 있다면 그게 최선입니다. 잠시 속하에게 맡겨주십시오.”

혈번취왕은 그의 박학함을 깊이 믿고 있기에 쾌히 승낙했다.

“알겠네. 만일 뇌천검을 취하게 되면 문 총사가 제일공신일세.”

그가 눈짓을 보내자 십대무장이 뒤로 물러섰다.

문호상은 백무향에게 가까이 다가섰다.

"소견이 누군가에게 납치라도 당한 것이냐?"

"흐음, 역시 영외일현답게 눈치가 빠르군. 맞아. 소견이 납치를 당했어. 그 사악한 년이 누구인지 알려주면 약속대로 뇌천검을 주겠다."

"말해봐라."

"나이는 서른을 조금 넘었을 뿐인데 은발이야. 눈은 초승달처럼 가늘고 색기가 아주 짙었어. 소견이 건달 패거리와 다툼이 있었는데 그 머리 흰 년이 건달들을 모두 죽였어. 내가 살펴보니까 모두가 고통스럽게 얼어 죽어 있었어. 나도 그 계집한테 일장을 맞았는데 피가 얼어붙는 것만 같았어. 대체 그 죽일 년이 누구야?"

문호상은 눈을 반개한 채 신중한 표정으로 물었다.

"청와태세를 쓰러뜨린 네 무공으로도 상대가 되지 않았단 말이냐?"

"쪽팔리지만 사실이야. 얼마나 강력한 무공을 지녔는지 한 방에 나가동그라졌어. 게다가 그년은 소견을 안고서도 허공을 훨훨 날아갔어."

"그런 경공술은 비행술뿐이다. 최하 백 년 내공을 보유한 절세고수만이 펼칠 수 있지."

문호상은 팔짱을 낀 채 주변을 걸었다.

"내 눈으로 직접 보지 못했기에 확신할 순 없지만 아마도 은발여인의 무공은 세 가지 중 하나일 것이다. 하나는 북해빙

궁의 빙백신공(氷魄神功), 다른 하나는 마교의 구음마공(九陰魔功), 그리고 또 하나는 오행천의 소수마공이다."

"확실해야 돼. 세 가지나 되면 날 보고 어디를 찾아가라는 거야?"

"유감스럽게도 네가 말한 인상착의를 지닌 여인에 대해서는 알 수가 없다. 하지만 마교는 이미 수백 년 전 와해되었고, 북해빙궁은 머나먼 북방에 있어 이곳 영외까지 내려온 적이 없다. 가장 가능성이 높은 것은 역시 오행천의 소수마공이다."

백무향은 그나마 한 가닥 단서를 찾게 된 것이 반가웠다.

"좋아. 일단 오행천의 소행으로 생각하겠다. 한데 그놈들은 어디에 있는 거야?"

"오행천은 백 년 전 천외삼성에 의해 와해되었다. 물론 당시 수뇌 급들이 탈출하였기에 완전히 괴멸된 것은 아니다. 백 년 이래 그들의 흔적이 간혹 발견되기는 했지만 아직 정확한 실체를 드러내지 않아 존재 자체가 확실치 않다. 만일 은발여인이 오행천 소속이라면 이는 엄청난 사건이 아닐 수 없다."

영외일현이라는 칭호가 무색하지 않게 과연 그의 지식은 해박했고 분석은 날카로웠다.

혈번취왕은 흐뭇한 미소를 지으며 그를 치켜세웠다.

"허헛, 과연 문 총사로군. 한 가지 무공만으로 그렇게 깊이 파헤칠 수 있다니, 과연 영외일현일세."

그는 백무향을 향해 걸음을 옮겼다.

"잘 들었느냐? 소견이라는 계집을 구하고 싶다면 오행천을 찾으면 될 것이다. 만일 문 총사를 만나지 못했다면 네놈은 죽었다 깨나도 진상을 파악하지 못했을 것이다."

백무향은 냉담하게 말을 받았다.

"그 정도로는 부족해. 오행천이 어디에 있는지 모른다면 소용이 없어. 역시 태백궁의 십전옥봉을 찾아가야겠군."

태백궁이 거론되자 혈번취왕은 마음이 급해졌다. 백무향이 태백궁의 비호를 받게 되면 뇌천검을 탈취할 가능성은 전무하기 때문이다.

"백무향, 네놈이 스스로 뱉은 약속을 어길 셈이냐?"

"내가 어기는 게 아니야, 문 총사라는 자의 지식이 부족해서이지. 오행천이 있는 곳을 모른다고 했잖아?"

"오냐. 본좌가 알려주마."

"정말? 어디에 있는데?"

혈번취왕은 오른손을 갈퀴처럼 세워 들었다.

"지옥이다!"

피피핑—!

그의 손톱에서 다섯 줄기의 강기가 뻗어 나갔다. 그의 절학 중 하나인 취응조(鷲鷹爪)였다. 십 장 밖 철판도 관통할 만큼 강력한 조공이 백무향을 향해 날아들었다.

"엇?"

깜짝 놀란 백무향은 급히 뇌천검을 휘둘렀다.

파파팍―!

미처 막아내지 못한 세 줄기 조공이 어깨와 가슴, 복부로 파고들었다.

"크윽!"

백무향은 고통스런 비명과 함께 나가동그라졌다. 세 곳의 상처에서 피가 줄줄 흘러내렸다.

"이런 비열한 놈!"

백무향은 이를 갈며 몸을 일으켜 세웠다. 상처 부위가 몹시 쓰라리고 고통스러웠지만 이 정도에 쓰러질 그가 아니었다.

혈번취왕은 이해가 되지 않은 듯 고개를 갸웃거렸다.

"정말 무쇠 같은 놈이로군. 본좌의 취응조는 스치기만 해도 뼈가 으스러지건만 정통으로 맞고도 숨이 붙어 있단 말인가?"

그는 한 걸음 물러서며 십대무장에게 지시를 내렸다.

"한번 상대해 봐라."

"예, 취왕!"

십대무장은 삼엄한 포위망을 형성하며 일제히 날아들었다.

여섯 명이 육방으로 조여들고, 네 명이 허공으로 몸을 띄워 병아리를 낚아채는 솔개처럼 내리꽂혔다. 오랜 수련을 거친 듯 그들의 합격술은 완벽한 조화를 이루었다.

혈번취왕은 느긋하게 뒷짐을 지었고, 문호상은 팔짱을 긴 채 대결을 지켜보았다.

그들은 십대무장의 빼어난 무공을 믿고 있었기에 대결의 결과에 대해서는 조금도 의심하지 않았다. 아무리 청와태세를 쓰러뜨린 상대라 해도 십대무장을 감당하기는 불가능하다고 확신했다.

백무향은 뇌천검의 손잡이를 불끈 쥐었다.

"뇌천검의 주인은 나다!"

일순 두 눈에서 푸른빛이 감돌며 그의 전신으로 눈부신 후광이 뿜어져 나왔다.

우르르릉!

은은한 우렛소리와 함께 푸른 섬광이 피어오르며 사위의 빛을 잠재웠다. 아득한 암공 속에서 보이는 것은 오직 번갯불 형태의 기이한 형상을 갖춘 검신이었다.

퍼퍼펑—!

잇단 폭음과 함께 비명 소리가 줄을 이으며 혈육이 난무했다.

혈번취왕과 문호상은 너무도 엄청난 광경에 입을 딱 벌리고 말았다.

백무향이 한 자루 검을 뽑아 들고 있었다.

번갯불 형상의 검신을 쥔 그는 천신과도 같은 광휘를 발하고 있었다. 기이한 형상의 검신에서는 은은한 뇌성이 울려 퍼졌고, 검극에서는 불꽃이 피어올랐다.

십대무장은 모두 나자빠져 있었다. 두 명은 형체를 알아볼 수 없을 만큼 난자되었고, 세 명은 팔이 베어졌으며, 병기가 박살 난 다섯 명은 넋을 잃고 있었다.

단 일 초에 혈번교가 자랑하는 십대무장이 격파된 것이다.

백무향은 자신이 뽑은 뇌천검을 바라보며 스스로도 놀라움을 금치 못했다. 단 한 번 뇌천검을 뽑았지만 그것은 무의식 상태에서 전개된 상황이었기에 자신의 의지와는 무관했다.

한데 이번은 스스로의 의지로 뇌천검을 뽑은 것이다. 어찌 된 일인지는 몰라도 이제는 마음대로 뇌천검을 뽑을 수 있을 것 같았다.

검신을 통해 들려오는 은은한 우렛소리가 결코 새롭지 않았다. 검 울음소리는 귀에 익숙했고, 검극을 통해 발출되는 불꽃도 낯설지 않았다.

스스로 감탄에 젖은 그가 뇌천검을 치켜들며 확신에 찬 음성으로 외쳤다.

"모두 봤지? 내가 바로 뇌천검의 주인이다!"

제 8 장

쥐 오줌 술에 인육 만두

1

일수유의 침묵이 흘렀다.

문호상은 믿을 수 없는 듯 뇌천검을 뚫어져라 응시했고, 혈번취왕은 잔뜩 인상을 찌푸렸다. 십대무장 중 그나마 사지가 멀쩡한 무장들이 부상당한 동료들을 부축해 장내에서 물러섰다.

뇌천검을 뽑아 든 백무향은 세상에 두려울 것이 없었다.

그는 왜 진작 검을 뽑지 못했는지 안타까웠다. 만일 자신이 뇌천검을 마음껏 휘두를 수 있었다면 의문의 은발여인에게 소견을 빼앗기는 일은 없었을 것이다.

그는 은은한 우렛소리를 일으키는 뇌천검을 높이 쳐들었다.

"봤지? 이게 뇌천검이다. 이 검은 뽑을 수 있는 사람만이 주인이 될 자격이 있다고 들었다. 굳이 너희를 죽여야 할 이유가 없으니 어서 꺼져!"

혈번취왕이 등에 멘 깃발을 풀어 쥐었다. 그의 독문병기인 무적혈번이었다. 영외를 종횡한 이래 적수를 만나지 못한 그였기에 무적혈번이 꺾인 적은 없었다.

본래 깃발은 아주 특이한 기문병기로 그것을 병기로 다루는 사람은 극히 드물다. 초식을 전개하기가 몹시 까다로워 엄청난 공력을 요구하기 때문이다.

위이이잉!

그가 무적혈번에 공력을 주입시키자 세찬 회오리바람이 몰아쳤다.무적혈번을 통해 일으키는 조화는 뇌천검이 펼쳐내는 우렛소리와 능히 비견될 정도였다.

"네놈이 죽어야 할 이유는 충분하다. 감히 본 교의 무장들을 참살했으니 네놈 역시 난도질당해 마땅하다."

혈번취왕이 다가서자 백무향이 차갑게 응수했다.

"당신마저 죽고 싶어? 내가 잔인한 사람은 아니지만 착한 사람도 아니다. 날 죽이려 한다면 나 역시 당신을 죽일 수밖에 없어."

"카하핫! 죽고 사는 문제는 졸렬한 놈들이나 걱정할 문제다. 아주 오랜만에 적수를 만나 오히려 흥분되는구나."

"좋아. 그럼 한번 겨뤄보자고."

백무향은 양손으로 뇌천검을 감싸 쥐었다.

한데 막상 검을 뽑았지만 어떻게 휘둘러야 할지를 몰랐다. 초식을 전혀 기억할 수가 없었다. 아니, 그가 검법을 수련했다는 생각조차 들지 않았다.

'젠장, 곤란하군. 혈번취왕 같은 고수한테 마구잡이 식으로 검을 휘두를 수는 없는데 말이야.'

십 보 거리를 두고 대치해 있던 혈번취왕은 그의 자세를 살피고는 비릿한 실소를 지었다.

"크홋, 네놈이 정녕 뇌천검의 주인이라면 뇌천검법의 기수식 정도는 펼쳐야 하지 않겠느냐?"

백무향은 내심 찔끔했지만 대수롭지 않게 받아넘겼다.

"검법 따위는 중요치 않다."

"카하핫, 그렇다면 본좌의 번법이나 견식해라!"

혈번취왕은 지표 위를 미끄러지며 무적혈번을 휘둘렀다.

"풍합전도(風合顚倒)!"

콰류류류!

거대한 회오리바람이 몰아치며 사위를 휘감았다. 핏빛 기운에 햇살마저 빛을 잃었고, 칼날 같은 예기가 연속적으로 날아들었다.

백무향은 가볍게 숨을 들이켰다.

이렇듯 풍운조화를 일으키는 무공을 경험하기는 처음이었다. 여파의 청와신공이 까다롭기는 했지만 호신을 위한 무공이었기에 이렇듯 위력적인 공세는 아니었었다.

'깃발을 베자! 내 뇌천검이라면 벨 수 있어!'

초식을 어떻게 구사해야 할지 모르는 그로서는 상대의 병기를 베는 것이 유일한 대응책이었다.

"차앗!"

그는 회오리바람 속으로 뛰어들며 힘차게 뇌천검을 내려쳤다.

퍼엉!

요란한 폭음과 함께 옆구리를 얻어맞은 백무향은 피를 토하며 오 장 밖으로 나가동그라졌다. 엄청난 충격에 눈앞에 별이 반짝거려 제대로 정신을 차릴 수가 없었다.

혈번취왕은 살짝 베어진 깃발을 살피고는 득의의 웃음을 흘렸다.

"크훗, 네놈의 뇌천검이 모든 것을 벨 수 있다고 생각했다면 오산이다. 본좌의 무적혈번 역시 어떤 병기도 파괴할 수 있는 신병이다. 절대고수의 경지에 이르면 병기의 이점은 크게 중요치 않다. 병기를 어떻게 구사하느냐가 더 중요하지."

백무향은 겨우 몸을 추스려 일어섰다. 갈비뼈에 금이 갔는지 몹시 시큰거렸다. 그동안 여러 번 부상을 입었지만 이렇듯 고통스럽기는 처음이었다.

그는 뇌천검을 비껴 쥔 채 잔뜩 미간을 찌푸렸다.

‘으음, 뭔가 기억이 날 듯한데 분명치가 않아.’

뇌천검이 무적혈번과 충돌하는 순간 그는 뇌리 속을 스쳐 지나가는 여러 개의 구결을 떠올릴 수 있었다. 수십 개의 글자가 동시에 떠오르는 바람에 그 의미를 헤아릴 수 없었지만 그는 본능적으로 그것이 뇌천검을 구사하는 검법임을 확신했다.

‘과거를 기억할 수 없다고 검법까지 잊는다는 것은 말도 안 돼. 내가 뇌천검을 지녔고 검법을 수련했다면 기억에 상관없이 펼칠 수 있어야 하는 게 당연하다. 한데 왜 아무런 검법도 전개할 수 없는 걸까? 왜……?’

갑작스럽게 아득한 기억의 단편들이 현실과 뒤엉키자 머리가 터질 듯이 아팠다. 뇌리 속을 스쳐 간 검법 구결을 떠올리려 할수록 두통이 더욱 심해졌다.

순간 혈번취왕이 포효성을 터뜨리며 치솟아올랐다.

“번천지겁(飜天地劫)!”

콰류류류!

허공 가득 깃발의 그림자가 퍼지며 십 장 이내를 핏빛으로 물들였다. 영외제일로 추앙받는 그의 성명절학이 펼쳐진 것이다.

백무향은 마치 하늘이 무너져 내리는 듯한 착각에 빠졌다. 은은한 뇌성을 발하던 뇌천검은 숨을 죽였고, 변변한 신법조차 모르는 그로서는 상대의 공세를 피할 방도가 없었다. 그의 몸이 동신철골이라 해도 파괴될 것만 같았다.

절망 같은 한순간,

그의 의식 속으로 죽음의 그림자가 엄습하자 갑작스럽게 전신에서 불꽃이 피어올랐다.

이글거리는 혈안!

핏빛으로 물든 두 눈은 인간의 눈이 아니라 사악한 마왕의 것이었다. 동시에 그의 몸에서 피어오른 화염이 폭풍처럼 치솟아올랐다. 지상에서 밀어닥친 거대한 화염폭풍에 혈번취왕은 사색이 되고 말았다.

"허억, 이… 이럴 수가?!"

공세를 철회한 그는 급히 무적혈번을 휘둘러 몸을 보호했다.

화르르륵!

화염폭풍은 어마어마한 열기를 발하며 혈번취왕을 휘감았다. 신병으로 자부하던 그의 무적혈번이 순식간에 불타 버렸으며 호신강기마저 와해되었다.

멀리서 관전하던 문호상은 전신을 와들와들 떨었다.

"마, 맙소사! 풍운마제의 폭염마공?"

시뻘건 화염에 휩싸인 혈번취왕은 이를 부드득 갈았다.

"오냐! 네놈이 얼마나 강한지 보겠다!"

그는 빠르게 몸을 회전시키며 화염폭풍을 뚫고 백무향을 향해 날아들었다. 화기에 의한 부상 따위는 간과한 저돌적인 공세였다. 그는 불덩이로 화한 채 백무향의 머리를 노리며 무적혈번을 내려쳤다.

"뒈져라!"

핏빛 안광을 발하는 백무향은 머리 위로 내리꽂히는 무적혈번을 직시하며 뇌천검을 불끈 쥐었다. 찰나지간 그의 뇌리 속을 스쳐 가는 구결 중 한 구절이 선명하게 부각되었다. 그것은 그의 뇌리 속에 잠재되 있는 검법 초식이었다.

"차아앗!"

번쩍—!

눈부신 섬광이 하늘까지 치솟아올랐고, 이어 우렛소리가 들려왔다.

둔탁한 폭음과 함께 불덩이로 화한 혈번취왕의 몸이 일부 베어지며 멀리 나가동그라졌다. 무적혈번을 쥔 팔이 어깨에서부터 잘린 것이다.

"크아악!"

혈번취왕이 고통스런 비명과 함께 바닥을 구르자 무장들이 급히 피풍의를 벗어 그의 몸을 덮었다. 몸에 붙은 불꽃은 겨우 꺼졌지만 그의 모습은 참담했다.

위풍당당한 삼각수염은 모두 타버렸고, 피부 역시 시꺼멓게 그슬렸다. 청와태세 여파보다 더 지독한 화상을 입은 것이다.

겨우 제정신을 차린 백무향은 가쁜 숨을 몰아쉬었다.

주변을 살펴보니 온통 시꺼먼 재로 화해 있었다. 그의 몸에

서 본능적으로 화염폭풍이 분출된 사실이 어렴풋하게 떠올랐
다. 또한 일 초의 검법으로 혈번취왕의 팔을 벤 것도 기억이
났다.

"두꺼비와 싸울 때도 이런 적이 있었는데……."

그는 화염폭풍의 가공한 위력에 진저리치고는 혈번취왕
쪽으로 시선을 돌렸다.

문호상은 혈번취왕을 부축해 안으며 구명단을 먹여주었다.

"취왕! 취왕! 정신 차리십시오!"

혈번취왕은 심각한 화상을 입은 데다 팔이 베어진 충격으
로 겨우 숨만 쉴 정도였다.

"도… 돌아가자."

"예, 취왕."

문호상은 급히 무장들에게 지시를 내렸다.

"어서 들것을 마련해라!"

그는 혹시 백무향이 재차 공세를 펼쳐 올 것을 우려해 자신
의 몸으로 혈번취왕을 막아섰다. 한데 그것은 그의 기우였다.

백무향은 잠시 뇌천검을 살피고는 검집에 꽂았다.

"젠장, 배를 박살 내지 않았으면 좋았을 텐데……."

그는 멀리 포구가 보이는 하류 쪽으로 걸음을 옮겼다.

문호상이 분노를 참으며 차갑게 외쳤다.

"백무향, 네놈은 대체 누구냐?"

백무향은 걸음을 멈추고 고개를 돌렸다.

“누구기는. 당신이 부른 대로 난 백무향이야.”

“네가 뇌천검을 지닌 것도 놀라운 일이거늘 어떻게 풍운마제의 폭염마공까지 구사할 수 있단 말이냐?”

“풍운마제? 그 사람은 또 누구야?”

“풍운마제는 뇌천검제와 동시대에 존재했던 전설적인 고수다. 두 사람은 당시 마정(魔正)을 대표하는 절대고수였다. 대체 네놈이 누구이기에 검제와 마제의 절학을 동시에 구사할 수 있단 말이냐?”

백무향은 풍운마제라는 별호를 몇 번 되뇌이다가 이마를 짚었다.

“염병, 헷갈려 죽겠네. 뇌천검제라는 이름만으로도 머리가 지끈지끈 아팠는데 풍운마제는 또 뭐야?”

그는 세차게 고개를 흔들고는 걸음을 옮겼다.

“몰라. 나도 모르는 일이니 묻지 마. 나중에 알게 되면 가르쳐 줄게.”

그가 하천을 따라 멀어지자 문호상은 길게 탄식했다.

“이럴 수는 없다. 누구라도 마정의 기운을 한 몸이 지닐 수는 없어. 놈은 대체 누구지? 대체 어디서 온 괴물이란 말인가?”

2

　장사(長沙)는 호남의 성회로 동정호 이남에서는 가장 커다란 성시다. 이 성시는 육로보다는 수로가 발달해 다양한 남방의 물산이 집결되기에 상업 도시로서도 유명하다.

　장사 외곽의 몇몇 창고는 소규모 상인들을 위한 집하장이었다.

　집하장이란 상단에서 구매가 이루어지기 전에 물건들을 임시로 보관해 두기 위한 장소이다. 귀한 물품이 반입되는 일은 없기에 관리자도 일고여덟 명을 넘지 않는다.

　오후 무렵, 한 여인이 창고 마당으로 들어섰다. 먼 길을 달려온 듯 본래 하얀 피풍의가 황토 먼지로 누렇게 변색돼 있었다.

　여인이라면 나이와 미추(美醜)에 관계없이 자신의 용모와 몸단장에 신경을 쓰는 것이 당연했지만, 백색 경장의 여인은 전혀 화장을 하지 않았고, 장신구 하나 걸치지 않았다. 가는 허리에 두른 가죽 허리띠는 평범했고, 긴 머리를 천으로 졸라맸다. 등에 멘 은색의 검집이 조금 눈에 띌 정도였다.

　곰보 관리인이 장부책을 펼쳐 들고 마당의 물품들을 기록하고 있었다. 그는 손님의 방문에 개의치 않고 자신이 할 일만 했다.

　여인이 곰보 관리인 옆으로 다가서며 물었다.

　"분소장은 어디에 있죠?"

　곰보는 힐끗 여인을 쓸어보고는 퉁명스럽게 대꾸했다.

“무슨 일로 분소장 어른을 찾는 거요? 보아하니 상인 같지도 않은데.”

“난 여산에서 왔어요.”

“……?”

깜짝 놀란 곰보가 바싹 긴장된 표정으로 연신 여인을 훑어보았다.

“하, 하오면 대공녀이십니까?”

“그래요.”

곰보는 곧바로 부복하며 절을 올렸다.

“아이고! 송구합니다요, 대공녀! 죽을죄를 지었소이다.”

“괜찮아요. 일어나세요.”

관리인은 연신 고개를 조아렸다.

“대공녀께서 방문하실 예정이라는 비합전서를 받기는 했습니다. 한데 고귀하신 대공녀께서 이렇듯 혼자 몸으로 오실 줄은 몰랐습니다.”

“그보다는 내가 너무 초라해서 못 알아본 것이겠지요. 어서 분소장에게 안내해 주세요.”

“예, 예, 대공녀.”

곰보는 땀을 비질비질 흘리며 여인을 뒷마당으로 안내했다.

장신구 하나 걸치지 않은 창백한 안색의 여인은 바로 태백궁의 대공녀 태옥교였다.

이곳 허름한 창고가 옥봉각에 소속된 정보 수집소 중 하나다. 명색이 정보 수집소이지만 이곳이 태백궁의 분소임을 알리는 깃발 하나 걸리지 않은 것은 존재하되 군림하지 않겠다는 광명신검의 방침 때문이었다. 광명신검은 태백궁이 타 문파에게 어떤 위협이나 장애로 보이기를 원치 않은 것이다.

구구구……!

뒷마당에는 수백 마리의 비둘기가 내려앉아 연신 모이를 쪼아 먹고 있었다.

바구니를 옆에 끼고 모이를 뿌려주는 사람은 사십대의 중년인이었다. 그는 한쪽 눈을 검은 안대로 가린 애꾸로 다소 마른 체구였다. 그는 곰보와 함께 뒷마당으로 들어서는 여인을 물끄러미 바라보다가 외눈을 번쩍 떴다.

모이 바구니를 내던진 그가 급히 부복배례를 올렸다.

"대공녀를 뵈오이다."

애꾸중년인이 바로 장사 분소장 황원평(黃元平)이었다. 물론 그가 태옥교를 직접 대하기는 처음이지만 정보 요원답게 눈썰미가 뛰어나기에 대번에 태옥교를 알아본 것이다.

곰보가 물러가자 태옥교가 그를 일으켜 세웠다.

"황 분소장, 멀리 영외에서 입수된 정보까지 긴급히 제공했으니 공이 아주 큽니다. 조만간 분소장을 옥봉각 비찰사령으로 부임시키겠어요."

"송구합니다, 대공녀. 하나 속하는 그저 장사 분소장으로 만족합니다."

"알겠어요. 먼저 상황을 듣고 싶군요."

"드시지요."

황원평은 그녀를 뒤쪽 창고로 안내했다.

분소의 요원들은 별도로 살림집이 없어 창고 절반을 나누어 살림집으로 쓰고 있었다. 집기는 허름했고 식탁을 겸한 탁자는 기름때가 묻어 지저분했다.

"대공녀를 모시기에 너무 누추합니다."

황원평이 소매로 먼지를 닦은 후 의자를 내오자 태옥교가 부드러운 미소를 지었다.

"분소에 소속된 요원들이 이렇듯 고생스럽게 사는 줄 몰랐어요. 지원금을 대폭 늘리겠어요."

"아닙니다, 대공녀. 지방 창고 관리인들의 생활이 호사스럽다면 오히려 이상한 일입니다."

그는 화로에 차 주전자를 얹고는 장부들로 빼곡한 서가에서 두툼한 문서철을 꺼내 들었다.

"영외 쪽에서 활동하는 요원이 한 명뿐이라 정보가 변변치 않습니다."

"그래도 용케 뇌천검에 관한 정보를 입수하셨군요. 그 검을 지닌 자의 내력과 행보를 알고 싶어요."

"그자의 이름은 백무향. 구만산 자락의 산적 소굴인 백월림의 부두령입니다. 하지만 본래부터 도적은 아닌 것으로 조사되었습니다. 그자의 내력은 알 수 없고 어떻게 백월림으로 흘러들었는지도 확실치 않습니다.”

황원평은 문서철을 탁자 위에 내려놓고는 암호문으로 기록된 대목을 짚으며 계속 보고했다.

“백월림과 몽산파 간에 싸움이 전개되면서 청와태세 여파가 백무향의 손에 커다란 부상을 입고 말았습니다. 여파는 그 후유증으로 죽었고, 혈번교에서 몽산파를 인수하였습니다.”

태옥교는 의아한 듯 고개를 갸웃거렸다.

“여파의 청와신공은 강력한 호신무공이에요. 웬만한 도검과 절기로는 절대 격파할 수 없지요. 그렇다면 백무향이라는 사람은 절대 도적일 수 없어요.”

“더욱 놀라운 사실은 사흘 전 혈번취왕마저 그자의 손에 참패를 당했다는 겁니다.”

“……!”

태옥교는 믿을 수 없다는 듯 아미를 한껏 치켜 올렸다.

“어떻게 그런 일이……?”

영외제일인으로 군림하는 혈번취왕은 중원에도 널리 알려진 절대고수였다. 영외는 중원무림과는 별개의 세상이기에 특별한 교류가 없었지만 혈번취왕은 웬만한 강호인도 알고 있을 만큼 유명한 존재였다.

그러한 그가 패배를 당했다는 것은 대사건이 아닐 수 없었다.

황원평은 물이 끓자 투박한 찻잔에 찻잎을 넣고 더운물을 따랐다.

"혈번취왕은 심한 화상을 입은 데다 팔이 베어지는 중상을 입고 패퇴했다고 합니다. 또한 그자가 이제는 자유롭게 뇌천검을 뽑을 수 있는 경지에 이르렀다는 것이 정평입니다."

그는 면구스런 표정으로 태옥교 앞에 찻잔을 내려놓았다.

"워낙 싸구려 차라 맛이 형편없습니다."

"고마워요."

태옥교는 호의적인 미소를 지어 보이고는 차를 한 모금 들이켰다. 그의 말대로 다소 쓰고 떫었지만 갈증을 씻어주기에는 충분했다.

"그 사람이 어느 방향으로 움직이는지 알고 싶어요."

"사실 대공녀께서 몸소 궁을 나서지 않아도 될 뻔했습니다."

"왜죠?"

"그자의 행선지는 여산 태백궁 총단입니다. 대공녀를 찾아가려는 의도로 조사되었습니다."

태옥교가 지혜로운 눈을 깜빡이며 물었다.

"나를 말인가요?"

"그렇습니다. 그자의 동행으로 백월림의 여도적 소견이라는 계집이 있었습니다. 한데 누군가에게 납치를 당한 듯싶습니다. 납치범의 정체와 소재를 알기 위해 대공녀를 찾으려는 것으로 사료됩니다."

"그 사람은 혈번취왕을 격파할 만큼 절세적인 무공의 소유자예요. 한데 자신의 여인조차 지킬 수 없었단 말입니까? 대체 소견이라는 여인을 납치한 사람이 누구예요?"

황원평은 공손하게 손을 모았다.

"송구합니다. 아직 거기까지는 정보가 입수되지 않았습니다."

"아닙니다. 많지 않은 요원으로 아주 상세한 정보를 입수했군요."

태옥교는 찻잔을 마저 비우고는 물었다.

"그가 중원으로 넘어와 있나요?"

"현재 호남에 당도한 것으로 파악되었습니다."

그는 서가에서 지도를 꺼내 펼쳐 들었다.

"여산을 행선지로 잡았다면 장사를 경유해야 하는데 접근로가 아주 많습니다. 물길이 세 곳이고 육로가 일곱 곳입니다. 물론 좁은 산길까지 합하면 어느 길을 따라 이동할지는 예측하기가 힘듭니다."

태옥교는 지도를 유심히 살피며 행로를 두루 헤아렸다.

"하루 이동 속도는 어느 정도이죠?"

"대략 이삼백 리로 추정됩니다."

"절세고수치고는 느린 행보군요. 아마 신법이 대단치 않은 것 같군요. 그렇다면 말을 이용할 가능성이 높습니다. 납치범

을 찾아야 하기에 마음이 급할 테니 최대한 지름길을 택해 이
동할 겁니다."

황원평이 지도 한곳을 가리켰다.

"지름길이라면 형산을 가로지르는 이쪽 길이 가장 빠릅니
다."

그러면서 한마디를 덧붙였다.

"하지만 길이 험한 데다 녹림의 도적들이 우글거려 인마의
통행이 극히 드뭅니다."

"흐음, 그의 행보로는 적격이군요. 그가 도적 소굴의 부두
령 출신인데 설마 도적을 두려워하겠어요?"

태옥교는 자리에서 일어서며 가볍게 예를 표했다.

"황 분소장은 정말 뛰어난 식견을 지닌 분이세요. 많은 도
움이 됐습니다."

황원평은 황망한 표정으로 무릎을 꿇었다.

"속하는 한낱 분소장에 불과하오이다. 대공녀께 많은 도움
을 못 드려 송구할 따름이외다."

"총단에 특별 지원금을 지시하겠어요. 앞으로도 임무에 충
실해 주세요."

태옥교는 서둘러 창고를 나섰다.

마당에서는 수많은 비둘기들이 모이를 쪼느라 정신이 없
었다. 비둘기들은 훈련이 잘 되었는지 그녀가 다가서도 전혀
두려워하지 않았다.

그녀는 몇 마리의 비둘기를 어루만져 주고는 우아한 미소를 지었다.

"태백궁의 날개들이니 소중히 다뤄주세요."

"여부가 있겠습니까."

황원평은 두 손을 모으며 정중히 허리를 굽혔다.

그가 다시 허리를 폈을 때 태옥교는 이미 서남쪽 하늘로 멀어지고 있었다. 뒤로 한줄기 흑영이 따르고 있는데 형상이 분명치 않았다.

황원평은 당대제일의 재녀에게 찬사를 받았다는 사실에 뿌듯한 자부심을 느꼈다.

"십전의 능력을 지니고도 이렇듯 겸손하시니… 대공녀는 진정 무림지화(武林之花)이시다."

3

형양(衡陽)은 형산 남부의 성시로 남악(南岳)으로 불리는 형산의 남쪽에 위치하기에 중원에서 보면 가장 멀리 떨어진 변방이다.

두두두두—!

형양을 떠나온 한 필의 말이 좁은 산길을 따라 빠르게 달려가고 있었다.

마상의 인물은 꾀죄죄한 몰골의 청년이었다. 제대로 씻지를 않아 머리카락은 덤불처럼 헝클어졌고, 얼굴은 흙먼지로 얼룩져 있어 비렁뱅이를 방불케 했다. 그래도 워낙 준수한 용모를 지녀 천박해 보이지는 않았다.

청년은 다름 아닌 백무향이었다.

그는 소견을 구할 정보를 얻으려는 일념으로 여산행을 재촉하는 중이었다. 중원에 해당되는 호남으로 들어서면서 그가 처음으로 접한 상대는 도적들이었다. 그로서는 재수가 좋은 편이었다.

빈털터리인 그는 오히려 도적들을 혼내주고 말 한 필을 빼앗아 탈 수 있었다. 물론 여비로 쓰기 위해 약간의 은자까지 상납받았다. 도적들 입장에서는 황당한 일이었지만 목숨을 부지한 것으로 위안을 삼아야 했다.

백무향은 술 마실 시간마저 아끼기 위해 말을 타고 가면서 술을 마셨다.

"머리 흰 년, 어디 두고 보자."

그는 소견을 납치해 간 은발여인을 떠올리며 연신 이를 갈았다.

시간이 흐르면서 소견을 잃은 일보다 단 일격에 패배를 당했다는 사실에 더 화가 났다. 영외제일인이라는 혈번취왕을 격파한 이후에는 그런 심정이 더했다.

"혈번취왕까지 격파한 나야. 제대로 싸우면 누구한테도 지지 않을 자신이 있어. 그 고약한 계집을 만나면 먼저 불로 지진 후 뇌천검으로 베어버리겠다.”

호리병의 술을 반쯤 비운 그는 나중에 마시기 위해 허리춤에 찼다.

정서적으로 조금 부족한 것 외에 그는 이제 온전한 정신을 가진 정상인이었다.

과거를 기억할 수 없다는 것은 큰 문제가 되지 않았다. 또한 혈번취왕과의 대결에서 뇌천검으로 검법을 전개할 수 있는 구결을 떠올렸다는 사실에 그는 크게 고무돼 있었다.

검법 구결을 기억해 냈다면 그의 과거가 완전히 말살된 것이 아님을 확신할 수 있었다.

“내가 뇌천검을 뽑을 수 있었으니 뇌천검의 주인인 것은 확실해. 한데 풍운마제라는 사람은 또 뭐야? 문호상의 말에 의하면 여파와 혈번취왕을 태운 화염폭풍이 풍운마제의 절학인 것 같은데 말이야.”

과거의 기억을 더듬으면 가장 먼저 떠오르는 것이 섬광과 우렛소리였다. 그리고 어둠과 불꽃…….

“아이고, 머리야.”

또다시 찾아오는 두통에 그는 황급히 고개를 저으며 상념을 떨쳐 냈다.

“제기, 내가 고민할 이유가 없지. 태백궁의 십전옥봉이란 계집을 만나면 자연히 알게 될 테니까.”

준마는 수림을 헤치고 작은 개울을 건너뛰며 힘차게 달려갔다.

휴식도 취하지 않고 근 반나절을 달려가자 백무향은 엉덩이가 배겨 더는 안장에 앉아 있을 수가 없었다. 다행히 산자락으로 허름한 객점이 보였다.

"잘됐군."

객점 앞에 말을 세운 그는 훌쩍 뛰어내렸다.

앞자락을 풀어헤친 점소이가 무료한 표정으로 나서며 말 고삐를 쥐었다.

"자고 갈 거요?"

"아니야. 잠시 식사만 할 거다."

"우리 집에는 만두밖에 없소."

점소이는 절뚝거리며 말을 뒤뜰로 끌고 갔다.

백무향은 삐걱거리는 나무 계단을 오르며 투덜거렸다.

"새끼, 되게 불친절하구먼."

객잔 안은 한가했다. 손님이라고는 그 혼자뿐이었다. 한적한 통행을 감안한다면 당연한 일이었다.

또 다른 점소이는 털북숭이로 귀 한쪽이 베어진 짝귀였다. 그는 손님이 들어섰지만 본 척도 하지 않고 총채로 파리만 잡고 있었다.

백무향은 소매로 옷의 먼지를 떨어내고는 의자에 앉았다.

"여기 술과 음식 좀 가져와."

짝귀는 총채를 내던지고는 퉁명스럽게 응수했다.

“절뚝이한테 못 들었소? 음식이라고는 만두뿐이오. 술도 대
홍주(大興酒)밖에 없소. 몇 인분을 먹을 것인지만 주문하시오.”

백무향은 점소들이의 계속된 냉대에 부아가 치밀었다.

“뭐 이런 객점이 다 있어? 당신들, 손님을 이렇게 대해도
되는 거야?”

“마음대로 하슈. 백 리 이내에 객점은 우리 집밖에 없으니
쫄쫄 굶으면서 가던가.”

“젠장, 완전 배짱이로군. 좋아, 술과 만두 이인분.”

짝귀는 솥뚜껑처럼 커다란 손을 내밀었다.

“선불이오.”

“여러 가지 하는군.”

백무향은 산적들에게서 상납받은 은자 주머니를 탁자 위
에 내려놓았다.

“여기 돈 있어. 걱정 말고 가져와.”

그는 은자 한 조각을 꺼내 짝귀에게 던져 주었다.

짝귀는 두둑한 은자 주머니를 보고는 탐욕의 웃음을 지었
다.

“흐흐, 보기보다는 노자가 두둑하시군. 솔직히 행색을 보
아 빈털터리인 줄 알았소.”

그는 은 조각을 허리춤에 쑤셔 넣고는 창밖을 향해 외쳤다.

“왜각, 대홍주 한 단지 가져와라!”

몰래 말안장 주머니를 뒤지던 절름발이가 음흉한 웃음을

지었다.

"알았소, 반청 형."

짝귀는 주방 입구를 두드리며 외쳤다.

"요고(妖姑) 누님, 만두 이인분이오!"

그러자 주방 안에서 졸음에 겨운 여인네의 짜증스런 음성이 들려왔다.

"니미, 어느 육시랄 놈의 새끼가 한참 달게 자는데 기어들어 왔어?"

듣고 있던 백무향은 속이 부글부글 끓었다.

'뭐 이런 작자들이 다 있지? 외양만 객점이지 산적 소굴과 진배없군.'

그는 당장이라도 두 점소이와 주방의 여인을 때려눕히고 싶었지만 꾹 참았다. 단지 불손하다는 이유만으로 사람을 마구 팰 만큼 포악한 무뢰배는 아니었다. 자신의 고강한 무공을 감안한다면 사소한 시비 정도는 참아 넘겨야 했다.

'그래, 내 마음에 들지 않는다고 함부로 주먹을 휘두르면 사파 놈들과 다를 바 없어. 내가 과거에 그런 사람은 아니었던 것 같아.'

그는 고수다운 면모를 갖추기 위해 애써 마음을 추슬렀다.

그때 절름발이가 술 한 단지를 탁자 위에 내려놓았다.

"아주 독한 술이니 천천히 드시오."

백무향은 냉담하게 말을 받았다.

"아무리 독한 술이라도 난 취하지 않아."

그는 술 단지를 기울여 술잔 가득 술을 따랐다. 빛깔은 담홍색으로 보기는 좋았지만 냄새가 다소 역했다. 술잔을 들고 냄새를 맡은 그가 잔뜩 미간을 찌푸렸다.

"냄새가 뭐 이래? 쥐 오줌 냄새잖아?"

절름발이가 대수롭지 않게 응수했다.

"술을 담그는 와중에 쥐새끼 몇 마리가 기어들어 갔는지 둥둥 떠 있더이다. 그래도 깨끗하게 건져 냈으니 마시는 데는 지장없을 거요."

백무향은 몹시 비위가 상했지만 촌골 객점이다 보니 그럴 수 있다고 생각했다.

그는 갈증을 씻기 위해 단숨에 술잔을 비웠다.

"후아, 정말 독하군."

그는 뱃속까지 후끈 달아오르는 열기에 정신이 핑 돌았다. 아주 독한 술이었다. 스스로도 주량이 대단하다고 자부하고 있는 그였지만 한 잔 술에 취기가 오른 기분이었다.

절름발이는 게슴츠레한 웃음을 흘렸다.

"헤헤, 놀라운 일이군. 대홍주 한 잔을 비우고도 멀쩡하네? 웬만한 사람이라면 한 모금만으로 정신을 잃는 술인데 말이야."

짝귀는 도끼를 꺼내 들고 숫돌에 슥슥 갈았다.

"대단하군. 한 단지를 모두 비울 수 있다면 받은 은자를 돌려주겠소."

　두 점소이가 은근히 부추기자 백무향은 다시 한 잔의 술을 입에 털어 넣었다. 몇 푼의 은자를 돌려받기 위함이 아니라 순전히 오기 때문이었다.

　이때 주방의 쪽문이 열리며 만두 접시를 든 여인이 나타났다. 짝귀가 요고라 부른 여인이었다.

　얼굴에 주근깨가 조금 심했지만 반듯한 이목구비는 그런대로 봐줄 만했다. 물론 용모보다는 몸매가 더욱 뛰어났지만 서른 줄이 넘은 나이에도 불구하고 가슴은 팽팽했고 허리는 잘록했으며 다리는 늘씬했다.

　요고는 속살이 훤히 비치는 망사의를 걸쳤기에 염색적인 기운이 아주 짙었다. 짧은 가슴 가리개는 젖가슴의 절반만 가렸고, 아슬아슬한 속곳은 금세라도 흘러내릴 듯 위태로워 보였다.

　"호호, 이제 보니 근사한 공자였잖아?"

　요고는 만두 접시를 내려놓고는 허락도 없이 백무향과 마주 앉았다.

　"난 또 말라비틀어진 상인 놈팡이인 줄 알았지."

　백무향은 김이 모락모락 피어오르는 만두 하나를 집어 들었다.

　"손님 앞에 마음대로 앉아도 되는 거야?"

　"뭐 어때? 찾아올 손님도 없을 텐데."

“그게 지금 손님을 대하는 말투야?”

“동생 말투도 싸가지없기는 마찬가지야. 한참 나이 많은 누나한테 함부로 반말을 하면 되겠어?”

백무향은 만두를 씹으며 투덜거렸다.

“염병, 이곳 객점에서는 손님이 손님이 아니로군.”

“만두 맛은 어때, 동생?”

요고는 교태를 부리며 잔뜩 코먹은 음성으로 물었다.

백무향은 그녀의 코맹맹이 소리에 속이 뒤틀렸다.

“그만 좀 꺼져 줬으면 좋겠어. 만두 먹다 체하겠다.”

“호호호, 동생은 생긴 것답지 않게 과격한 성격이로군?”

요고는 허리 뒤에 차고 있던 요리용 사각식도를 꺼내 들었다. 그녀는 사각식도로 손톱을 다듬으며 유들유들하게 말했다.

“간이 맞는지 모르겠네? 내가 맛을 보지 않아서 말이야.”

백무향은 술을 한 모금 들이키고는 퉁명스럽게 응수했다.

“어쩐지 맛이 형편없다 했어. 고기도 아주 질기고 말이야. 대체 무슨 고기야?”

“좀 질기다고?”

요고는 숫돌에다 도끼를 갈고 있는 짝귀를 돌아보았다.

“야, 반청(半靑)! 늙은 것이니 잘 다져야 한다고 했잖아?”

반청으로 불린 짝귀는 시퍼런 도끼 날을 손끝으로 어루만지고 있었다.

“그래서 지금 도끼를 갈고 있지 않소?”

백무향은 그들의 하는 수작으로 보아 평범한 객점 종사자들은 아니다 싶었다.

‘이것들 혹시 산적들 아냐? 좋아, 어디 본색만 드러내 봐라. 모두 죽을 줄 알아.’

요고는 반쯤 빈 술 단지를 보고는 눈을 동그랗게 떴다.

“뭐야? 반 단지나 마시고도 끄떡없단 말이야?”

그녀는 자루가 긴 낫을 꺼내 드는 절름발이를 돌아보았다.

“왜각(倭脚) 이 새끼야, 너 대체 어떤 술을 가져온 거야?”

“대홍주가 확실하오.”

“그럴 리가 없는데?”

요고는 연신 고개를 갸웃거리며 백무향의 표정을 살폈다.

“동생, 정말 괜찮아?”

“이 정도 술에 취할 내가 아니야. 그리고 동생이라는 호칭은 역겨우니 집어치워.”

“호호, 그럼 낭군이라고 불러줄까?”

“정말 못하는 소리가 없군.”

백무향은 만두를 질겅질겅 씹으며 그녀를 직시했다. 문득 입 안에서 이물질이 씹혔다. 뱉어내 보니 사람의 손톱 같은 뼛조각이었다.

백무향은 부썩 의심이 솟았다.

“이게 뭐야? 혹시 사람 손톱 아니야?”

요고는 여전히 사각식도로 손톱을 가다듬으며 능글맞게 응수했다.

"어머나, 그게 왜 만두 속에 들어가 있을까?"

그녀는 도끼를 메고 다가서는 반청을 향해 다그쳤다.

"임마, 그래서 손가락과 발가락은 아예 잘라 버리라고 했잖아!"

그러자 백무향이 탁자를 내려치며 일어섰다.

"지금 뭐라고 했어? 그렇다면 이게 인육 만두란 말이냐?"

요고는 요사하게 눈웃음을 쳤다.

"호호, 인육 만두면 어때? 맛만 있으면 되지."

백무향은 토할 만큼 속이 느글거렸다. 사람의 살로 다진 인육 만두를 먹었으니 진정 환장할 일이었다.

그는 손을 뻗어 그녀의 멱살을 와락 움켜쥐었다.

"너희들, 대체 누구냐? 오가는 길손들을 잡아다 죽이는 도적들이지?"

"맞아. 모두들 우리를 잔결삼흉(殘缺三兇)이라 하지. 내가 큰누나인 요고야."

"배짱도 좋군. 도적놈들 주제에 감히 나한테 인육 만두를 먹여?"

"인육 만두뿐이겠어? 네가 마신 술은 삼일취(三日醉)야. 취선이라도 한 번 마시면 인사불성이 되고 말지. 한데 동생은 정말 대단해."

요고는 자신의 멱살을 쥔 그의 손을 쥐더니 홱 떨쳐 냈다.

"으윽!"

뒤로 비틀 물러선 백무향은 갑작스런 취기에 맥이 쭉 빠졌다. 정신이 몽롱해지며 두 다리가 풀렸다. 이를 악물며 정신을 차리려 했지만 혈관 깊숙이 스며든 취기는 그의 심신을 그대로 마비시켰다.

"이… 간악한 놈들……!"

백무향은 혼몽 중에도 분노에 젖어 허리춤의 뇌천검을 움켜쥐었다. 그러나 검을 반도 뽑기 전에 풀썩 쓰러지고 말았다.

"호호호!"

요고는 요사한 웃음을 흘리며 탁자 위에 놓여진 은자 주머니를 집어 들었다.

"많지는 않지만 만두 값은 되겠군."

왜각이 백무향의 허리춤에서 검을 끌러 들었다.

"누님, 검집에 박힌 보석이 제법 쓸 만한데?"

"어디 보자."

요고는 검을 받아 들고는 이리저리 살폈다. 양각된 금룡 조각 사이로 두 개의 글자가 새겨져 있었다.

"뇌… 천……? 뇌천검? 들어본 것도 같은데?"

그녀는 검을 마저 뽑기 위해 손잡이를 쥐었다. 한데 일부 뽑혀진 검신은 마치 검집에 달라붙기라도 한 듯 꼼짝도 하지 않았다.

"이게 어떻게 된 거야? 왜 안 뽑히지?"

"이리 줘보슈."

반청이 검을 받아 들고는 손잡이를 움켜쥐었다. 하지만 방귀가 나올 만큼 용을 써도 검은 뽑히지 않았다. 왜각이 뽑으려 애썼지만 그 역시 마찬가지였다.

요고는 짜증스러운 듯 손사래를 쳤다.

"야, 그만두고 어서 이놈부터 짓이겨 만두 속이나 만들어."

"알았소."

반청은 백무향을 둘러메고 주방으로 갔다.

커다란 도마 위에 올려진 백무향은 삼일취에 취해 축 늘어져 있었다. 워낙 독한 취기에 상기된 양 볼이 사과처럼 붉었다.

반청은 백무향의 팔을 쥐고는 손목을 향해 도끼를 내려쳤다.

"손발을 끊어 다져야 깨끗하겠지?"

퍼억!

도끼 날이 사정없이 손목으로 파고들었다. 육중에 도끼에 찍혔으니 피가 튀고 뼈가 으스러졌어야 당연한 일이다.

한데 놀랍게도 백무향의 손목은 멀쩡했다. 도끼에 찍힌 부분이 약간 눌려 피가 흐를 뿐 손목은 끊어지지 않았다. 오히려 반청의 도끼 날만 뭉텅 떨어져 나갔다.

"맙소사!"

잔결삼흉은 입을 쩍 벌렸다.

여태 숱한 길손들을 삼일취로 쓰러뜨려 인육 만두를 만들어온 그들이었지만 이런 괴변은 처음 겪었다.

요고는 백무향의 몸 이곳저곳을 만져 보았다.

"설마 이놈이 금강불괴지신이란 말인가? 아니, 그럴 리가 없어. 그런 절세고수라면 삼일취에도 당하지 않았을 거야. 무슨 특별한 외문기공이라도 익힌 건가?"

왜각이 예리한 낫을 백무향의 목에 들이댔다.

"안 되겠소. 만일 이놈이 깨어나는 날에는 우리 모두 무참하게 죽일 거요. 일단 목부터 땁시다."

요고는 별반 우려하지 않았다.

"삼일취에 당한 이상 삼 일 동안은 깨어날 수 없어. 조금 특별한 놈이라 그냥 죽이기에는 아깝군."

"뭐가 아깝다는 거요? 모처럼 굴러들어 온 호박이니 어서 다져 만두 속이나 만듭시다. 지난번 늙은 놈은 너무 질겨 맛이 형편없었소."

왜각은 백무향의 목을 자르기 위해 낫을 치켜들었다.

한데 이때였다. 산새 한 무리가 요란스런 날갯짓을 하며 후두둑 날아갔다.

요고는 눈을 가늘게 뜨며 빠르게 눈알을 굴렸다.

"이것 봐라? 또 손님이 찾아왔나 보네?"

그녀는 백무향을 도마 위에서 급히 끌어 내리며 지시를 내렸다.

"어서 탁자 치우고 손님 맞을 준비나 해. 오늘 복 터졌구나."

주방을 나선 왜각과 반청은 백무향이 먹던 술과 만두 접시를 치우고 흔적을 없앴다.

잠시 후 객점 앞으로 한 여인이 내려섰다.

긴 머리카락을 졸라맨 평범한 복장의 여인이었다. 하얀 피풍의가 누런 흙먼지로 얼룩졌고, 흰옷도 먼지로 가득했다. 하지만 화장기 하나 없는 얼굴은 진흙 속에서 핀 연꽃처럼 우아했다. 맑은 두 눈은 슬기로 빛났고, 마른 체구에서는 고결한 품위가 느껴졌다.

여인은 옷소매로 가볍게 먼지를 떨어내고는 객점 안으로 들어섰다.다름 아닌 태백궁의 대공녀인 십전옥봉 태옥교였다.

제 9 장

믿을 수 없는 비사

1

찾아온 손님은 계집. 게다가 혼자 몸이다.

왜각과 반청은 서로를 보며 회심의 미소를 지었다. 계집을 잡아 인육 만두를 만들기 전에 모처럼 욕정을 해소할 수 있다는 사실에 더욱 흐뭇해했다.

왜각은 어깨에 걸친 수건으로 탁자를 슥슥 문질렀다.

"식사는 만두뿐이오."

태옥교는 의자에 걸터앉으며 고개를 끄덕였다.

"일인분이면 충분해요."

비록 먼지를 뒤집어썼지만 그녀의 출중한 용모는 감출 수 없었다. 왜각은 부쩍 욕정이 치밀어 눈알이 벌게졌다.

“술은 드시지 않소?”

태옥교는 소매로 먼지를 털면서 의례적인 미소를 지었다.

“술은 마시지 않아요.”

“대금은 선불이오.”

“아, 그래요?”

태옥교는 작은 은 조각을 탁자 위에 올려놓았다.

은 조각을 집어 든 왜각은 반청을 향해 눈짓을 해 보였다. 삼일취로 제압할 수 없으니 무력으로 해치우자는 신호였다.

반청은 상대가 풀잎처럼 연약한 여인이기에 별반 우려를 하지 않았다. 언제든 쓰러뜨릴 자신이 있었던 것이다.

그는 주방에 대고 소리쳤다.

“누님, 만두 일인분이오!”

요고가 즉시 접시에 담아 만두를 건넸다.

“옜다.”

그녀는 주방 안에서 잔혹한 미소를 지으며 태옥교를 지켜보았다.

객잔에 찾아든 손님에게 인육 만두를 먹이는 것은 그녀의 즐거움이었다. 끔찍한 악취미였지만 인육 만두를 맛있게 먹는 손님들을 볼 때마다 짜릿한 흥분에 젖곤 했다.

‘큭, 저년은 살이 너무 없어 반 솥도 안 나오겠군.’

반청이 만두를 내오자 태옥교는 반으로 쪼개 입으로 가져갔다. 만두를 입으로 가져가던 그녀가 문득 냄새를 맡고는 조용히 내려놓았다.

반청의 표정이 요상하게 일그러졌다.

"왜 안 드시오?"

태옥교는 씁쓸한 차로 입을 헹구며 물었다.

"사실 식사보다는 한 가지 물어볼 게 있어 찾아온 겁니다. 그냥 묻기가 미안해서 만두를 주문한 거죠."

"알고 싶은 게 뭐요?"

"조금은 막연하지만 한 사람을 찾고 있어요. 나이는 이십 대 중반 정도이고 용모는 준수하다 하더군요. 독특한 보검을 지닌 것이 특징이라 할 수 있지요. 형양을 거쳤다면 이 길로 왔을 가능성이 아주 높아요. 혹시 그를 본 적이 없나요?"

반청은 눈알을 데굴데굴 굴리다가 대답했다.

"비슷한 놈을 보기는 했소. 행색은 남루했지만 분명 보기 드문 보검을 지녔소."

"아, 그래요?"

"생긴 것은 멀쩡한데 조금은 덜떨어진 놈 같았소. 말투도 아주 거칠고 무례하였소."

"그럴 수도 있을 겁니다."

"검 이름이 뭐더라……. 뇌… 뭐라고 자랑삼아 지껄였는데……."

태옥교가 맑은 눈을 반짝이며 말을 받았다.

"뇌천! 뇌천검이라고 하지 않던가요?"

반청은 시큰둥한 표정으로 고개를 끄덕였다.

"맞아. 뇌천검이라고 하였소."

"언제 이곳을 지나갔죠?"

"그게 말이오…… 언제더라……?"

반청이 공연히 뜸을 들이자 태옥교는 이내 그의 의도를 간파했다. 그녀는 돈주머니에서 금 조각을 꺼내 탁자에 올려놓았다.

"술값이라 생각하세요. 언제쯤 지나갔죠?"

반청은 주저없이 금 조각을 챙겨 넣고는 그녀와 마주 앉았다.

"한데 그 싸가지없는 놈은 왜 찾는 거요?"

"내게는 아주 중요한 사람입니다."

"그렇다면 돈을 더 내야 되겠군."

"……."

"크흐흐, 돈이 없으면 몸이라도 바치던가."

반청은 본색을 드러내며 허리 뒤에 차고 있던 도끼로 탁자를 찍었다.

퍼억!

태옥교는 탁자에 박힌 시퍼런 도끼를 보고도 전혀 동요하지 않았다.

"그를 만난 것은 확실하군요. 설마… 인육 만두의 소가 그 사람의 살은 아니겠지요?"

"큭큭, 냄새를 잘 맡는 계집이군. 어떻게 인육 만두인 줄 알았지?"

"그를 어떻게 했어요?"

태옥교가 정색을 하며 다그치자 왜각이 낫을 걸쳐 메고 그녀의 등 뒤로 다가섰다.

"히힛, 꽤나 몸달아하는 것을 보니 네 서방이라도 되는 거냐?"

왜각은 태옥교의 어깨에 손을 올렸다.

순간 한줄기 핏빛 섬광이 번득였다.

왜각은 섬뜩한 한기에 놀라 자신의 팔을 내려다보았다. 놀랍게도 그의 팔뚝이 댕강 잘라져 있었다. 얼마나 빠른 수법인지 고통도 느끼기 전이었다.

"죽여!"

요고가 주방에서 뛰쳐나오며 요리용 사각식도를 휘둘렀다.

"이년!"

반청이 탁자에 꽂아놓은 도끼를 뽑아 들고는 태옥교를 향해 내려쳤다. 그러나 핏빛의 섬광이 보다 빨랐다.

번―쩍!

도끼를 내려치려던 반청의 몸이 석상처럼 굳어졌다.

그는 입을 딱 벌린 채 눈을 부릅떴다. 그의 정수리를 타고 한줄기 혈흔이 빠른 속도로 그어지고 있었다. 이어 둔탁한 폭음과 함께 그의 몸이 반으로 쪼개졌다.

요고는 즉시 공세를 회수하며 뒤로 물러섰다. 참혹하게 분시된 동료의 시체를 직시하는 그녀의 눈빛이 공포로 물들었다.

"맙소사! 사뢰쾌섬참(死雷快閃斬)?"

그녀는 곧바로 뒷문을 향해 줄행랑을 쳤다.

"튀어!"

팔뚝이 잘린 왜각도 절뚝거리며 객잔 입구로 도주했다.

한데 마치 바닥에서 솟아나듯 검은 인영이 그를 가로막았다. 두 눈과 허리춤의 핏빛 칼을 제외하고는 온통 검은색으로 일관된 복면인이었다.

그는 바로 태옥교의 비밀 호위인 잠혼이었다.

"꺼져라!"

왜각은 악을 쓰듯 외치며 낫을 휘둘렀다. 순간 잠혼은 연기처럼 사라졌고, 왜각은 처절한 비명과 함께 앞으로 고꾸라졌다. 어느새 두 다리가 베어진 것이다.

자리에서 일어선 태옥교는 왜각의 처참한 몰골을 보고는 눈살을 찌푸렸다.

"혈도를 제압하는 것만으로 충분했는데……."

그녀는 고통에 몸부림치는 왜각을 내려다보며 물었다.

"그 사람의 이름은 백무향이에요. 당신들 소행으로 미루어 곱게 보내지는 않았을 겁니다. 이미 죽었나요?"

"아, 아니오. 아직 죽이지 않았소. 삼일취에 취해 주방에……."

태옥교는 내심 안도를 하며 급히 주방으로 향했다.

"아, 다행이로군."

왜각은 죽음의 사신 같은 잠혼에게 시선을 돌렸다.

"사, 살려주시오."

잠혼은 무심하게 허리춤의 혈도를 쥐었다. 핏빛 섬광이 번득였고, 붉은 빛이 채 사라지기도 전에 그의 칼은 이미 칼집에 꽂혀 있었다. 실로 상상도 못할 쾌도. 물론 왜각은 이미 목 없는 귀신이 되어 있었다.

주방으로 들어선 태옥교는 바닥에 눕혀져 있는 백무향을 보고는 가벼운 흥분에 젖었다.

"아, 이 사람이 바로 전설의 뇌천검을 지녔다는 백무향?"

조심스럽게 다가선 그녀는 백무향을 찬찬히 뜯어보았다.

독한 삼일취에 당해서인지 얼굴이 붉게 상기돼 있었다. 제대로 손질을 하지 않아 수염이 듬성듬성 나 있었지만 보기 드물게 영준한 용모였다. 또한 피부도 여인의 속살처럼 희고 투명했다.

"정말 잘생겼군. 대장부의 풍모야."

태옥교는 그의 손목을 쥐고 맥을 짚었다. 잠시 진맥을 한 그녀는 고개를 끄덕였다.

"다른 독 기운은 전혀 느껴지지 않아. 내상도 입지 않았어."

의술에도 정통한 그녀였기에 대번에 백무향의 몸 상태를 파악할 수 있었다. 하지만 그녀도 백무향을 깨울 수는 없었다. 삼일취는 시간이 약일 뿐 달리 해소할 방법이 없었기 때문이다.

그녀는 주위를 살피다가 선반 위에 놓인 검을 보고는 눈을 커다랗게 떴다.

"오, 뇌천검!"

검을 집어 든 그녀는 감격의 눈빛으로 검집을 세심하게 살폈다. 검집에 양각된 글자를 찾아낸 그녀는 눈물이 나올 만큼 감동했다.

"분명 뇌천검이야! 전설의 보검을 이렇게 보게 될 줄이야……."

검신은 검집에서 한 뼘 정도 튀어나와 있었다. 백무향이 뇌천검을 뽑던 도중 쓰러졌기 때문이다.

"……."

태옥교는 손잡이를 쥐고는 힘을 주어 검을 뽑았다.

그러나 검은 꿈쩍도 하지 않았다. 그녀가 광명진기를 운기해 뽑으려 했지만 마찬가지였다. 검집에 검신이 달라붙은 듯 반 치도 뽑혀 나오지 않았다.

태옥교는 나직이 한숨을 쉬었다.

"아, 역시 전설이 틀리지 않았어. 오직 뇌천진기를 소유한 사람만이 뇌천검을 뽑을 수 있다 했는데 사실이로군."

검을 내려놓은 그녀는 백무향에게로 시선을 돌렸다.

아무리 삼일취에 취해 있다지만 그의 자는 모습은 천하태평이었다. 자칫 온몸을 난도질당해 인육 만두로 변할 뻔했는데도 그는 코를 드릉드릉 골면서 깊은 잠에 빠져 있었다.

태옥교는 그의 볼을 어루만지며 흥미로운 눈빛을 띠었다.

"이 사람이 뇌천검을 자유롭게 뽑을 수 있다면 뇌천진기를 지닌 것이 확실해. 어떻게 뇌천진기를 지니게 되었는지 정말 궁금하군."

그녀는 뇌천검을 품에 안으며 나직이 외쳤다.

"잠혼!"

그녀의 부름이 끝나기가 무섭게 잠혼이 유령처럼 내려섰다.

"이 사람을 업어요. 깨어날 때까지 머물 숙소를 찾아야겠어요."

그녀가 주방을 나가자 절혼이 일검향을 들쳐 업고 그녀의 뒤를 따랐다.

두 구의 시체만이 남겨진 산중의 객잔은 을씨년스러웠다.

자칭 잔결삼흉 중 반청과 왜각은 처참하게 죽어 있었다. 그들이 그동안 벌인 악행을 감안하면 죽어 인육 만두가 되지 않은 것이 다행이었다.

이때 뒷문을 통해 섬세한 인영이 들어섰다. 잔결삼흉 중 유일하게 목숨을 부지한 요고였다.

그녀는 두 동생의 시체를 둘러보며 이를 부득부득 갈았다.

"으득, 감히 내 동생들을 죽이다니. 대체 그년의 정체가 뭐지? 호위로 데리고 다니는 놈은 흑사교(黑死敎)의 자객이 틀림없어. 세상에서 그렇듯 빠른 살인 쾌도술은 흑사교의 사뢰쾌섬참뿐이지."

마룻바닥을 뜯어낸 그녀는 커다란 상자를 꺼내 들었다.

상자 안에는 그들이 그동안 살인강도 짓을 해서 모아놓은 재물이 가득했다. 요고가 다시 객잔으로 돌아온 이유도 재물을 챙겨가기 위해서였다.

그녀는 보따리에 재물을 챙겨 넣고는 객잔에 불을 질렀다.

"반청, 왜각, 이 재물은 내가 잘 쓸 테니 섭섭하게 생각지 마라."

그녀는 활활 타오르는 객잔을 뒤로한 채 몸을 날렸다.

"원수 연놈들, 내 동생들을 죽이고도 무사할 것 같으냐? 반드시 네놈들의 살을 다져 인육 만두를 빚겠다!"

2

하늘은 섬광으로 가득하고 지상은 화염으로 타오른다. 작렬하는 폭음으로 하늘과 땅이 뒤흔들리고 모든 것이 무너져 내린다. 빛과 어둠이 교차하면서 하나의 불덩이가 날아든다. 화염에 휩싸인 누군가가 광소를 터뜨리며 날아든다. 동공이 사라진 두 눈에서 이글거리는 불꽃을 뿜어내는 괴인.

바로 자신의 모습이었다.

"허억!"

백무향은 비명을 발하며 벌떡 일어나 앉았다.

온몸이 땀으로 흥건하게 젖어 있었다. 심한 두통으로 머리가 터질 듯 아팠다. 아직도 귓속에서 여음이 남아 웅웅거린다.

"젠장, 또 악몽이로군."

이때 여인의 부드러운 음성이 들려왔다.

"이제 깨어났군요."

백무향은 피가 확 솟았다. 세 명의 도적들에게 속아 인육만두를 먹고 삼일취에 당해 쓰러진 기억이 떠오른 것이다.

그는 다짜고짜 침상 옆으로 다가선 여인의 멱살을 쥐며 주먹을 내질렀다.

"이년!"

순간 그녀의 등 뒤에서 한줄기 핏빛 섬광이 날아들었다.

번—쩍!

멱살을 잡힌 여인이 다급히 외쳤다.

"멈춰요!"

백무향의 미간을 향해 날아들던 섬광이 곧바로 정지했다.

"……?"

백무향은 자신의 미간을 찌르고 있는 붉은빛의 칼을 멍하니 바라보았다.

피부가 베어져 한 방울의 피가 미간과 콧등을 타고 흘러내렸다. 눈썹 사이의 미심혈은 치명적인 사혈이다. 만일 칼이 한 치만 더 깊이 파고들었다면 그는 즉사했을 것이다.

그는 비로소 정신을 차리며 멱살을 쥔 여인을 응시했다.

화장기 하나 없는 맨얼굴이었지만 눈이 번쩍 뜨일 만큼 절색의 미녀. 백합의 청순함과 더불어 고결함마저 느껴졌다.

"뭐야? 그 요사한 계집이 아니었잖아?"

백무향은 그녀의 멱살을 쥐었던 손을 풀었다. 그러자 그의 미간을 위협하고 있던 핏빛의 칼도 회수되었다.

여인은 안도의 한숨을 내쉬며 옷자락을 여몄다.

"괜찮아요. 물러가 있어요, 잠혼."

그녀의 등 뒤에서 그림자처럼 서 있는 검은 복면인이 순식간에 연기처럼 사라졌다.

절색의 여인은 물론 태옥교였다.

백무향은 자신이 비로소 사람을 착각했음을 깨닫게 되었다.

그는 어리둥절한 표정으로 주변을 둘러보았다. 허름한 객잔이 아니었다. 화려하게 꾸며진 장식으로 미루어 고급 숙소로 보였다.

그는 태옥교를 향해 성큼 다가서며 물었다.

"그 죽일 연놈들 어디 있어?"

태옥교는 아직 그를 정확히 파악하지 못해 안심할 수가 없었다. 그녀는 그가 다가온 만큼 뒤로 물러서며 차분하게 대답했다.

"안심하세요. 그들 중 둘은 이미 잠혼에 의해 죽었습니다."

"누구 마음대로 죽여! 그것들은 내 손으로 죽여야 돼!"

"백 공자를 구하는 과정이라 어쩔 수 없었어요."

"백 공자라고?"

백무향은 미심쩍은 눈빛으로 그녀를 응시했다.

"날 알아?"

그가 다가서던 걸음을 멈춰 서자 태옥교도 더는 뒷걸음질을 치지 않았다.

"이름은 백무향. 영외 도적 소굴인 구만산 백월림의 부두목. 몽산파 장문인 청와태세 여파와 영외제일인 혈번취왕을 격파. 맞죠?"

백무향은 팔짱을 낀 채 연신 그녀를 훑어보았다.

"너, 대체 누구야? 나에 대해 어떻게 그토록 잘 알고 있지?"

"소녀가 하찮은 신분은 아니니 하대는 삼가해 주세요."

"큭, 네가 황실의 공주라도 된단 말이냐? 아니, 공주라도 어떻게 대할지는 내 마음이야."

"소녀는 백 공자를 구해준 사람입니다."

"누가 구해달라고 했어? 내가 그따위 도적놈들한테 당할 사람으로 보여?"

"또한 소녀는 바로 백 공자가 만나기를 원하던 사람이기도 합니다."

"……?"

백무향은 검미를 치켜 올리며 강한 눈빛으로 그녀를 직시했다. 한참을 응시하던 그가 연신 고개를 끄덕였다.

"태옥교? 태백궁의 대공녀이며 십전옥봉으로 불리는 태옥교? 맞지?"

태옥교는 그가 정서적으로는 다소 불안정해도 사물에 대한 지각 능력은 또렷하다는 것을 간파했다. 그렇다면 굳이 경계할 이유가 없었다.

그녀는 가볍게 포권을 해 보였다.

"그래요. 소녀가 태옥교입니다."

백무향은 믿을 수 없는 듯 자신의 머리를 툭툭 쳤다.

"하하, 정말 세상은 넓고도 좁군. 멀리 여산까지 가지 않아도 이렇게 만나게 될 줄이야."

그는 기쁜 마음에 스스럼없이 그녀의 손을 쥐려 했다.

"반가워. 정말 반갑다."

태옥교는 한 걸음 물러서며 그의 손길을 피했다.

백무향은 머쓱한 표정이 되어 머리를 긁적거렸다.

"참, 우리 초면이지?"

태옥교가 원탁을 가리키며 자리를 권했다.

"일단 앉으시지요."

"그래, 물어볼 게 많으니 일단 앉자고."

의자에 앉은 백무향은 탁자 위에 놓인 찻잔을 보고는 심한 갈증을 느끼며 벌컥벌컥 들이켰다.

"후아, 조금 살 것 같군."

그가 바싹 다가앉으며 물었다.

"우리 우연히 만난 게 아니지? 나에 대해 그토록 상세히 알고 있다면 네가 일부러 날 찾아온 게 분명해. 내 추측이 맞지?"

"……."

"아니라고? 그럴 리가 없을 텐데?"

"……."

태옥교는 맑은 눈빛으로 그를 응시할 뿐 여전히 입을 열지 않았다.

이내 그녀의 의도를 파악한 백무향은 쓴 입맛을 다셨다.

"젠장, 누가 태백궁이 대공녀 아니랄까 봐 되게 도도하네. 내가 계속 반말하는 게 고깝다 이거지?"

"……."

그녀의 계속된 침묵 시위에 백무향은 손을 들고 말았다. 아쉬운 쪽은 그였기에 어쩔 수 없는 승복이었다.

"좋아, 옥교. 이제 우리 진지하게 얘기해 보자고."

그가 어조를 누그러뜨렸지만 태옥교는 여전히 응수를 하지 않았다.

백무향은 사나운 눈빛으로 잔뜩 쏘아보다가 쓴 입맛을 다셨다.

"알았소, 대공녀. 이제 됐소?"

역시 십전옥봉이었다. 그의 거친 기질을 단지 침묵만으로 굴복시킨 것이다.

그녀는 상큼한 미소를 지으며 공손히 고개를 숙였다.

"정식으로 인사드립니다. 백무향 공자를 뵙게 되어 영광입니다."

"너… 아니, 대공녀는 보기보다 끈질기군."

"너무 도도하다 생각지 마십시오. 품위있는 언사는 공자 자신에게도 도움이 됩니다. 말이 입에서 나오기 전에 한 번 더 생각을 할 수 있으니까요."

"좋아. 한데 밥부터 먹자고. 배고파 죽겠소."

"이미 준비를 시켜두었어요. 삼일취에 취해 꼬박 이틀을 잠들어 있었으니 무척 시장하실 겁니다. 그래도 생각보다는 빠르게 회복되셨어요."

그녀는 천장에 늘어져 있는 매듭을 잡아당겼다.

백무향이 의아한 표정으로 물었다.

"지금 뭐 하는 거요?"

"이곳은 객잔 후원에 마련된 별채입니다. 줄을 당기면 전

담 시녀들에게 연락이 되지요."

"아, 그런 거요? 하기는 무림의 공주께서 시시껄렁한 곳을 숙소로 삼지는 않겠지."

태옥교가 정색을 하며 단호하게 말했다.

"비아냥대지 마십시오. 소녀 역시 평소에는 일반 객방에서 지냅니다."

백무향은 입맛을 쩍 다셨다.

'거 되게 깐깐하군. 녹록한 계집이 아니야.'

그는 찻잔 가득 차를 따르고는 단숨에 들이켰다.

"그건 그렇고, 어떻게 날 구하게 된 거요?"

"공자의 행로를 파악해 두고 있었습니다. 그렇다 해도 잔결삼흉에 의해 공자를 구할 수 있게 된 것은 하늘의 도우심입니다."

"잔결삼흉?"

세 도적을 떠올린 백무향은 격분한 마음에 주먹을 불끈 쥐었다.

"대체 그것들은 누구요?"

"과거 본 궁에 의해 괴멸된 삼회칠교 중 잔결회(殘缺會)라는 곳이 있습니다. 그들은 선천적인 불구자는 제자로 받지 않지요. 잔결회의 제자가 되려면 스스로 신체의 일부를 훼손해 불구자가 되어야 합니다. 소녀도 세 도적이 잔결삼흉임은 이곳에 와서야 알았습니다."

"맞아. 한 놈은 절름발이, 한 놈은 짝귀였어. 한데 계집은 멀쩡한 것 같던데?"

"드러나지 않은 장애가 있겠지요."

백무향은 짓궂은 표정으로 한마디 던졌다.

"팔다리 대신 몸 깊숙한 곳에 장애가 있는 건가?"

태옥교는 전혀 부끄러워하지 않고 담담하게 응수했다.

"그럴 가능성도 있습니다."

이때 문이 열리며 네 명의 시녀가 요리와 술을 받쳐 들고 안으로 들어섰다. 한 상 가득 요리를 차려놓은 시녀들은 공손히 예를 올리고 물러갔다.

백무향은 술부터 한 사발 들이키고는 거침없이 요리를 먹어대기 시작했다. 서너 접시의 요리가 순식간에 비워졌다.

그는 그때서야 비로소 태옥교에게 권했다.

"대공녀도 드시오."

태옥교는 소채 몇 가지만 자신의 접시에 덜었다. 젓가락질이며 먹는 모습이 귀공녀답게 우아했다.

백무향은 술잔을 가득 채워 그녀에게 건넸다.

"한잔하겠소?"

"사양하겠어요."

"내 입술이 닿은 술잔이라 더럽소?"

"그래서가 아닙니다. 나름대로 고충이 있어 지금은 마시고 싶지 않습니다."

“무슨 고충인지 모르지만 내가 해결해 주고 싶군. 난 빚지고는 못사는 성격이라서.”

“먼저 백 공자에 대해 알고 싶습니다. 어떻게 전설의 뇌천검을 지니게…….”

“맞아! 내 검!”

백무향이 벌떡 일어섰다. 그는 연신 주변을 두리번거리다가 거친 숨을 몰아쉬었다.

“내 검이 없어졌어! 뇌천검을 도적년이 가져간 거야!”

뇌천검의 분실은 그에게 있어 실로 중대한 손실이 아닐 수 없었다.

그때 태옥교가 담담히 미소를 지으며 자리에서 일어섰다.

“안심하세요. 뇌천검은 잘 보관해 두고 있습니다.”

벽의 휘장을 들추자 물건을 올려놓는 선반이 보였다. 뇌천검이 약간 뽑힌 상태 그대로 놓여 있었다.

백무향은 크게 안도하며 뇌천검을 집어 들었다. 그는 검집에 입을 맞추며 환한 표정을 지었다.

“이 녀석, 잃어버린 줄 알았잖아!”

태옥교가 진지한 표정으로 물었다.

“정말 뇌천검을 뽑을 수 있습니까?”

“당연하지, 내 검인데.”

백무향은 어깨를 으쓱해 보이며 손잡이를 쥐었다.

스르릉……!

　맑은 음향과 함께 뇌천검이 자연스럽게 뽑혀 나왔다. 벼락 형태의 기형검이 모습을 드러내자 은은한 우렛소리와 함께 불꽃이 찬란하게 사위를 밝혔다.

　너무도 강렬한 광채에 태옥교는 손으로 시야를 가렸다.

　"아아, 진정 뇌천검이로군요?"

　"물론이오. 내가 뇌천검제인데 어찌 가짜일 수 있겠소?"

　"예에?"

　"하하, 그럴 수도 있다는 얘기이지."

　백무향은 소탈하게 웃으며 뇌천검을 검집에 꽂았다. 그는 뇌천검을 탁자 위에 올려놓고는 다시 식사를 했다.

　태옥교는 경이와 흥분에 젖어 한동안 뇌천검에서 시선을 떼지 못했다. 양 볼까지 발갛게 달아올랐다.

　백무향은 다소 경계하는 눈빛으로 그녀를 힐끗 보았다.

　"대공녀도 내 검을 탐내는 거요?"

　"소녀도 강호의 여인입니다. 전설의 보검에 마음이 없다면 거짓말이겠지요. 하지만 신병은 따로 주인이 있는 법입니다. 소녀가 뇌천진기를 지니지 못한 이상 뇌천검은 그저 장식품에 불과할 뿐입니다."

　"맞아. 대공녀는 정말 현명하오. 한데도 세상 멍청한 놈들이 죄다 내 검을 탐내. 검을 뽑을 수 없으면 그저 쇠붙이에 불과한데 말이야."

　태옥교는 한껏 호감 어린 눈빛으로 그를 바라보았다.

"공자는 정말 신비로운 분입니다. 어떤 분인지 꼭 알고 싶어요."

"나 말이오? 그게……."

백무향은 손가락에 묻은 기름을 쪽쪽 빨았다.

막상 자신에 대해 밝히려 했지만 아는 게 너무 없었다. 백무향이란 이름도 소견이 지어준 것이기에 그의 본명일 수 없었다. 과거를 전혀 모르기에 그가 말해줄 수 있는 것은 백월림에서 정신을 차리게 된 이후의 상황뿐이었다.

"내 이름 백무향은 백월림의 여두목 소견이 지어준 것이오. 소견 말로는 내가 십만대산에서 온 것 같다고 했소. 처음에는 동신철골의 몸이라 산적들의 병기에도 쓰러지지 않았는데 피부가 한 겹 벗겨지면서 상처를 입게 되었소. 뇌천검은 언제부터 지니고 있었는지 모르지만 내 몸의 일부처럼 느껴지는 것으로 봐서 오래전부터 지녔던 것 같소. 처음 뇌천검을 뽑았을 때는 무의식 상태였소. 그 후로는 안 뽑혀 무척 고생했지. 한데 혈번교 놈들과 싸울 때부터 마음대로 뽑을 수 있게 되었소. 그 이유는 나도 모르지만."

"……."

"난 기억을 찾기 위해 중원으로 오던 중 괴상한 계집을 만나 소견을 잃게 되었소. 대공녀라면 혹시 그 은발 계집의 정체를 알까 싶어 여산으로 가던 길이었소. 그러다 잔결삼흉 같은 추잡한 놈들을 만나 정신을 잃게 된 것이오. 그게 전부요."

그가 나름대로 정리된 얘기를 마치자 태옥교는 가볍게 미간을 찌푸린 채 깊은 생각에 잠겼다.

그녀가 워낙 신중한 묵상에 빠져 있기에 백무향은 함부로 말을 걸 수가 없었다. 그는 물끄러미 그녀를 바라보면서 이목구비를 하나씩 뜯어보았다.

어느 곳 하나 흠잡을 데 없는 완벽한 용모였다.

사내를 빨아들이는 매력은 소견에게 뒤질지 몰라도 청초함과 우아함을 고루 갖춘 그녀의 미모는 신비롭기까지 했다.

'정말이지, 산수갑산을 가는 한이 있더라도 한번 품고 싶군.'

이때 스르르 눈을 뜬 그녀가 그를 마주 응시했다. 둘의 시선이 교차되자 백무향은 속내를 들킨 것 같아 어색하게 시선을 돌렸다.

"내 내력을 알 것 같소? 소문에 들으니 대공녀는 모르는 것이 없다고 하던데."

"와전된 풍문일 뿐입니다. 소녀는 아는 것보다 모르는 것이 더 많습니다."

"나한테 굳이 겸손 떨 것 없소. 대공녀가 아는 대로만 말해보시오."

찻잔을 들어 차를 한 모금 마신 그녀가 천천히 전대의 비사를 이야기했다.

"백 공자가 지닌 뇌천검은 이백 년 전 백도 대종사로 등극하셨던 뇌천검제의 신병입니다. 그분이 뇌천진기를 얻게 된 경위는 전설에 가깝습니다. 검법을 연구하던 중 갑자기 하늘에서 벼락이 떨어지면서 검제의 보검과 검제를 강타한 것이죠. 그 순간 보검이 변형돼 지금의 뇌천검과 같은 형태가 되었어요. 또한 벼락을 맞아 열흘 만에 깨어난 검제는 자신의 몸속에 간직된 뇌(雷)의 기운을 느끼는 순간 지고한 깨달음을 얻게 되었습니다. 그분은 삼 년에 걸쳐 뇌의 기운을 진기로 변환시키는 내공심법을 창안했지요. 그것이 바로 무림 사상 가장 강력하다는 뇌천진기입니다."

백무향은 황당한 전대 비사에 어처구니가 없는 듯 입을 딱 벌렸다.

"나보고 그런 허무맹랑한 옛날얘기를 믿으란 말이오?"

"백 공자, 뇌천검제는 무림 사상 가장 뛰어난 영웅 중 한 분이시며 백도의 대종사이셨습니다. 그분에 대한 전기는 여러 편이 남아 있고 본 궁에도 그분의 사료가 있습니다. 다소 과장이 있을지 몰라도 결코 허구가 아닙니다."

"말도 안 돼. 사람이 어떻게 벼락을 맞고 살 수 있단 말이오?"

"아주 드물지만 벼락을 맞고도 죽지 않은 사람이 있기는 합니다. 대부분 그 후유증으로 불구자가 되거나 병을 얻어 죽는데 검제의 경우는 오히려 기연이 되었죠. 그 덕분에 무림 사상 최강의 뇌천진기를 얻게 되었으니까요."

"그럼 내가 뇌천진기를 지니게 된 것은?"

태옥교는 잠시 생각을 정리한 후 대답했다.

"백 공자가 과거를 기억하지 못하니 소녀로서도 추측하기가 힘들군요. 하지만 뇌천검은 오직 뇌천진기를 지닌 사람만이 뽑을 수 있으니 뇌천진기를 보유한 것이 확실합니다. 불가능한 일이지만 공자가 검제로부터 직접 뇌천진기를 전수받았다면 상황은 이해가 됩니다."

"그러니까 내가 이백 년 전의 뇌천검제를 만나 뇌천진기를 전수받았다 이거요?"

"달리 설명한 길이 없어요."

백무향은 뇌천검을 집어 들고 어루만졌다.

"뇌천검제처럼 나도 벼락을 맞아 뇌천지기를 얻을 수도 있지 않소?"

"물론 가능성은 있습니다. 하지만 뇌천검을 지니게 된 연유를 어떻게 설명하겠습니까?"

"그건……."

"소녀의 판단으로는 이렇습니다. 백 공자는 절세적 기연으로 뇌천검제의 유품을 얻게 되었습니다. 검제께서 남긴 비급과 뇌천검, 그리고 어떻게 뇌천진기를 남겨놓았지는 몰라도 그것을 터득하게 된 거죠. 그리고 과거를 기억하지 못하는 이유는 아마도 수련 도중의 부작용 때문일 겁니다. 뇌천진기는 세상에서 가장 강력한 기운이니까요.”

백무향은 뇌천검을 어깨에 걸쳐 메고 일어섰다.

논리적으로 상당히 타당성이 있는 추측이었다. 자신이 뇌천검제의 제자라면 뇌천검과 뇌천진기를 지니고 있는 것은 당연하다 할 수 있었다. 하지만 그는 왠지 석연치 않았다. 뇌천검제와 무관하지는 않지만 그의 제자라는 생각이 들지 않았다.

그는 천천히 실내를 걸으며 물었다.

“그러니까 내가 뇌천검제의 제자다 이거로군?”

“기회가 된다면 소녀가 직접 십만대산을 찾아가 조사해 보고 싶군요. 그러면 보다 확실하게 알아낼 수 있을 겁니다.”

“아니오. 지금은 내가 누구인지 그다지 중요치 않소. 소견을 찾아내는 일이 더 급해.”

태옥교가 찻잔으로 입으로 가져가며 물었다.

“소견이란 여인이 그렇듯 소중한 존재인가요?”

“그렇소. 아주 예쁘고 매력적이지. 대공녀가 듣기에 좀 거북하겠지만 침상에선 더욱 정열적인 여인이오. 대공녀보다는 여인의 향기가 짙다고 할 수 있지.”

“의외로군요. 산적 소굴의 여두목이라 해서 아주 거친 여인으로 생각했어요.”

“불우한 과거를 지녀 산적이 되었지만 정말 사랑스런 여인이오.”

백무향은 소견을 떠올리자 더욱 보고 싶어졌다.

"비록 정식으로 혼례를 올리지는 않았지만 난 소견을 아내로 생각하고 있소. 날 살리려고 어쩔 수 없이 끌려갔으니 반드시 구해야 하오. 소견을 구하지 못하면 난 사내자식도 아니오."

태옥교는 부드러운 미소를 지었다.

"정말 사랑하시는군요."

"사실 소견은 나 아니면 어떤 사내도 사랑할 수 없는 특이한 체질을 지녔소. 그녀와 관계를 맺은 사내는 모두 죽어버렸소. 소견 역시 내가 자신과 관계를 맺고 살아 있는 유일한 사내이기에 나 외에는 어떤 사내도 생각하지 않을 것이오."

"……?"

태옥교의 눈망울이 점점 부풀어 올랐다. 경악의 표정으로 변한 그는 벌떡 일어서며 외쳤다.

"천색요골!"

백무향은 침상 가에 엉덩이를 걸쳤다.

"맞아. 소견을 납치해 간 머린 흰 계집도 그런 말을 했소."

"그래요. 소견은 천색요골의 색기를 지닌 요녀… 아니, 여인이 분명합니다. 천색요골은 선천적으로 채양섭음의 체질을 지녔기에 관계하는 사내들의 정혈을 모두 흡수하게 되지요. 하기에 어떤 사내도 천색요골의 여인과 관계를 맺으면 탈진되어 죽게 됩니다."

백무향은 나직이 감탄을 발했다.

"대단해! 정말 모르는 게 없군."

태옥교가 조심스럽게 백무향의 앞으로 다가섰다.

"소녀가 놀란 이유는 소견이라는 여인이 천색요골이기 때문이 아닙니다. 천색요골을 접하고도 백 공자가 사망하지 않았다는 사실 때문입니다."

백무향이 짓궂은 표정을 지었다.

"훗, 내가 정력이 좀 강한 편이오."

"사내의 정력과는 무관합니다. 천색요골과 관계를 맺고도 죽지 않으려면 특별한 체질을 지녀야 합니다. 그런 체질을 보유한 사내는 극히 드물지요."

태옥교는 침상에 걸터앉아 있는 백무향의 얼굴을 뚫어져라 직시했다.

"……?"

백무향은 눈을 말똥말똥 뜬 채 물끄러미 그녀를 바라보았다.

잠시 후 태옥교는 이해할 수 없다는 표정으로 고개를 세차게 저었다.

"아, 이럴 수는 없어! 어떻게 이럴 수가?!"

"뭐가 이럴 수 없다는 거요?"

"뭐라 말씀드릴 수가 없어요. 소녀가 이렇듯 판단을 내릴 수 없는 경우는 처음입니다."

백무향은 입맛을 쩍 다시며 고개를 끄덕였다.

"사실 내 몸에 대해서는 나도 이해할 수 없는 부분이 많소. 처음에는 동신철골처럼 강했던 피부가 왜 물러졌는지 모르겠고, 간혹 화염을 발출할 때도 있는데 그 이유를 모르겠소."

"화염이라고요?"

"몽산파 두꺼비와 두 번을 겨뤘는데 처음에는 무참하게 얻어맞았소. 뇌천검을 뽑을 수 없어 죽을 뻔했지. 가까스로 살아나 몽산파를 찾아갔는데 길 안내를 해주던 산적 놈이 배신하는 바람에 함정에 빠지게 되었소."

백무향은 눈알을 굴리며 당시의 상황을 더듬었다.

"난 기억이 나지 않는데… 소견 말로는 내 몸이 불덩이로 변하며 쇠창살을 녹였다 했소. 두꺼비 또한 내 몸에서 뿜어지는 불꽃에 의해 청와신공이 깨진 것이라 했소."

"……."

"참, 혈번취왕과 겨룰 때도 화염을 뿜어낸 적이 있소. 그때는 온전한 정신이었지. 혈번교 문 뭐라고 하는……."

"혈번교 총사 문호상을 말하는 건가요?"

"맞아. 그 늙은이가 묻더군. 내가 어떻게 풍운마제의 폭염마공을 구사할 줄 아느냐고 말이오."

태옥교는 상당한 충격을 받은 듯 손으로 이마를 짚었다.

"아… 문 총사가 분명 그런 말을 했단 말입니까?"

"그 늙은이가 조금 똑똑한 것 같기는 하지만 대공녀보다는 못한 것 같소."

"아닙니다. 문 총사는 당대의 현자입니다. 비록 영외무림에 머물러 있어 명성이 높지는 않지만 뛰어난 안목과 식견의 소유자입니다."

태옥교는 바싹 다가서며 그의 손목을 쥐며 맥을 짚었다.

"잠시 진맥을 하겠어요."

왼손의 맥을 짚은 그녀는 다시 오른손의 맥까지 짚으며 고운 아미를 찌푸렸다. 이어 그녀는 그의 양손 맥을 동시에 짚었다.

지그시 눈을 감은 채 진맥을 하고 있는 그녀의 모습은 장인이 정성껏 조각해 놓은 백옥상처럼 보였다.

백무향은 순간 강제로라도 그녀를 겁탈하고 싶은 충동을 느꼈다. 하지만 어디선가 지켜보고 있을 그녀의 비밀 호위가 마음에 걸렸다.

비록 창졸간에 당한 일이었지만 그의 미간을 위협한 쾌도는 너무도 충격적이었다. 만일 그녀가 적시에 저지하지 않았다면 그는 미간이 관통된 채 즉사했을 것이다.

진맥을 마친 그녀가 길게 한숨을 쉬며 물러섰다.

"소녀가 잘못 판단했습니다. 백 공자는 뇌천무제의 제자가 아닐 수도 있습니다. 소녀 역시 백 공자의 내력에 대해 전혀 모르겠다고밖에 말씀드릴 수가 없군요."

백무향은 그녀의 손길이 닿은 손목을 어루만지며 물었다.

"갑자기 왜 그러는 거요?"

태옥교의 표정이 심각하게 굳어졌다.

"소견 낭자가 납치를 당한 경위부터 듣고 싶군요."

"참, 그 얘기를 하려던 참이었지?"

백무향은 당시를 되새기자 분노와 부끄러움이 동시에 밀려들었다.

그는 당시 야적장에서 있었던 상황을 소상하게 말해주었다. 소견을 찾기 위한 결정적인 단서가 필요했기에 자신이 단일 장에 쓰러져 얼어 죽을 뻔한 사실도 부끄러움을 무릅쓰고 털어놓았다. 끝으로 문호상의 의견을 덧붙여 말해주었다.

"문 총사라는 늙은이 말로는 머리 흰 계집의 무공이 오행천의 소수마공일 가능성이 높다고 했소."

충격으로 물든 태옥교가 잠시 입을 다문 채 깊이 생각에 잠겼다.

백무향은 그녀조차 은발여인에 대해 확실히 모른다면 소견을 찾아내기가 불가능하기에 다급히 채근했다.

"대체 그 머리 흰 년이 누구요? 설마 대공녀도 모르는 것은 아니겠지?"

태옥교가 조용히 입을 열었다.

"혹시 그 은발여인에 대한 다른 단서는 없나요? 호칭이라던가 자신에 대한 명호라던가……."

"그래, 궁주! 소견이 머리 흰 년을 향해 궁주라고 칭했소."

"궁주요?"

태옥교는 슬기로운 눈빛을 반짝이더니 힘있게 고개를 끄덕였다.

"알 것 같습니다. 그 마녀일 가능성이 높아요."

백무향은 기쁨을 이기지 못하고 그녀의 손을 덥석 쥐었다.

"와아, 과연 당신은 천재요. 대체 그년이 누구요?"

"어서 좌정하세요. 먼저 긴히 드릴 말씀이 있어요."

"아, 알았소."

백무향은 탁자 앞에 앉으며 술을 한 사발 들이켰다.

"소견을 구하게 되면 반드시 보답하겠소."

"일단 소녀가 왜 공자를 만나기 위해 수천 리 길을 마다 않고 찾아왔는지 그 연유부터 말씀드리겠습니다."

"일단 소견의 소재부터 말해주시오."

"소견 낭자와도 연관이 있는 얘기입니다."

태옥교의 진지한 표정에 백무향은 흔쾌히 고개를 끄덕였다.

"좋소. 말해보시오."

"천외삼성에 대해서 들으신 적이 있나요?"

"난 세상에 대해 아는 것이 없으니 복잡한 얘기는 하지 마시오."

"그럼 간략하게 말씀드리지요. 천외삼성은 백 년 전 오행천의 혈겁으로부터 세상을 구한 절대성인들이십니다. 그분들은 소녀 아버님의 공동 사부님이시기도 하지요. 당시 오행천주(五行天主)였던 파천마황(破天魔皇)은 고금제일마로 불린 무적의 고수였습니다. 그는 오행의 이치를 터득해 오행마공을 창안했는데, 그 다섯 가지 마공의 위력은 하나 하나가 가공할 수준이었습니다. 오행마공을 대성한 그는 마도천하를 이룩하겠다는 야망으로 천하에 엄청난 혈겁을 일으켰습니다.”

백무향은 복잡한 전대 비사가 거론되자 손으로 관자놀이를 문질렀다.

“에고, 벌써부터 머리가 아파오는군.”

“오행천의 혈겁으로 인해 당시 수백 개 문파가 괴멸되고 수천의 의협이 목숨을 잃었습니다. 무림 사상 가장 처절한 암흑 시대였지요. 그 혈겁에서 천하를 구한 세 분이 바로 천외삼성이십니다. 파천마황은 워낙 가공할 마공의 소유자라 천외삼성이 합세해서야 겨우 제압할 수 있었습니다.”

“요점만 말하면 안 되겠소?”

백무향이 통사정을 하자 태옥교가 무거운 한숨을 내쉬었다.

“오행천은 괴멸된 것이 아닙니다. 저들은 부활을 꿈꾸며 백 년 동안 어둠 속에서 세력을 구축하고 있었습니다. 조만간 또 한 번의 대혈겁이 전개될 것입니다.”

“그러니까 나보고 그놈들과 싸워달라 이 말이오?”

"그렇습니다. 뇌천검을 지녔다면 백도의 영웅이신 뇌천검
제의 후예로서 당연히 사악한 마도의 무리들과 맞서야 합니
다."

백무향은 뇌천검을 가슴에 안고 다독였다.

"그게 소견과 무슨 연관이 있다는 거요?"

"그동안 오행천이 세상에 모습을 드러내지 않은 것은 분열
이 돼 있었기 때문입니다. 파천마황이 죽은 이후 오행마단은
분리되었지요. 저들은 서로가 오행천의 정통성을 내세우며
암투를 벌이느라 아직 통합이 되지 않고 있습니다."

"글쎄, 그게 소견을 찾는 일과 왜 연루되는 거냐고?"

태옥교는 자리에서 일어서며 두 팔로 자신의 가슴을 안았
다.

"오행천은 각기 금목토수화(金木土水火)로 분류되는데 수(水)
에 해당되는 마단이 환희마궁(歡喜魔宮)입니다. 환희마궁의 마
공절기가 바로 소수마공입니다."

"환희마궁?"

백무향은 뇌천검을 불끈 쥐었다.

"그럼 그 머리 흰 년이 환희마궁 출신이란 말이오?"

"아마도 환희마궁의 궁주일 가능성이 높습니다. 그녀는 소
수마후로 불리는 마녀로 성격이 지극히 냉혹하고 잔악합니
다. 백 공자는 삼십대 여인이라 했지만 사실 마후의 나이는
환갑을 훨씬 넘겼습니다. 머리는 은발이고 젊음을 잃지 않았

으며, 소수마공을 구사했다면 소수마후가 거의 확실합니다.”

“그럼 머리 흰 그 계집이 할망구란 말이오?”

“심후한 내공을 지녔고 주안술을 수련했기에 젊음을 유지할 수 있었을 겁니다.”

백무향은 문호상을 통해 이미 소수마공에 대해 들은 적이 있기에 그녀의 추측을 의심하지 않았다.

“그래, 이제야 알아냈군. 환희마궁의 할망구! 넌 내 손에 반드시 죽는다!”

그는 감탄의 눈빛으로 태옥교를 바라보았다.

“대공녀는 정말 천재요. 당신처럼 똑똑한 여인은 다시없을 거요.”

“과찬이십니다. 사실 천사성의 소성주인 현사군(玄獅君)은 소녀보다 훨씬 뛰어난 두뇌의 소유자입니다.”

“현사군이 어떤 놈인지 몰라도 당신보다 똑똑하다고는 생각지 않소.”

백무향은 소견을 찾을 수 있다는 생각에 한껏 고무되었다.

“가만, 환희마궁이 어디 있는지를 알아야겠군. 그 할망구 집이 어디오?”

“유감스럽게도 아직 정확한 소재는 파악치 못했습니다. 환희마궁뿐 아니라 다른 네 개 마단의 소재도 아직 모릅니다.”

“뭐야? 소재를 모른다고?”

백무향은 맥이 쭉 빠졌다. 소재를 모른다면 이 넓은 세상에서 환희마궁을 찾아내기란 황하에 빠진 바늘 찾기였다.

그는 물끄러미 태옥교를 응시하다가 물었다.

"정말 모르는 거요, 아니면 내게 어떤 요구 사항이 있는 거
요?"

"소녀가 바라는 것은 대의(大義)뿐입니다."

"이보시오. 태백궁이라면 백도 최강의 문파이며 맹주라고
들었는데 왜 나 같은 떠돌이한테 부탁을 하는 거요?"

"본 궁의 기밀이라 지금은 말씀드릴 수가 없습니다. 안타
깝게도 현 태백궁의 힘으로는 오행천의 마단 두 곳도 감당하
기가 어렵습니다. 백 공자의 지원이 절실히 필요합니다."

백무향은 세상이 어찌 되든 관심 밖이었다.

"환희마궁은 소견을 납치해 갔으니 확실히 밟아줄 것이오.
다른 놈들은 내가 알 바 아니지. 물론 날 건드린다면 가만있
지 않겠지만. 뭐, 이 정도면 되는 것 아니오?"

"……"

"또 침묵으로 날 위협하려는 거요?"

"아닙니다. 환희마궁의 소재는 사천성 동단에 위치한 파
중(巴中) 근경으로 알고 있습니다. 하지만 정보가 분명치 않
아 공연히 백 공자에게 실망을 드릴까 싶어 선뜻 말씀을 드
리지 못한 것입니다."

백무향의 표정이 환해졌다.

"사천성 파중! 그 정도라도 고맙소. 일단 가보면 알겠지."

그는 씩씩하게 걸음을 옮기다 홱 돌아섰다. 그리곤 머쓱한 표정으로 말했다.

"하하, 도적놈들한테 모두 털려 여비가 한 푼도 없군. 나중에 갚을 테니 얼마만 빌려주시오."

태옥교는 돈주머니째 꺼내 그에게 건넸다.

"갚지 않으셔도 됩니다."

노자를 챙겨 넣은 백무향은 가슴을 크게 폈다. 그의 말투가 갑자기 돌변했다.

"이봐, 태옥교. 내가 말이야, 뇌천검제의 제자가 아니라 뇌천검제 그 당사자일 수도 있거든? 네가 아무리 태백궁의 대공녀라도 내 앞에서 도도하게 굴면 안 되지. 하여간 신세는 꼭 갚겠다."

그는 멍한 표정의 태옥교를 뒤로한 채 별채를 빠져나갔다.

태옥교는 길게 한숨을 내쉬며 의자에 털썩 주저앉았다.

사실 그녀는 거듭된 충격으로 몹시 혼란스런 상태였다. 백무향을 만나면서 그녀가 배우고 깨달았던 세상의 모든 진리가 뒤엉켜 버렸던 것이다.

그녀는 두 손으로 볼을 감싸 쥐었다.

"아아, 어떻게 이럴 수 있단 말인가? 백무향은 분명 풍운마제의 폭염마공(爆焰魔功)까지 지니고 있다. 하기에 청와태세와 혈번취왕을 격파할 수 있었고, 소수마공에 적중되고도 죽지 않은 거였어."

　상식적으로 불가능한 일이기에 그녀는 머리가 터질 것만 같았다.

　"뇌천진기는 정(正)의 힘이고 폭염마공은 마의 기운이다. 한데 어떻게 한 몸에 정마(正魔)의 기운이 공존할 수 있단 말인가? 게다가 그가 어떻게 이백 년 전 정마의 대종사인 쌍제의 무공을 동시에 보유할 수 있단 말인가?"

　당대의 재녀인 그녀였지만 무학의 상도를 벗어나는 현상에는 해답을 제시할 수가 없었다.

　본래 그녀는 백무향을 만나 태백궁의 기밀까지 밝힌 후 오행천과의 대결에 협력해 줄 것을 간곡히 부탁할 생각이었다. 백무향이 뇌천검을 지녔기에 당연히 백도의 제왕인 뇌천검제의 후예라 확신했던 것이다.

　한데 백무향은 그가 예상했던 사람이 아니었다. 그녀가 도저히 판단할 수 없는 내력과 기운을 지닌 신비인이었다. 특히 그녀를 경악과 충격에 빠뜨린 것은 백무향의 관상이었다.

　마왕지상(魔王之相)!

　백도의 극성인 마왕의 운세를 타고난 인물이었던 것이다.

　태옥교는 자신의 안목이 틀렸기를 간절히 소원했다.

　"만일 그가 진정한 마왕지상이라면… 오행천은 그에 의해 규합될 것이다. 절대 그런 일이 있어서는 안 돼."

제 10 장

뇌천검을 쫓는 자들

1

다각다각……!

장사를 떠나온 백무향은 악록산(岳鹿山) 근방을 지나는 중
이었다.

태옥교가 건네준 여비는 상당한 액수였기에 당분간 은자
걱정은 하지 않아도 되었다.

태옥교 앞이라 내색은 하지 않았지만 그 역시 자신의 내력
에 대해서는 상당한 의혹을 품고 있었다.

'옥교는 내 몸 안에 뇌천진기 외에 또 다른 기운이 간직돼
있음을 분명히 간파했다. 한데 그에 대해서는 입을 다물었어.
문호상이 밝힌 것처럼 내가 펼쳐 내는 화염이 풍운마제의 폭

염마공이기 때문이라서 그런가?

그는 그녀를 만나 한꺼번에 너무도 많은 이야기를 들어 머릿속이 몹시 복잡했다.

정마쌍제라는 뇌천검제와 풍운마제, 오행천의 천주인 파천마황과 그를 제압한 천외삼성, 다섯 개로 분열된 오대마단, 그중 하나인 환희마궁과 궁주인 소수마후…….

강호의 현 정세는 물론이고 강호사 전반에 대해 거의 무지한 그로서는 이해할 수 없는 부분이 너무나 많았다. 나름대로 서로의 연관 관계를 조합해 보려 해도 지식이 너무 짧아 체계적으로 정리가 되지 않았다.

그러나 그는 과거를 기억 못해 아는 것이 없을 뿐이지 본래부터 무지한 사람이 아니었다. 사물에 대한 지각 능력은 분명했고, 사람을 보는 안목도 어수룩하지 않았다. 다만 신중함이 부족하고 자부심이 지나친 정도는 스스로도 개선해야 할 문제점임을 알고 있었다.

'일단 뇌천검법에 대해 보다 확실하게 기억해 내야 한다. 환희마후인지 희열마후인지 하는 할망구와 겨루려면 어지간한 수법으로는 상대도 되지 않아. 아니, 그 할망구의 소수마공과 대적하려면 폭염마공을 구사하는 편이 나을지도 모르겠군. 하지만 그 수법은 뇌천검법보다 더 막연해. 아예 구결조차 떠오르지 않으니 말이야.'

호북의 평원은 우기 철이라 곳곳이 습지투성이였다. 비싼

값을 주고 구입한 준마였지만 발목까지 푹푹 빠지는 습지라
제대로 달리지를 못했다.

갈 길이 급한 백무향으로서는 답답하기 짝이 없었다.

"염병, 나도 어서 경공술을 터득해야겠군. 은발의 할망구
처럼 비행술이라는 것을 펼칠 수 있다면 정말 편할 텐데 말이
야."

그는 준마의 엉덩이를 세차게 차며 화풀이를 해댔다.

습지를 벗어나자 울창한 수림이 펼쳐졌다. 그냥 관도를 따
라 달려갔으면 아마 백 리는 더 갔을 것이다. 하지만 길을 단
축하기 위해 공연히 지름길을 택하는 바람에 생각지 못한 곤
욕을 겪게 되었다.

수림 안은 나무가 빽빽해 빠르게 달려갈 수 없었지만 그나
마 땅이 단단하여 준마의 발놀림은 한결 가벼웠다.

울창한 수림을 통과한 그는 인마의 통행으로 형성된 산길
에 이르게 되었다.

"젠장, 어쨌든 제대로 길을 찾은 것 같군."

다소 긴장이 풀리자 슬슬 허기가 졌다. 생각해 보니 태옥교
와 헤어진 후 며칠 동안 제대로 끼니를 때우지 못했다. 하루
세 끼에 술을 곁들인 야참까지 먹어야 배가 든든한 그로서는
상당히 심각한 상황이었다.

그는 산중 어딘가에 있을지 모를 허름한 객잔이라도 찾기
위해 주변을 두리번거렸다.

“어디 인육 만두 파는 곳이라도 없나? 고기가 질겨서 그렇지 맛은 그런대로 먹을 만했는데.”

한데 이때였다. 피풍의를 걸친 날렵한 경장 차림의 청년들이 길을 따라 빠르게 질주해 오고 있었다. 눈빛은 하나같이 매서웠고, 제각기 병기로 무장한 상태였다.

그들의 가슴 한쪽에는 ‘城’ 이란 글자가 수놓아져 있었다. 모두 다섯 명.

백무향은 말을 타고 가는 입장이라 그들을 향해 호기롭게 외쳤다.

“이봐, 다치기 전에 비켜!”

그러나 다섯 청년은 그의 존재를 전혀 감지하지 못한 듯 그대로 질주해 왔다. 다섯 청년과 백무향과의 거리는 이 장 남짓.

순간 다섯 청년이 다짜고짜 백무향을 향해 병기를 휘둘러 왔다. 깜짝 놀란 백무향이 급히 몸을 뒤집어 안장에서 내려섰다.

“아니, 이것들이 미쳤나?”

다섯 청년은 날렵하게 신형을 움직여 백무향을 에워쌌다.

백무향은 짜증스런 표정으로 그들을 둘러보았다.

“야, 니들 뭐야? 산적들이냐?”

다섯 청년은 무표정하게 그를 응시했다. 그들은 제각기 기형적인 이목구비와 체형을 지녀 분명하게 구별이 되었다.

여느 사람보다 두 배는 큼지막한 눈을 지닌 자, 커다란 귀를 부채처럼 움직이는 자, 유난히 도드라진 코를 지닌 자, 긴 팔이 무릎까지 내려오는 자, 긴 다리가 몸의 상당 부분을 차지하는 자 등등, 정상적인 사람은 한 명도 없었다.

큼지막한 눈을 지닌 청년이 빠르게 백무향을 훑어보았다.

"네가 영외에서 굴러들어 온 백무향이냐?"

"말하는 본새 하고는. 임마, 내가 바윗덩이냐, 굴러오게?"

"백무향은 확실하지?"

"좀 공손하게 물을 수 없냐? 대체 네놈들은 누구야?"

"우리는 천사오종(天邪五從)이다."

백무향은 떨떠름한 입맛을 다셨다.

"그렇게 말하면 내가 못 알아듣잖아? 좀 더 소상하게 말해야지."

커다란 귀를 지닌 청년이 연신 귀를 펄럭거렸다.

"안사(眼邪), 이놈이 정말 영외광마(嶺外狂魔)라는 백무향이 분명한가? 당대의 신진고수치고는 너무 무지하군."

안사라 불린 청년이 유난히 커다란 코를 지닌 청년에게 시선을 돌렸다.

"후사(嗅邪)가 확인해 보게."

후사라 불린 청년이 커다란 코를 킁킁거리며 냄새를 맡았다.

"냄새는 확실해. 틀림없는 백무향일세."

백무향은 그들이 누구인지 몰라도 자신을 찾아왔다면 좋은 뜻은 아니다 싶었다.

'대체 이놈들은 누구야? 게다가 내가 영외광마라고? 별호 치고는 살벌하군.'

이때 그들 옆으로 늘씬한 체구의 여인이 내려섰다. 그녀는 급하게 달려왔는지 연신 가쁜 숨을 몰아쉬었다.

"헉헉, 미안해. 내 경신술이 미흡해 미처 따라잡을 수 없었어."

백무향은 그녀를 보는 순간 분노가 치솟아올랐다.

"이 사악한 도적 년! 너, 잘 만났다!"

주근깨 여인은 바로 잔결삼흉 중 유일하게 살아남은 요고였다. 그녀가 싸늘하게 백무향을 직시했다.

"백 가야, 네놈이 영외광마인 줄 알았다면 네가 지닌 뇌천검부터 챙겼을 거다. 네놈이 십전옥봉을 끌어들이는 바람에 내 동생 둘이 무참하게 죽었다. 오늘 네놈의 살을 다져 만두소를 만들 생각이다."

백무향은 비로소 다섯 청년의 목적이 자신이 지닌 뇌천검에 있음을 알게 되었다.

"너, 요고라 불리는 계집이지? 괴상하게 생긴 이 다섯 놈은 대체 누구냐?"

"한심한 녀석. 천사오종도 모른단 말이냐? 천사성 친위대에 소속된 정예 고수들이다."

"아, 천사성. 진작 그렇게 얘기했으면 알아들었잖아."

백무향은 천사오종을 둘러보고는 재미있다는 표정을 지었
다.

"정말 신기하게 생긴 놈들이군. 천사성 놈들은 다 그렇게
생겼냐?"

그가 강호 정세에 어두워서 그렇지 천사오종은 천사친위
대 중에서도 독특한 무공을 지닌 정예들이었다.

그들은 기형적인 눈과 귀, 코, 팔과 다리를 오히려 장점으
로 발전시킨 추적의 달인이다. 천사성에서 한 번 죽이고자 하
는 자는 절대 천사오종의 추적에서 벗어날 수 없다.

이렇듯 자부심이 강한 그들이 무시를 당했으니 피가 끓지
않을 수 없었다. 그들의 얼굴에 무시무시한 살기가 피어오르
자 요고가 은근히 부추겼다.

"안사, 놈이 경망스럽기는 해도 영외제일이라는 혈번취왕
을 격패시킨 무서운 고수야. 만만히 보지 마."

안사가 신경질적으로 손을 저었다.

"요고는 물러서 있어."

"알았어. 난 뇌천검에는 전혀 욕심이 없어. 그저 놈의 살을
다져 만두소만 만들면 돼."

요고가 한쪽으로 비켜서자 백무향이 그녀를 향해 다가섰
다.

"오냐, 내가 네년의 살을 다져 만두소로 만들어주겠다."

순간 날카로운 금속성이 울려 퍼졌다.

차앙―!

측면에 서 있던 긴 팔의 청년이 백무향을 향해 얇은 박도(薄刀)를 겨누었다. 천사오종 중 살법의 달인 비사(臂邪)였다.

"뒈지기 싫으면 그대로 있어!"

백무향은 가소롭다는 눈빛으로 그들을 둘러보았다.

"그래, 어디 용건이나 들어보자. 너희들도 내 뇌천검을 탐내는 것이냐?"

천사오종의 수좌 격인 안사가 말을 받았다.

"뇌천검은 전설적인 보검이다. 당연히 중원제일의 영웅이신 소성주께서 지니셔야 한다."

백무향은 문득 태옥교가 말해준 이름을 떠올렸다.

"소성주라면 현사군… 그자를 말하는 것이냐?"

"무지한 놈. 소성주의 존명을 함부로 입에 담지 마라. 네놈의 혓바닥이 잘리는 수가 있어."

"훗, 아주 충성스런 개로군."

안사의 커다란 눈에서 이글거리는 살기가 폭사되었다.

"닥쳐라! 가급적 네놈을 생포해 오라는 지시만 없었다면 벌써 네놈은 죽었다! 지금 네게는 두 가지 길밖에 없다!"

"두 가지?"

"첫 번째는 순순히 우리를 따라가 소성주께 뇌천검을 바치는 것이다. 소성주께서는 네게 후한 상과 더불어 천사친위대의 일원이 될 자격을 내리실 것이다.”

“두 번째는 뭐냐?”

“간단하다. 거부하면 죽음뿐이다!”

백무향은 무료한 표정을 지으며 물었다.

“두 가지 모두 마음에 들지 않는군. 내가 세 번째 길을 제
시해도 되겠냐?”

“세 번째 길이라고?”

“내가 지금 아주 급한 몸이거든. 너희 같은 조무래기들은
죽이고 싶지도 않아. 그러니까 너희들은 날 만나지 못한 거
야. 간단히 말해 그냥 꺼지라는 거다. 알아들었냐?”

유난히 다리가 긴 각사(脚邪)가 등에 멘 갈퀴를 풀어 쥐었
다.

“새끼, 죽여달라고 통사정을 하는구나!”

백무향은 뇌천검의 손잡이를 쥐었다.

“이 한심한 놈들아, 이건 내 검이야! 왜 남의 물건을 함부로
달라는 거냐? 그리고 너희들은 뇌천검을 가져가도 소용이 없
어. 절대 뽑을 수 없으니까.”

안사는 허리춤에 촘촘하게 꽂아둔 표창을 뽑아 들었다.

“뇌천검을 뽑고 못 뽑고는 소성주께서 결정하실 문제다.
상납을 거부한 이상 네놈에게는 죽음뿐이다!”

순간 각사가 지표면을 스치듯 낮게 날아들며 갈퀴를 휘둘
렀다.

쐐애액—!

그의 특기는 남다른 경신술이다. 상대의 하반신을 노려 거꾸러뜨리는 것이 그의 전문 수법이다.

백무향은 뇌천검을 뽑기도 전에 기습을 당하자 급히 솟구쳐 올랐다.

안사는 기다렸다는 듯 여섯 개의 표창을 발출했다. 선천적으로 신목(神目)을 지닌 그는 어둠을 꿰뚫어 보며 자객의 은신술까지 간파해 낼 수 있다. 하기에 백무향의 변변치 못한 움직임은 절대 그의 눈을 벗어날 수 없었다.

표창에 이어 비사의 박도가 백무향의 목을 노리며 날아들었다. 동시에 후사는 톱날 같은 기형검으로 백무향의 등을 겨누었고, 커다란 귀를 펄럭이던 청사(廳邪)가 요란하게 종을 흔들었다.

땡땡땡—!

한꺼번에 쏟아지는 공세와 음공(音功)에 백무향은 정신이 산만해졌다. 영외무림에서 여러 번 격전을 치렀지만 이렇듯 정교하면서도 신속한 합공을 당해보기는 처음이었다.

그는 어느 정도의 부상을 각오한 채 뇌천검을 뽑아 들었다.

"이야아!"

마침내 뇌천검이 뽑히며 벽력성과 함께 섬광이 사위로 분출되었다.

파지직—!

검극에서 번갯불이 발출되자 안사가 다급히 외쳤다.

"후퇴!"

백무향을 공격하던 비사, 각사, 후사가 즉시 뒤로 물러섰다. 그 바람에 뇌천검에서 뿜어진 번갯불이 사위를 휩쓸었지만 그들은 무사할 수 있었다.

안사의 표정이 심각하게 굳어졌다.

"으음, 분명 뇌천검이다. 게다가 놈이 뇌천검을 뽑은 것으로 미루어 뇌천검제의 제자가 분명해. 모두들 조심해라."

"내게 맡겨. 음공으로 놈의 진기를 흩뜨리겠다."

청사가 요란하게 종을 흔들었다.

때때땡—!

귀청을 강타하는 종소리는 뇌천검의 은은한 우렛소리를 제압하며 백무향의 고막을 심하게 압박했다.

"그만두지 못해!"

백무향은 정신을 혼란하게 만드는 종소리부터 제거하기 위해 청사를 향해 달려들었다. 하지만 채 접근하기도 전에 비사가 긴 팔을 쭉 뻗으며 박도를 내려쳤다.

쐐애액—!

아홉 줄기의 도기가 지표면을 가르며 백무향을 향해 날아들었다.

"젠장!"

백무향은 어쩔 수 없이 도기를 상대하기 위해 몸을 돌려야 했다. 그가 뇌천검을 휘둘러 도기를 격파하자 이번에는 각사가 그의 하반신을 노리며 갈퀴로 후려쳐 왔다.

천사오종의 공격은 톱니바퀴가 물려 돌아가듯 정교하게 전개되었다. 이른바 상대의 기력을 소진시키는 차륜전(車輪戰)이었다. 차륜전은 천사오종의 전문인 데다 이번에 특별 지도까지 받아 그 위력은 더욱 강해졌다.

백무향은 신법에 있어 그들을 따라잡지 못하자 답답했고, 초식조차 구사할 수 없는 뇌천검으로 그들을 죽일 수 없다는 데 화가 났다.

차차창—!

그는 반 시진에 걸쳐 좌충우돌했지만 기력만 낭비했을 뿐 공격다운 공격을 제대로 해보지도 못했다. 천사오종은 번갈아가며 두세 합만 접전을 벌이고 곧바로 물러서는 차륜전을 계속 전개해 왔다.

백무향은 정면 대결을 펼칠 수 없어 울화통이 터졌지만 애써 감정을 조절했다.

과거의 기억과 관계없이 싸움은 본능이다. 상대가 자신을 간파하고 있다면 다른 방법으로 대적하는 것은 지극히 당연한 일이다.

진정한 고수는 고강한 무공보다 임기응변에 능해야 한다. 높은 경지에 이를수록 무공의 격차는 미세해지고, 결국은 임기응변과 기지로 승부를 가르게 된다. 하기에 강한 자가 이기는 것이 아니고 이기는 자가 강한 자가 되는 것이다.

백무향은 좌충우돌하던 행동을 멈추며 뇌천검을 늘어뜨렸다.

"형편없는 놈들, 기껏 대가리를 굴린 게 고작 차륜전이냐?"

안사가 싸늘한 웃음을 지었다.

"후훗, 소궁주께서는 과연 신인이시다. 네가 청와태세와 혈번취왕을 격파했다는 정보를 접하시고 널 상대할 때 차륜전을 펼치도록 지시하셨다. 미친개한테 물리지 말 것을 엄하게 주문하신 것이지. 과연 소궁주의 예상대로 네놈은 미친개다."

"내 뇌천검이 그토록 필요하다면 왜 그놈이 직접 오지 않았느냐?"

"이곳이 강남이기 때문이다. 소궁주께서는 태백궁을 접수할 때까지 강남 땅을 밟지 않겠다고 맹세하셨다."

백무향은 기력을 회복하기 위해 조용히 숨을 고르면서 물었다.

"그런 터무니없는 맹세를 한 이유가 뭐냐?"

"정말이지 무지하기 짝이 없는 놈이로군. 네놈은 소궁주와 십전옥봉의 벽란지회(碧蘭之會)도 듣지 못했단 말이냐?"

"……"

백무향은 시종 무지하다는 소리를 듣게 되자 은근히 부아가 치밀었다. 자신의 과거는 모른다 쳐도 현 강호 정세에도 어둡다는 것은 확실히 처신에 문제가 있었다.

이때 후사가 넌지시 주의를 주었다.

"안사, 놈은 기력을 회복하기 위해 시간을 끌고 있는 중일세."

안사는 대수롭지 않은 표정으로 말을 받았다.

"나도 알고 있네. 이 또한 소성주의 지시일세. 놈이 상납을 거부하면 죽이되 최대한 오랫동안 싸우면서 놈의 무공 수법에 대해 소상하게 파악하라 하셨네."

백무향은 천사성의 소성주 현사군에 대해 강한 반감이 솟았다.

'대체 그 새끼가 왜 나에 대해 관심을 갖는 거야? 낯짝 한 번 본 적도 없는데.'

그는 천사오종을 죽이기가 쉽지 않자 빠르게 생각을 굴렸다.

'이럴 때는 뇌천검보다 혈번취왕을 격파한 화염폭풍이 더 효과적인데 전혀 발출이 되지 않는군. 분명 내 몸속에 잠재된 기운인데 왜 내 마음대로 끌어내지 못하는지 모르겠어.'

자신의 능력을 마음대로 발휘할 수 없다는 것은 확실히 답답한 노릇이다. 하지만 한 번 자신의 의지로 뇌천검을 뽑은 이후 자유롭게 뇌천검을 뽑을 수 있었던 것처럼 화염폭풍도 자신의 원할 때 한 번만 펼쳐 내면 제대로 구사할 수 있을 것 같았다.

그는 잠시 생각을 굴리다가 뇌천검을 검집에 꽂았다.

"네놈들 하는 꼴을 보니 뇌천검을 빼앗아갈 능력도 없는 것 같구나. 마지막 기회이니 조용히 꺼져라."

그가 갑자기 검을 회수하자 천사오종은 미심쩍은 눈빛으로 서로를 바라보았다.

안사가 눈을 가늘게 뜨며 냉소를 지었다.

"백무향, 벌써 포기한 것이냐? 그렇다면 죽이지는 않을 테니 최선을 다해 덤벼라. 너의 모든 수법을 파악한 후 천사성으로 끌고 가겠다."

백무향은 자존심이 몹시 상했다.

'이 새끼들이 감히 나를 졸로 봐?

그는 천사오종과 특별한 원한이 없기에 굳이 죽일 생각까지는 없었다. 자신의 뇌천검을 뺏으러 온 것이 괘씸했지만 그렇다고 뇌천검을 노리는 자들을 모두 죽일 수는 없는 일이었다.

한데 그들이 자신의 자존심을 너무 짓밟았다. 혈번취왕까지 격파한 자신을 고양이 발에서 농락당하는 생쥐 정도로 취급한 것이다.

분노로 인해 독한 살심이 피어오르자 단전에서 뜨거운 기운이 솟구치며 사지백해로 확산되었다.

'오냐, 두세 놈 정도는 죽여야 감히 날 우습게보지 못하겠지.'

장심으로 강렬한 열양진기가 운집되자 그는 혈번취왕과의

대결 때 펼쳐 냈던 수법을 떠올렸다. 이제는 임의대로 화염폭
풍을 구사하는 것도 가능할 것 같았다.

'좋아. 기억보다는 내 몸에 잠재된 무공이 먼저 되살아났
군.'

그는 천사오종의 수좌인 안사를 향해 걸음을 옮겼다.

"내 무공 수법을 보고 싶다면 똑똑히 보여주겠다."

양손을 가슴 높이로 쳐들자 그의 전신에서 폭발적인 불꽃
이 분출되었다.

안사가 열양지공의 현상을 간파하고는 다급히 외쳤다.

"조심해! 극양공이다!"

백무향은 두 손을 가슴 앞에 교차시켰다가 힘차게 좌우로
뻗어냈다.

화르르륵!

불꽃의 폭풍. 핏빛 광휘가 급격히 확산되며 동심원처럼 퍼
져 나갔다. 하늘과 땅을 모두 불태워 버릴 듯 기운도 강렬했
으며 확산되는 속도도 빛살처럼 빨랐다.

지독한 화염폭풍에 십 장 밖의 수림이 불길에 휩싸이고 주
변의 풀숲은 대번에 시꺼먼 재가 되었다.

화염폭풍이 사위로 빠져나가면서 장내의 상황이 드러났다.

멀리 떨어져 있던 요고는 미처 피하지 못하고 불길에 휩싸
여 이미 육신이 모두 타버렸다. 불꽃은 해골 위에서도 피어오
르고 있었다.

천사오종 중 가까스로 위기를 모면한 사람은 안사와 각사였다. 그들을 제외한 세 사람은 화염폭풍에 휘말려 심한 화상을 입고 말았다.

각사는 피풍의를 휘둘러 비사와 청사의 몸을 태우고 있는 불꽃을 떨어냈다.

안사는 피풍의로 후사의 몸을 덮어주었지만 후사가 입은 화상은 치명적이었다. 온몸에 지독한 화상을 입은 후사는 고통에 몸부림치며 죽여줄 것을 애원했다.

"크으윽! 아… 안사, 어서… 어서 고통을 덜어주게나!"

백무향은 자신이 펼쳐 낸 열양지공에 스스로 놀라고 말았다.

'이게 폭염마공이라는 건가? 뇌천검법보다 더 무서운 것 같으니 함부로 구사하지 말아야겠다.'

천사오종의 포위망이 무너졌기에 그는 이제 마음대로 걸음을 옮길 수 있었다.

"서라!"

뒤에서 안사의 외침이 들려왔지만 백무향은 돌아보지도 않고 손을 내저었다.

"화상을 입은 동료들이나 돌봐라. 너희들 능력으로는 날 막을 수 없으니까."

그는 준마의 안장 위로 올랐다.

다각다각……!

안사와 각사는 그가 멀리 사라지는 것을 멀거니 바라보고만 있어야 했다.

그의 경고대로 자신들은 그의 적수가 아니었다. 그들 모두가 몰살당하지 않은 것이 다행일 정도였다.

그들은 비로소 혈번취왕과 같은 절대고수가 왜 백무향에게 패배했는지 이해가 되었다. 백무향이 비록 정서적으로 불안정하지만 결코 함부로 건드릴 수 없는 상대였다. 현 무림에서 그를 제압할 수 있는 절세고수는 손가락에 꼽을 정도임을 인정해야 했다.

안사는 비통함을 머금고 동료인 후사의 가슴에 표창을 꽂아 참혹한 고통을 덜어주었다. 자신의 손으로 오랜 동료를 죽여야 하는 울분에 그의 턱이 덜덜 떨렸다.

"크으, 백무향! 네놈의 심장에 반드시 이 표창을 꽂아주겠다!"

2

사천성 경계에 이르자 길이 험해졌다. 나는 새도 쉬어간다는 촉도(蜀道)가 시작된 것이다.

추적추적 비가 내리는 관도를 따라 한 마리 준마가 달려가고 있었다. 하루에 수백 리를 주파하는 준마였지만 빗속을 뚫고 오후 내내 달려오느라 몹시 지친 모습이었다.

지쳐 있기는 짚으로 엮은 우의를 어깨에 두르고 있는 마상의 청년도 마찬가지였다.

"염병, 이러다 소견을 찾기도 전에 내가 먼저 탈진돼 죽겠군."

청년은 다름 아닌 백무향이었다.

소견을 구하기 위해 환희마궁을 찾으려는 그의 노력은 가상할 정도였다. 단서라고는 사천성 파중 지역에 있을지 모른다는 태옥교의 막연한 정보가 전부였지만 사천성으로 들어서면서 그는 소견의 향기가 느껴지는 것 같았다.

"제발 무사히 살아만 있어, 소견. 내가 반드시 구해줄 테니까."

촉도는 워낙 험준해 협곡을 끼고 형성된 벼랑길은 내려다보기가 겁날 만큼 아찔했다. 겨우 가파른 협곡을 벗어나자 완만한 구릉이 펼쳐진 마을이 보였다.

부슬비를 쏟아내는 하늘이 회색 빛이라 유시 무렵인데도 어둑어둑했다.

객잔 앞에 이른 백무향은 점소이에게 말고삐를 넘겨주고는 안으로 들어섰다. 객잔 안은 협소한 데다 상인과 행인들이 일찌감치 자리를 차지하고 있어 구석에 겨우 빈 탁자 하나가 있을 뿐이었다.

자리에 앉은 백무향은 서둘러 주문부터 했다.

"술과 요리 서너 가지를 가져와. 배고프니까 최대한 빨리."

점소이에게 은자를 건넨 그는 등에 멘 뇌천검을 풀어 검집의 물기를 닦았다.

그에게 있어 뇌천검은 분신처럼 소중한 보물이다. 싸울 때 필요한 병기이기 때문이 아니라 그의 잃어버린 과거를 연결해 줄 열쇠이기에 더욱 가치가 있는 것이다.

지난번 태옥교를 만나 비교적 상세한 이야기를 들었지만 그녀조차 아직 그의 정확한 신분을 추측하지 못했다. 어쨌든 자신이 정마쌍제로 불리는 뇌천검제, 풍운마제와 연관돼 있는 것은 확실했다. 문제는 자신이 누구의 제자이냐 하는 점이었다.

물론 절대 불가능한 일이지만 그는 혹시 자신이 뇌천검제나 풍운마제 중 한 사람이 아닐까 하는 생각에 젖기도 했다.

"헤헤, 공자님. 오리 튀김부터 올리겠습니다요."

점소이가 오리 튀김과 술을 내오자 백무향은 심한 시장기를 느끼며 뇌천검을 탁자 위에 내려놓았다. 오리 한 마리와 술 한 단지가 게눈 감추듯 없어졌다.

문득 그는 꺼림칙한 눈길을 의식하며 주변을 둘러보았다. 객잔의 손님들 대부분이 그를 주시하고 있다가 그와 눈을 마주치자 얼른 눈길을 돌렸다.

"……?"

백무향은 탁자를 치며 짐짓 목소리를 높였다.

"여기 술 떨어졌다! 더 가져와!"

점소이가 술 단지를 안고 쏜살같이 달려왔다.

"예, 예, 갑니다요!"

백무향은 대접에 술을 따르며 빠르게 주변을 살폈다.

상인과 양민 외에도 강호인으로 보이는 자들이 여럿 있었다. 짐작이지만 상인과 양민 복장을 한 자들도 변복을 한 강호인인 듯했다. 그들은 제각기 얘기를 나누고 있었지만 다소 어색해 보였다.

백무향은 형양의 객잔에서 잔결삼흉에게 걸려 쥐 오줌 술과 인육 만두를 먹었던 고역을 되새겼다.

물론 이곳 객잔의 음식은 정상적인 데다 그 역시 사전에 조심을 했기에 그런 터무니없는 실수를 범할 일은 없었다. 문제는 음식이 아니라 객잔의 손님들이었다.

'이것들이 왜 나만 주시하고 있는 거지?'

비록 손님들과 모두 눈을 마주친 것은 아니지만 그는 자신의 몸에 와 닿는 시선을 감각으로 느낄 수 있었다.

이때 예닐곱 살에 불과한 어린아이가 요리 접시를 갖고 왔다. 어린아이는 발돋움을 하여 겨우 탁자 위에 접시를 내려놓았다.

백무향은 기특한 마음에 어린아이의 머리를 쓰다듬어 주었다.

"녀석, 엄마 젖을 먹을 나이인데 심부름까지 다 하는구나."

한데 어린아이가 탁자 위에 놓인 뇌천검을 덥석 쥐었다. 검의 무게 때문에 어린아이는 힘겨워하면서도 뇌천검을 가져가려고 애를 썼다.

백무향은 어이가 없었다. 그는 뇌천검 위에 손을 얹으며 어린아이를 꾸짖었다.

"이 녀석, 너 지금 뭐 하는 중이냐?"

어린아이는 검을 빼내기 위해 얼굴을 벌겋게 물들였다.

"지금… 아저씨 검을 훔치는 중이에요."

"내 검을 훔치려 한다고?"

"그렇게 하라고 시켰어요. 만일 검을 훔쳐 오지 못하면 우리 엄마가 죽는대요."

백무향은 뇌천검을 쥐고는 벌떡 일어섰다.

"대체 어떤 새끼가 어린애한테 이런 일을 시킨 것이냐?!"

그는 객잔의 손님들을 쓸어보며 거칠게 내뱉었다.

"니들이냐? 내 검을 탐내는 놈들이 니들이야?"

그러자 객잔을 가득 메운 강호인들이 하나둘 일어섰다. 상인과 양민들도 어디에 숨겨두고 있었는지 병기를 뽑아 손에 쥐었다.

누군가가 차가운 음성으로 물었다.

"네가 영외에서 온 백무향이란 놈이냐?"

백무향은 어린아이의 어깨를 감싸 곁으로 끌어당겼다.

"그래, 내가 바로 백무향이다! 뇌천검이 탐난다면 당당히 빼앗아가라! 치졸하게 어린아이까지 동원한단 말이냐? 어느 놈인지 몰라도 당장 이 아이의 엄마를 풀어줘!"

한데 이때였다. 옆구리가 뜨끔해지며 심한 현기증이 느껴졌다.

"욱!"

백무향은 탁자를 짚으며 옆구리 부위를 살펴보았다. 역겨운 비린내가 물씬 풍겨왔다. 요혈인 장문혈이 찔렸고, 흘러내린 피는 검붉은 독혈이었다.

잽싸게 뒤로 물러선 어린아이가 한 뼘 길이의 비수를 내보였다.

"케헤헤, 소문대로 역시 어수룩한 놈이로군."

그가 소매로 얼굴을 문지르자 매미 날개 같은 면구가 벗겨졌다. 체격은 사 척에 불과했지만 주름이 쭈글쭈글한 노인의 모습이었다.

백무향은 비로소 자신이 술수에 말려들었음을 깨달았다.

"네, 네놈은 누구냐?"

"케헤헤, 노부는 백괴문(百怪門)의 귀명소악(鬼鳴小惡)이다. 우리 백괴문 외에도 다섯 개 방파의 고인들이 널 기다린 지 오래다. 넌 이미 화혈독비(化血毒匕)에 적중됐으니 살 수가 없다."

귀명소악은 손에 쥔 붉은 비수를 흔들어 보였다.

백괴문은 과거 태백궁에 의해 해체된 삼회칠문 중 하나다.

귀명소악은 성장이 멈춘 소인(小人)이기에 주로 어린아이로 변장해 암수를 즐겨 사용했다. 백괴문은 하나같이 괴이한 자들의 문파로 귀명소악과 같은 소인은 비교적 평범한 축에 속한다.

백무향은 혈관을 타고 스며드는 독기에 정신이 혼미해졌다.

'젠장, 일단 피해야겠군.'

뇌천검을 움켜쥔 그는 힘차게 검을 뽑았다.

번—쩍!

묵직한 우렛소리와 함께 번갯불이 치솟아올랐다.

"크아악!"

처절한 비명이 터지며 귀명소악이 그대로 쪼개졌다. 갑작스런 우렛소리와 현란한 번갯불 때문에 객잔의 흑도 무리들은 일순 시야가 어지러워졌다.

그들이 정신을 차렸을 때 귀명소악은 핏물 속에 쓰러져 있었고, 백무향은 사라진 뒤였다.

흑도 무리들은 아우성을 치며 밖으로 뛰쳐나갔다.

"놈이 도주했다!"

"어서 쫓아라!"

"뇌천검은 우리 차지다!"

백무향은 추적추적 내리는 빗속을 뚫고 달려가고 있었다. 극독에 의한 부상이기에 혈도를 찍어도 옆구리의 피가 멎지를 않았다.

"헉헉, 도대체 이것들이 어떻게 내가 사천에 당도할 줄 알고 있었던 거지? 내 행적이 벌써부터 이 정도로 알려졌다면 세상 어디를 가도 쫓아올 놈들이야."

경신술을 제대로 펼치지 못하는 그로서는 오로지 힘에 의존해 달릴 수밖에 없었다. 그 바람에 옆구리의 부상은 더욱 심해졌다.

본래 화혈독비는 해독약이 없을 정도로 무서운 극독으로 한 번 적중되면 모든 피가 독으로 변해 살과 뼈마저 녹여 버린다. 다행히 그의 몸이 강철 같기에 깊숙이 찔리지 않은 것이 천만다행이었다.

게다가 그는 극양에 해당되는 열양진기를 체내에 지니고 있어 독에 대한 내성이 강했다. 독은 화기에 약한 법이기에 그가 화혈독비의 맹독에 당하고도 버틸 수 있는 것이었다.

지리도 모르는 상황이기에 그는 자신이 어디로 향하는지도 몰랐다. 그저 발 닿는 대로 달려갈 뿐이었다. 한데 어쩐 일인지 길이 갈수록 좁아지고 험해졌다.

그는 열양진기로 체내의 맹독을 태워 버리고 싶어도 뒤편에서 들려오는 추격자들의 함성 소리에 촌각의 짬도 낼 수가 없었다.

"제기, 어디로 피해야 하지?"

그가 지형을 잘 몰라 이리저리 방황하는 동안 추격자들이 바싹 뒤쫓아왔다.

"저기 있다!"

"놈은 독 안에 든 쥐새끼다!"

"천천히 포위해! 공연히 접근했다가 뇌천검에 몸이 쪼개진다!”

백무향은 당장이라도 발길을 돌려 추격자들을 모두 죽이고 싶었다. 남의 보물을 탐내는 사악한 무리들이기에 그들 모두를 죽여도 아무런 가책도 느끼지 않을 수 있었다.

그러나 감정보다는 냉철하게 현실을 직시해야 했다.

맹독에 당한 상태에서 일전을 벌여봤자 그에게 돌아올 것은 죽음뿐이다. 비록 죽음에 대한 두려움 따위는 없지만 하찮은 흑도 무리들에게 죽어야 한다는 생각에 이르자 부아가 치밀었다.

적어도 그런 허무한 개죽음은 당하고 싶지 않았다.

한데 길을 잘못 들었는지 그만 막다른 길에 이르게 되었다. 백 길 벼랑이 앞을 가로막고 있었다.

콰류류류……!

까마득한 벼랑 아래로 사나운 급류가 협곡의 절벽을 강타하며 흐르고 있었다. 물 흐르는 소리가 얼마나 드센지 벼랑 위까지 메아리쳐 들려왔다.

흑도 무리들은 백무향이 막다른 길에 이르렀음을 알고는 천천히 다가섰다. 상당수가 객잔 밖에서 포진해 있었는지 근 백여 명에 달했다.

백무향은 협곡 건너 벼랑까지의 거리를 가늠해 보았다.

대략 칠팔 장 정도.

절정의 경공술을 지닌 자라면 능히 건너뛸 수 있겠지만 그로서는 감히 도전하기가 겁날 만큼 먼 거리였다.

흑도 무리들이 십 장 뒤까지 다가섰다.

백무향은 흑도 무리들을 돌아보고는 지그시 입술을 깨물었다.

'오냐. 내가 죽으면 죽었지 저런 하찮은 놈들한테 뇌천검을 뺏길 수는 없다.'

그는 단전의 진기를 발끝에 주입시켰다.

상당한 모험이지만 맞은편 벼랑까지 건너뛸 생각이었다. 기적 같은 괴력을 발휘한다면 가능할 것도 같았다. 그는 한 번도 자신이 죽을 것이라는 생각을 해본 적이 없기에 보다 희망적이었다.

과거는 기억할 수 없지만 위기의 순간 때마다 뇌천검이 뽑히고 화염폭풍이 발출돼 그를 지켜주었다. 어쩌면 이번에도 뜻하지 않는 경공술이 펼쳐지면서 이 위기를 벗어날 수 있을 것 같았다.

흑도 무리들이 이십 보 이내로 접근하자 백무향은 맞은편 벼랑을 향해 힘껏 몸을 날렸다.

"재주껏 잡아봐라, 이 버러지 같은 놈들아!"

벼랑 끝을 박차고 솟구친 그의 몸이 힘차게 날아갔다. 그러나 오 장 정도를 건너뛰고는 그대로 곤두박질쳤다. 몸이 백 길 협곡 아래로 추락한 것이다.

"으아아아!"

　절망적인 비명 소리에 흑도 무리들이 급히 벼랑 가로 다가 섰다. 사위가 어둑어둑했기에 추락하는 그의 모습은 보이지 않았다. 다만 긴 비명 소리가 이어질 뿐이었다. 비명 소리는 이내 급류의 드센 물살 소리에 묻혀 버렸다.

　흑도 무리들은 떨떠름한 표정으로 서로를 바라보았다.

　"뒈졌겠군."

　"그러게 말일세."

　"독한 새끼, 뇌천검이나 두고 갈 것이지."

　그들은 허탈한 심정으로 발길을 돌려야 했다. 오랜 세월 숨 죽여 지냈던 흑도의 다섯 개 문파가 연합했지만 아무런 소득도 얻지 못한 것이다.

　"염병, 돌아가세!"

　흑도 무리들은 제각기 무리를 지어 벼랑을 떠났다.

　콰류류류……!

　급류 속으로 휩쓸린 백무향.

　과연 그의 생사는 어떻게 될 것인가?

〈제2권으로 계속〉

다세포 소녀 원작 만화 출간!!

2006 부천 국제만화상 일반부문 수상!!

전국 서점가 최고의 화제작!
OCN 슈퍼액션 드라마 시리즈 방영!

왜? 사람들은 다세포 소녀에 주목하는가! 상식을 뒤엎는 기발하고 엉뚱한 상상력!

『다세포 소녀』의 숨겨진 힘!!

다세포 소녀 원작만화 (전 5권 예정)
B급 달궁 글·그림 | 값 9,000원 / 부록 예이츠 시집

몇 페이지만 읽어도 좌중을 휘어잡을 이야깃거리가 넘쳐난다!
둔감해진 머리에 영감을 주는 아이디어가 마구마구 솟구친다!
원작을 더욱더 빛내주는 기발한 댓글 퍼레이드!
300만 다세포 폐인을 열광시킨 상식을 뒤엎는 엉뚱한 상상력!

또 하나의 이야기! 또 하나의 재미!
소설 『다세포 소녀』

초우 장편소설 | 값 9,000원 / 원작자 B급 달궁

"그건 모르겠고, 나는 외눈의 사랑이야. 사랑을 줄 수는 있어도 마주 할 수 없는 사랑이지. 두 눈을 가진 사람은 주고받을 수 있지만, 나는 주는 것만 할 수 있어. 나는 주는 사랑으로 족해. 외사랑이지."
−외눈박이

초등학생이 반드시 읽어야 할 좋은 책 49권

각 학년별로 초등학생이 반드시 읽어야할 좋은 책을
선정하여 통합논술의 기본이 되는 '올바른 독서법'을
일깨워 줍니다.

교과서와 함께하는
초등학교 통합논술

초등1학년 | 값 12,000원 / 초등2학년 | 값 9,500원 / 초등3학년 | 값 11,000원 / 초등4학년 | 값 9,500원 / 초등5학년 | 값 9,500원 / 초등6학년 | 값 11,000원

♣ 혼자 할 수 있어요.

엄마가 책 읽는 방법을 가르쳐 주어도 좋아요.
독서지도하는 선생님이 가르쳐 주어도 좋답니다.
"초등 교과서와 함께하는 **통합논술 시리즈**"는
아이 스스로 독서할 수 있도록 꾸며진 책이에요.
엄마와 선생님은 요령만 가르쳐 주시면 된답니다.

♣ 교과서의 중요한 내용이 총정리되어 있어요.

각 학년별로 중요한 교과 내용이 함께 수록되어 있어요.
초등학생은 교과서 내용을 충실하게 공부해야합니다.
아울러 그와 병행한 독서가 대단히 중요하지요.
"초등 교과서와 함께하는 **통합논술 시리즈**"는
두 가지 방법 모두 알려준답니다.

♣ 이 책은 훌륭하신 선생님들이 함께 쓰신 책이랍니다.

동화작가 선생님들이 쓰셨어요. 소설가 선생님도 쓰셨답니다.
국어 논술독서지도 선생님들도 함께 쓰셨지요.
"초등 교과서와 함께하는 **통합논술 시리즈**"는
엄마의 마음으로 모든 선생님들이 함께 꾸민 책이랍니다.

입소문을 통해 아는 분은 다 알고 계십니다!
올 한해 공인중개사 최고의 화제작!

1~2권 합본 | 이용훈 지음
3~4권 합본 | 이용훈 지음
5~6권 합본 | 이용훈 지음
용 어 해 설 | 이용훈 지음
1~2차 문제풀이집 | 이용훈 지음

수험생 기본 필독서
만화 공인중개사

제목 : 만화공인중개사 쓰신 분에게 감사드립니다.

학원을 두달 다녔어요. 근데 과연 그 숫자 외우기 그런게 몇 문제나 나올까 생각을 했어요. 아니라는 생각이 드네요. 학원강의를 뒤로 하고 서점을 갔어요. 내 머리에 가장 이해될 수 있는 책이 없나 하구요. 거기서 만화를 발견했어요. 무조건 세번 봤어요. 3개월 걸렸어요. 문제 집을 보라고 했는데 그건 시행을 못했어요. 근데 합격을 했네요.

어떻게 감사의 말을 해야 될지…

도서관에서 만화책 들고 다니니까 사람들이 비웃더라구요. 만화책으로 공인중개사를 공부한다고 미친사람처럼 보더라구요. 근데 그거 다 감수하고 했던 내가 자랑스럽습니다.

어떻게 감사의 말을 해야 할지 정말 감사합니다.

부디 행복하세요. 제 나이 41살에 좋은 스승을 만난 거 같습니다.

엎드려 감사드립니다.

−본사 홈페이지에 독자분이 올린 메일 中 에서 발췌−

잘나가고 싶은 사람은 읽어라!

그에게 한눈에 반했다! 그것은 분위기 탓?
애인과 나란히 걸어갈 때 당신은 좌, 우 어느 쪽에 서는가?
이성은 왜 서로 끌리는 걸까? 그 심층 심리를 해명한다!

30초의
심리학

■ **30초의 심리학**
아사노 하치로우 지음 / 계일 옮김 | 값 8,500원

처음 본 사람인데 와 닿는 느낌이
너무나도 강렬한 사람이 있다.
흔히 하는 말로 '필이 꽂힌 사람',
그래서 잊혀지지 않는 사람,
한눈에 반했다고 하는 것이 바로 그것이다.
이런 인간의 감정을 논하는 데
남녀의 구분이 있을 수 없다.
사랑하는 그, 혹은 그녀를
생각하는 것만으로도 가슴이 두근거린다.
이상할 것 없다. 당연히 그럴 수 있는 것이다.
그렇기에 인간을 감정의 동물이라 하지 않는가.
그러나 그렇게 좋아하는 그 사람이
어느 날 갑자기 싫어지는 경우는 왜일까?